BEM-VINDOS À LIVRARIA HYUNAM-DONG

BEM-VINDOS À LIVRARIA HYUNAM-DONG

HWANG BO-REUM

Tradução de Jae hyung Woo

어서 오세요, 휴남동 서점입니다 by 황보름
Copyright © 2022 Clayhouse Inc.
Copyright da tradução © 2023 Editora Intrínseca Ltda.
Todos os direitos reservados.
Esta edição foi publicada mediante acordo com Clayhouse Inc., por meio da Shinwon Agency Co.

TÍTULO ORIGINAL
어서 오세요, 휴남동 서점입니다

COPIDESQUE
Laura Torelli
Núbia Tropéia

REVISÃO
Rayana Faria

DIAGRAMAÇÃO
Ilustrarte Design e Produção Editorial

DESIGN DE CAPA
studio forb

CIP-BRASIL. CATALOGAÇÃO NA PUBLICAÇÃO
SINDICATO NACIONAL DOS EDITORES DE LIVROS, RJ

B629b

    Bo-reum, Hwang
       Bem-vindos à livraria Hyunam-dong / Hwang Bo-reum ; tradução Jae hyung Woo. - 1. ed. - Rio de Janeiro : Intrínseca, 2023.

       Tradução de: 어서 오세요, 휴남동 서점입니다
       ISBN 978-65-5560-635-5

       1. Ficção coreana. I. Woo, Jae Hyung. II. Título.

Meri Gleice Rodrigues de Souza - Bibliotecária - CRB-7/6439

[2023]
Todos os direitos desta edição reservados à
Editora Intrínseca Ltda.
Av. das Américas, 500, bloco 12, sala 303
22640-904 – Barra da Tijuca
Rio de Janeiro – RJ
Tel./Fax: (21) 3206-7400
www.intrinseca.com.br

"Uma cidade não é realmente uma cidade sem uma livraria. Ela pode até se apresentar como tal, mas, a não ser que tenha uma livraria, ela sabe que não engana ninguém."

— **NEIL GAIMAN**

Sumário

Como uma livraria deveria ser? 9
Não tem problema parar de chorar 12
Como está o café hoje? 18
Histórias sobre pessoas que partiram 25
Você pode me recomendar um bom livro? 28
Hora do silêncio, hora da conversa 34
Book talks apresentados pela livreira 40
Café e cabras 47
Botões sem casas 54
Clientes fiéis 66
Distribuição de crochês realizada com sucesso 72
Uma boa pessoa de vez em quando 84
Todos os livros são iguais 88
Consonância e dissonância 94
Você se parece com a sua escrita? 104
Uma frase mal escrita esconde uma boa voz 109
Uma noite de domingo bem aproveitada 117
Por que essa cara? 122
A forma como encaramos o trabalho 129

Como fazer uma livraria se consolidar	140
Eu deveria ter recusado	149
A sensação de ser aceita	153
Como controlar a raiva	156
As palestras começaram	161
Eu vou torcer por você	168
O clube do livro para mães	179
Será que é possível ganhar a vida com uma livraria?	183
Deixa que eu reviso	193
Com honestidade e carinho	200
Quando preparo café, só penso em café	207
Quem é o homem que veio à procura de Yeongju?	211
Deixando o passado para trás	216
Como se não fosse nada	225
Eu só queria que fosse recíproco	230
Uma vida rodeada de pessoas boas	237
Testando sentimentos	245
O espaço que me torna uma pessoa melhor	253
A gente se vê em Berlim	257
O que faz com que uma livraria sobreviva?	264
Palavras da autora	269

Como uma livraria deveria ser?

Um homem estava zanzando na frente da livraria. Pouco depois, ele parou, curvou-se para a frente, fez uma espécie de "viseira" com a mão e olhou para dentro da loja. Yeongju caminhava em direção à livraria e logo reconheceu o cliente de terno que sempre aparecia duas ou três vezes por semana depois do trabalho. Ele havia confundido o horário de abertura e chegado cedo demais.

— Olá.

O homem levou um susto ao ouvir aquela voz de repente. Mantendo a postura, apenas ergueu a cabeça para identificar Yeongju. Ao reconhecer o rosto dela, o homem baixou a mão depressa, se empertigou todo e esboçou um sorriso tímido.

— É a primeira vez que venho neste horário. Costumo vir mais à noite — disse, enquanto Yeongju sorria para ele. — Não sei como é o seu trabalho, mas acho tão legal poder começar a trabalhar na hora do almoço — continuou, esboçando um leve sorriso.

— Muita gente fala isso — respondeu ela, rindo.

Quando Yeongju colocou a mão na maçaneta, o homem olhou para o lado e só virou o rosto de volta quando ouviu a porta se abrir. Ele ficou radiante ao espiar o interior da livraria.

Yeongju abriu a porta e falou:

— Deve ter ficado com um cheirinho durante a noite. Quer dizer, o cheiro da noite e dos livros. Se não tiver problema com isso, pode entrar.

O homem deu alguns passos para trás fazendo um gesto de negação com as mãos.

— Não, não. Tudo bem. Não quero tomar seu tempo. Posso vir mais tarde. Caramba, hoje está muito quente, né?

Yeongju esboçou um breve sorriso em agradecimento à gentileza dele.

— Pois é. Ainda estamos no fim da primavera e já está esse calor — disse ela, sentindo os raios do sol quente no braço.

Depois de uma breve despedida, Yeongju entrou na livraria. No momento em que pisou na loja, seu corpo relaxou. Era como se todos os seus sentidos se deliciassem com o conforto do lugar. No passado, Yeongju vivia sob mantras como "determinação" e "paixão"; ela sentia que se gravasse essas palavras na mente, sua existência, de alguma forma, faria sentido. Mas ela compreendeu que não deveria deixar que palavras vazias ditassem sua vida. Em vez disso, aprendeu a ouvir seu corpo, seus sentimentos e a estar em lugares que a deixavam feliz. Quando precisa descobrir se está feliz em algum lugar, ela pensa nestas três perguntas: Eu me sinto bem neste espaço? Eu consigo ser eu mesma e me amar como eu sou neste lugar? Eu me sinto valorizada aqui? Para Yeongju, aquela livraria preenchia todos os requisitos.

Estava mesmo muito quente, mas ainda assim tinha algo que ela precisava fazer antes de ligar o ar-condicionado: deixar que o ar do passado saísse e abrir espaço para o novo. "Será que um dia vou conseguir me livrar do passado, ou tentar me libertar é uma tarefa inútil?" Esse pensamento sempre pesava no coração de Yeongju. Mas ela rapidamente deixou o devaneio de lado e abriu as janelas uma por uma.

O ar abafado preencheu toda a livraria. Enquanto abanava o rosto com a mão, Yeongju deu uma olhada ao redor. Se ela fosse uma cliente nova, será que iria gostar de um lugar como esse? Será que leria os livros vendidos ali? Como uma livraria deveria ser?

Se ela estivesse entrando ali pela primeira vez... talvez gostasse mais daquela estante recheada de romances que ocupava uma parede inteira. Não. Só quem curte ficção iria gostar. Depois de abrir a livraria, ela descobriu que muitos amantes de livros não leem romances. Quem não é fã de romance não vai querer passar perto daquela estante.

Uma estante ocupando uma parede inteira é a realização de um sonho de infância. Na época do ensino fundamental, ela vivia pedindo ao pai que colocasse estantes enormes e cheias de livros nas paredes do seu quarto. Mas ele sempre lhe dava uma bronca falando que era melhor não exagerar — mesmo quando se tratava de livros. A pequena Yeongju sabia que o pai não estava bravo de verdade e só falava aquilo para ela parar de fazer birra. Mesmo assim, ela ficava com medo da cara que ele fazia e chorava bastante até cair no sono em seus braços.

Yeongju se afastou da estante, foi até as janelas e começou a fechá-las novamente, uma por uma, a partir da vidraça mais à direita. Em seguida, ligou o ar-condicionado e colocou seu álbum favorito para tocar, *Hopes and Fears*, da banda inglesa Keane. Apesar de o álbum ter sido lançado em 2004, Yeongju só tinha descoberto a banda no ano anterior. Ficou apaixonada e agora escutava as músicas deles quase todo dia. A voz sonolenta e, ao mesmo tempo, sonhadora do vocalista preencheu toda a livraria. O dia na Livraria Hyunam-dong tinha começado.

Não tem problema parar de chorar

Yeongju se sentou na mesa ao lado do caixa e abriu o e-mail para verificar os pedidos on-line. Em seguida, deu uma olhada na lista de tarefas que havia preparado na noite anterior. Ela tinha o costume de fazer listas desde o ensino médio. Antes, era para se organizar ao longo do dia, mas agora era para acalmar o coração e ter paz. Depois de ler tudo o que precisava fazer, ela se sentia mais segura para encarar mais um dia.

Nos primeiros meses de livraria, tinha se esquecido do seu antigo hábito. Naquela época, o tempo havia parado e os dias eram apenas um borrão. Antes de inaugurar o estabelecimento, as coisas estavam tão caóticas que a alma de Yeongju parecia ter sido sugada. Ou talvez ela estivesse fora de si. Ela só tinha uma coisa em mente: *precisava* abrir uma livraria.

Yeongju se agarrou a esse pensamento e deixou todo o resto para trás. Por sorte, ela se esforçava muito quando tinha um objetivo. Era nisso que se ancorava. Nos intervalos entre definir um lugar, procurar uma loja, decorar o interior e comprar os livros, até tirou uma licença de barista.

Até que um dia, a Livraria Hyunam-dong, localizada entre as casas residenciais do bairro de mesmo nome, finalmente foi inaugurada. No começo, Yeongju deixava a porta da livraria aberta e não fazia mais nada. As pessoas passavam por ali e eram atraídas pela atmosfera tranquila do local. Mas a verdade é que a livraria era como um animal doente, sem fôlego e sem forças. A atmosfera relaxante da loja começou a se dissipar e os clientes foram diminuindo. A visão de Yeongju sentada ali, pálida, como se não tivesse sobrado uma gota sequer de sangue no corpo, afastava os visitantes. Ao abrirem a porta e entrarem na livraria, eles sentiam que estavam invadindo o espaço pessoal dela. Yeongju sorria, mas ninguém retribuía o sorriso dela.

Mesmo assim, algumas pessoas perceberam que Yeongju não sorria só por educação. A mãe de Mincheol foi uma delas.

— Olha só para o seu estado. Como pode esperar que os clientes apareçam? Vender livros também é um negócio. E como espera fazer isso sentada, sem fazer nada? Acha que é tão fácil assim ganhar dinheiro?

A mãe de Mincheol tinha um rosto bonito e gostava de se vestir bem. Ela fazia aula de mandarim e desenho num centro cultural duas vezes por semana. Quando as aulas acabavam, ela sempre passava na livraria para ver como Yeongju estava.

— Está melhor hoje? — A voz da mãe de Mincheol estava cheia de preocupação.

— Eu sempre estou bem — respondeu Yeongju, com um sorriso discreto.

— Ora essa. Você tem ideia de como as pessoas ficaram felizes quando souberam que ia ter uma livraria no bairro? Mas fica difícil gostar de visitar um lugar quando a gente dá de cara com uma moça que parece doente e com um parafuso a menos, sabia?

A mãe de Mincheol tirou uma carteira brilhante da bolsa também brilhante.

— Um parafuso a menos? Só um? Até que não é tão ruim assim — respondeu Yeongju, em tom de brincadeira.

A mãe de Mincheol bufou, mas acabou rindo.

— Me dê um americano gelado, vai.

Fingindo seriedade, Yeongju disse:

— Estou tentando ser menos perfeita, mais humana. Mas parece que meu tiro saiu pela culatra.

A mãe de Mincheol achou graça e elevou o tom.

— Quem te contou que eu adoro gente com senso de humor?

Yeongju arqueou as sobrancelhas e fechou a boca com firmeza, indicando que a mulher podia pensar o que quisesse. A mãe de Mincheol sorriu contente e lançou um olhar de desaprovação, enquanto se apoiava no balcão e observava Yeongju fazer o café.

— Pensando melhor, eu também já fui assim — disse, num tom baixo, quase que para si mesma. — O meu corpo parecia ter caído num poço sem fundo. Eu estava sem forças. Depois de ter Mincheol, me senti doente por um tempo. Bem, eu estava doente mesmo. Sentia dores no corpo todo, cheguei a achar normal sentir isso. O que eu não entendia era por que meu coração também doía. Pensando agora, acho que eu estava em depressão.

— O café está pronto.

Quando Yeongju ia fechar a tampa, a mãe de Mincheol falou que não precisava, colocou o canudo direto no copo e se sentou à mesa do café. Yeongju se sentou de frente para ela.

— O pior era fingir que estava tudo bem. Eu chorava todas as noites de frustração por não poder falar da minha dor. Fico pensando como teria sido se eu tivesse feito o mesmo que você e deixado tudo para trás. As lágrimas não teriam cessado, mas, você sabe, quando o coração quer chorar, a gente tem que deixar sair mesmo. Ficar se segurando não ajuda a sarar direito.

Yeongju ficou ouvindo em silêncio. A mãe de Mincheol tomou o café gelado de uma só vez.

— Tenho inveja de você por conseguir fazer isso.

Nos primeiros meses, Yeongju também tinha chorado muito. Quando as lágrimas queriam sair, ela deixava, e assim que os clientes chegavam as secava com as mãos como se nada tivesse acontecido e os atendia. Os clientes fingiam que não viam as lágrimas de Yeongju, nem perguntavam por que ela estava chorando. Eles simplesmente presumiam que havia um motivo justo para isso. De fato havia, e Yeongju sabia qual era. Por muito tempo —

talvez por toda a sua vida —, isso a tinha assombrado e arrancado lágrimas dela.

Nada mudou. O motivo do choro continuava ali, preso no passado. Mas, num certo dia, Yeongju percebeu que havia parado de chorar. Quando se deu conta, o coração dela ficou mais leve. Os dias em que ficava sentada inerte também foram passando, e a cada manhã se sentia mais esperançosa. No entanto, ainda não sentia vontade de fazer algo a mais pela livraria. Em vez disso, lia os livros fervorosamente.

Ela tinha voltado aos dias em que lia com atenção cada página até tarde da noite, e depois empilhava mais um livro com um sorriso no rosto. Yeongju havia redescoberto aquela garotinha que ficava tão feliz em ler que se esquecia de comer e ignorava quando a mãe a chamava para almoçar. Se pudesse recuperar essa alegria, esquecida há tanto tempo, talvez Yeongju conseguisse recomeçar.

Até o ensino fundamental, Yeongju lia sempre que podia. Seus pais eram muito ocupados, então eles sempre a deixavam em algum canto da casa lendo. Depois de ler todos os livros da sua coleção, passou a frequentar a biblioteca. Ela amava ler. Os romances eram seus favoritos: ela sentia que poderia viajar para qualquer lugar através deles. Ficava frustrada ao ter que voltar para o mundo real, como se tivesse acabado de acordar de um lindo sonho. Mas era só abrir um livro que ela mergulhava numa nova aventura e a tristeza ia embora.

Enquanto lia e esperava os clientes aparecerem na livraria, Yeongju relembrou sua infância e abriu um sorriso. Com a palma das mãos, apertou de leve os olhos secos, e pensou que já não era mais tão fácil ler como antigamente. Ela retomou a leitura depois de piscar algumas vezes e se dedicou de corpo e alma àquelas páginas, como se estivesse tentando reatar os laços com uma velha amiga de infância. As duas eram inseparáveis, passavam o dia inteiro juntas, e não demorou muito para a amizade voltar a ser o que era. Os livros a receberam de braços abertos e a aceitaram sem julgamentos.

Yeongju começou a se sentir mais forte, como quem come três refeições diariamente, sem falta. Então, um dia, ao erguer a cabeça de um livro, ela enfim viu a livraria com outros olhos.

"Preciso fazer melhor do que isso."

Yeongju foi atrás de recomendações de livros para preencher todas as estantes. Colocou bilhetes dizendo o que tinha achado dentro daqueles que já havia lido e procurou críticas, resenhas e avaliações na internet sobre os que ainda não conhecia. Quando um cliente perguntava sobre algum livro que Yeongju não tinha lido, ela ia pesquisar. Mas seu foco não era atrair mais compradores, e sim deixar a Livraria Hyunam-dong com a cara de uma livraria de verdade.

Aos poucos, seus esforços foram sendo recompensados. Os olhares de estranheza dos vizinhos foram diminuindo, e algumas pessoas até notaram as mudanças. Cada vez que alguém passava por ali, a livraria se tornava mais convidativa, mais aconchegante, um lugar que dava vontade de entrar. Mas a maior mudança foi a própria Yeongju. A mulher chorona que espantava os clientes não estava mais lá.

Além dos vizinhos, novos visitantes começaram a surgir.

— Como eles acharam a livraria? — perguntou a mãe de Mincheol, feliz ao ver os clientes lendo os livros.

— Falaram que foi pelo Instagram.

— E você usa isso?

— Eu posto no Instagram os bilhetes que coloco nos livros.

— E eles fazem questão de vir até aqui por causa disso?

— Eu publico outras coisas também. Quando começo a trabalhar de manhã, dou bom-dia. Se estiver lendo algum livro, posto uma foto dele. Às vezes reclamo um pouco. E me despeço no fim do expediente.

— Não entendo esses jovens de hoje em dia. Eles vêm até aqui só por causa disso? Bom, fico feliz em saber. Achei que você só ficasse parada aqui sem fazer nada. Pelo jeito, eu me enganei.

Quando ela não ligava para nada, não tinha muita coisa para fazer. Mas agora que tinha começado a se importar, o trabalho não acabava nunca. Ela se mexia sem parar o tempo inteiro. Depois de tropeçar por dias tentando conciliar sozinha os pedidos de café e os clientes da livraria, Yeongju colocou anúncios à procura de barista pela vizinhança. No dia seguinte, Minjun apareceu. Assim que experimentou o café de Minjun, Yeongju retirou todos os anúncios e o contratou imediatamente. Ele começou a trabalhar no dia seguinte, perto do primeiro aniversário da livraria.

Desde então, passou-se mais um ano. Minjun vai abrir a porta e entrar dali a cinco minutos. E Yeongju vai ler um livro e beber o café preparado por Minjun até uma da tarde, quando a livraria vai estar pronta para receber os clientes.

Como está o café hoje?

No caminho rumo à livraria, Minjun observou com certa inveja um homem que passou por ele se refrescando com um miniventilador. O calor do sol ardente chegava a machucar a cabeça. Ele achava que o ano anterior não tinha sido tão quente assim. Ou tinha...? Ao tentar se lembrar do clima dessa época meses antes, lembrou-se também do anúncio de "Procura-se barista" que viu por acaso pela rua.

>PROCURA-SE BARISTA.
>*Oito horas por dia, cinco dias por semana.*
>*Salário a combinar presencialmente.*
>*Qualquer um que consiga preparar um café delicioso será bem-vindo.*

Minjun estava desesperado à procura de emprego. Ele faria qualquer coisa: preparar café, carregar peso, limpar banheiro, fritar hambúrguer, fazer entregas, colocar código de barra nos produtos. Não importava. Minjun aceitaria qualquer trabalho que lhe pagasse, então foi à livraria no dia seguinte.

Por algum motivo, achou que ia ter menos gente às três da tarde. Abriu a porta e entrou na livraria. Como imaginou, não tinha um cliente sequer. Só havia uma mulher, que aparentava ser a dona, sentada a uma mesa quadrada perto da cafeteria, fazendo anotações num bloco do tamanho da palma da mão. Ao ouvir Minjun entrar, ela ergueu a cabeça e o cumprimentou com os olhos. O sorriso suave que se espalhava pelo rosto parecia dizer: "Fique à vontade."

Quando a mulher voltou a escrever, Minjun entendeu que não precisava ter pressa e resolveu dar uma olhada na livraria. Era bem grande para uma livraria de bairro, e as cadeiras perto das prateleiras deixavam os clientes à vontade para ler sem compromisso. Havia uma estante que ocupava toda a parede do lado direito, e, intercaladas pela entrada, encontravam-se prateleiras na altura das janelas. Os livros não pareciam estar organizados numa ordem específica, então Minjun pegou um aleatoriamente da prateleira logo à frente. No meio do livro, havia um pedaço de papel, como se fosse um marcador. Ele o leu.

Uma pessoa, no fim das contas, é como uma ilha. Sozinha e solitária. Não acho que isso seja necessariamente ruim. A solidão nos liberta e traz profundidade à nossa vida. Nos romances que eu gosto, os personagens são como ilhas isoladas. Nos romances que eu amo, os personagens são como ilhas isoladas, até seus destinos finalmente se cruzarem. O tipo de história que faz você pensar: "Ué, você estava aí?" Então uma voz responde: "Sim, sempre estive aqui." Aí você se pega imaginando: "Eu estava meio triste por estar sozinho, mas agora me sinto menos triste por sua causa." É incrível poder se sentir assim. Este romance me proporcionou essa alegria.

Minjun devolveu o pedaço de papel para o mesmo lugar e olhou o título do livro. *A elegância do ouriço*. Ele imaginou um ouriço cheio de espinhos caminhando com elegância. Um ouriço? Sozinho? Solidão? Profundidade? Ele não conseguia imaginar como tudo isso se conectava. Minjun nunca pensou muito sobre solidão. Também nunca tentou evitá-la. Sendo assim, ele poderia se considerar livre. Mas isso tornou sua vida mais profunda? Disso ele não tinha certeza.

A mulher sentada à mesa parecia estar escrevendo outro bilhete. Será que ela escrevia bilhetes para todos os livros sozinha? Ele achava que uma livraria simplesmente deixava os livros à mostra e os vendia. Mas pelo visto não era bem assim.

Minjun terminou de dar uma olhada no estabelecimento. Então viu a máquina de café e decidiu falar com a mulher.

— Com licença...

— Pois não? Precisa de alguma coisa? — Yeongju parou de escrever e olhou para Minjun.

— Eu vim por causa do anúncio. O de barista.

— Ah! O anúncio! Sente-se aqui, por favor.

Yeongju recebeu Minjun com alegria, como se estivesse esperando por ele há muito tempo. Ela foi até a escrivaninha ao lado do caixa, pegou dois pedaços de papel e os colocou na mesa.

— Você mora aqui perto? — perguntou Yeongju, sentando-se de frente para ele.

— Moro.

— Sabe preparar café?

— Sei. Eu já fiz vários bicos em cafeterias.

— Então, acha que consegue operar aquela máquina de café ali? Minjun olhou de relance para o aparelho.

— Provavelmente.

— Então pode preparar um café para mim, por favor?

— Agora?

— Sim. Duas xícaras, por favor. Vamos conversar tomando café.

Um instante depois, ele retornou. Yeongju bebeu o café preparado por Minjun enquanto ele a observava com atenção. Mesmo com o pedido repentino, Minjun não estava nervoso, pois nunca teve dificuldade de preparar um bom café. Mas observar Yeongju degustando a bebida que ele fez o deixou preocupado. Só depois de dar dois goles devagar, Yeongju olhou para Minjun.

— Por que não está tomando? Beba. Está gostoso.

— Está bem.

Eles conversaram por cerca de vinte minutos. Yeongju falou mais, enquanto Minjun só escutava. Yeongju revelou que gostou muito do café e perguntou se ele já poderia começar. Minjun concordou na hora. Como barista, Minjun assumiria todas as funções do café. Yeongju também perguntou se ele poderia assumir a escolha e a compra dos grãos. Minjun achou que não seria nada de mais e respondeu que sim, sem pensar muito.

— Tem uma empresa de torrefação com a qual eu trabalho. A dona de lá vai tratá-lo bem.

— Certo.

— Cada um terá o seu trabalho, mas podemos nos ajudar quando tiver muito movimento.

— Claro.

— Se precisar de ajuda, não deixe de pedir.

— Entendi.

Yeongju entregou o contrato e uma caneta para Minjun, e pediu para que ele assinasse caso concordasse com os termos. Yeongju explicou as cláusulas do contrato para Minjun, uma por uma.

— Você vai trabalhar cinco dias por semana. As folgas são aos domingos e às segundas-feiras. O horário é de meio-dia e meia às oito e meia da noite. Tudo bem?

— Tudo bem.

— A livraria fica aberta seis dias por semana. Eu fecho só no domingo.

— Ah, sim.

— Não acho que isso vá acontecer, mas se tiver que fazer hora extra, você será pago de acordo.

— Certo.

— O pagamento é de doze mil wons por hora.

— Doze mil?

— Achei que era um valor justo, já que são cinco dias de trabalho por semana.

Incrédulo, Minjun olhou ao redor da livraria outra vez e percebeu que nenhum cliente havia entrado na loja desde que ele tinha chegado. Indagou se a dona da livraria também tinha noção disso. Ele imaginou que ela talvez não tivesse nenhuma experiência em contratação de funcionários e que provavelmente não sabia o que estava fazendo. Minjun estranhou a falta de preocupação de Yeongju, como se estivesse tratando de um assunto trivial. Por isso, mesmo sabendo que poderia estar ultrapassando algum limite, acabou falando:

— Normalmente não pagam tanto assim.

Yeongju ergueu o rosto, olhou para Minjun, baixou os olhos de novo para o contrato na mesa, e falou, com ar de quem entendeu o que ele quis dizer:

— Pois é. Vai ser mesmo difícil, com os aluguéis tão caros hoje em dia... mas você não precisa se preocupar. Está tudo bem.

Ela encarou Minjun. Os olhos dele eram impassíveis, mas gentis de alguma forma. Ela gostou disso. Era o tipo de olhar difícil de decifrar de primeira, mas que cativava e despertava a vontade de conhecê-lo melhor. Yeongju também gostou da postura de Minjun. Ele foi educado o tempo todo e não parecia estar escondendo alguma coisa ou bancando o simpático só para agradá-la.

— Você precisa estar descansado para trabalhar, e para isso é necessário certa quantia de dinheiro que proporcione uma vida confortável, né?

Ao ouvir as palavras de Yeongju, Minjun leu o contrato de novo. Então ela decidiu deliberadamente que a carga horária de trabalho seria de oito horas por dia, cinco dias por semana e o salário seria de doze mil wons por hora, só porque ela quis garantir um salário justo e o equilíbrio entre vida pessoal e profissional do seu funcionário.

Será que isso era o senso de justiça de uma empregadora principiante falando mais alto? Ou será que a livraria vende mais do que parece? Minjun tinha muitas perguntas, mas acabou assinando o contrato mesmo assim.

Yeongju o acompanhou até a porta.

— Aliás, talvez a livraria só dure por dois anos. Tudo bem mesmo assim? — perguntou ela quando Minjun se curvou em agradecimento.

Hoje em dia, quem fica mais de dois anos num trabalho no setor de serviços? O máximo que Minjun conseguiu permanecer num emprego foi seis meses. Mesmo que ela o demitisse no mês que vem, ele não tinha nada do que reclamar. Por isso, Minjun logo respondeu com um "tudo bem".

Já se passara um ano desde que ele tinha aceitado a proposta. Yeongju e Minjun se dedicavam às suas respectivas funções. Yeongju parecia se divertir vendo as reações dos clientes com as novidades que elaborava, enquanto Minjun, com seu jeito sério, escolhia e comprava os grãos e preparava o café. Yeongju não parecia esperar nada de Minjun além de um bom café. Ela achava engraçado e começava a rir da cara de bobo que Minjun fazia quando ficava sentado sem ter o que fazer. Ele pensava que talvez devesse chamar a atenção dela nessas horas, mas acabava rindo junto, sem graça.

Minjun entrou na livraria, secando o suor que escorria pelo cabelo. O vento fresco e agradável do ar-condicionado o envolveu.

— Cheguei — Minjun cumprimentou Yeongju, que estava lendo.

— Está muito quente, né?

— Pois é.

Minjun levantou tampo do balcão e ocupou o seu lugar. Separados pelo caixa, Minjun ficava de um lado e Yeongju do outro.

— Como está o café hoje? — perguntou Yeongju enquanto ele lavava as mãos.

Ele respondeu em tom brincalhão:

— Adivinha.

Quando Yeongju percebeu, o café já estava pronto ao lado do seu livro. Minjun voltou ao seu lugar, sentou-se na cadeira e observou Yeongju tomar a bebida. Ela colocou a xícara de volta na mesa, fez uma pausa e falou:

— Está parecido com o de ontem, mas acho que o aroma frutado está um pouco mais forte. Está muito bom mesmo, hein?

Minjun sorriu de leve e assentiu, satisfeito por ela ter percebido a diferença. Como de costume, eles trocaram mais algumas palavras e voltaram para suas tarefas. Antes de abrir as portas para os clientes, Yeongju lê um livro, e Minjun prepara os grãos que usará no dia e limpa a livraria. Minjun sabe que Yeongju já arrumou tudo na noite anterior, mas mesmo assim ainda deve ter algo que ele possa fazer.

Histórias sobre pessoas que partiram

Antes de a livraria abrir, Yeongju geralmente fica absorta na leitura de algum romance. Mergulhar nas emoções dos personagens a ajuda a entender os próprios sentimentos. Ela lamenta e sofre junto com eles. Quando fecha o livro, depois de compartilhar tantas emoções e experiências com os personagens, Yeongju se sente capaz de compreender qualquer um.

Muitas vezes, Yeongju lia os livros em busca de algo. No entanto, nem sempre sabia o que estava procurando. Às vezes, ela só se dava conta do que queria depois de ler dezenas de páginas. Mas também havia momentos em que sabia muito bem o que procurar. Os romances que leu no último ano eram exatamente o que ela buscava. Yeongju queria ler histórias sobre pessoas que partiram. Por alguns dias ou para sempre. Cada um tem seu motivo, mas todos têm algo em comum: sua vida mudou por conta dessa decisão.

Um tempo atrás, disseram para Yeongju: "Não consigo te entender. Por que você só pensa em si mesma?"

Quando ela achava que já havia esquecido aquelas palavras cruéis, elas voltavam para assombrá-la. Às vezes, as memórias pareciam estar desvanecendo, mas, de repente, elas ressurgiam com força, tomando sua mente de assalto. Toda vez que isso acontecia, Yeongju desmoronava um pouco. Mas ela não queria mais desmoronar, então decidiu que colocaria todo o seu foco em livros sobre pessoas que deixaram sua antiga vida para trás. Ela lia freneticamente, como se fosse sua missão colecionar todas as histórias já escritas sobre esse tema. Havia um vazio dentro de Yeongju, e ela o preencheu com essas histórias. Ela ficava obcecada pelos personagens e queria saber tudo sobre eles: por que foram embora, como isso os afetou, como criaram coragem para deixar tudo para trás, se estavam felizes ou não.

Sempre que precisava, Yeongju se agarrava àquelas histórias e encontrava conforto em suas palavras. Ela substituiu as críticas que ouviu pelas vozes dos personagens. Eles a fortaleceram, e agora ela tinha coragem de dizer para si mesma: "Eu não tinha outra opção."

Nos últimos dias, Yeongju tem lido um livro chamado *Animal triste*, de Monika Maron. A história é sobre uma mulher que abandona o marido e a filha depois de se apaixonar por outro homem. Seu único objetivo na vida era encontrar o amor verdadeiro, por isso ela não se sente culpada por deixar a família. Mas depois que o homem que ela amava vai embora, ela não se permite criar novas memórias, por medo de se esquecer dos momentos felizes que teve com ele. A mulher então decide se afastar de tudo e passa décadas vivendo isolada até quase os cem anos.

Para Yeongju, um bom romance era aquele que superava suas expectativas. A princípio, o que chamou sua atenção em *Animal triste* foi o fato de a protagonista partir e deixar tudo para trás. Mas agora, ela percebe que essa é uma história sobre o que as pessoas são capazes de fazer "por amor". Yeongju pensa na mulher usando os óculos que o homem deixou — mesmo que eles não sejam adequados para ela e prejudiquem sua visão —, pois essa era a única maneira de permanecer com ele.

Como ela conseguiu amar uma pessoa a esse ponto? Como conseguiu sobreviver sozinha, relembrando um amor de cinquenta, quarenta anos atrás? Como não se arrependeu? Como conseguiu ter tanta certeza de que ele era o amor da sua vida? Yeongju não conseguia entender a mulher, mas a admirava por viver tão intensamente.

Yeongju tirou os olhos do livro e refletiu sobre o que a mulher dizia: "De tudo o que a vida tem a oferecer, o amor é a única coisa indispensável." Será que o amor é mesmo a coisa mais importante na vida? Será que nada se compara ao amor? Yeongju pensava que o amor por si só é uma coisa boa, mas indispensável? Ela não concordava. É possível viver mesmo sem amar alguém. Ela mesma achava que estava indo muito bem sem o amor.

Enquanto Yeongju estava imersa nesse pensamento, Minjun secava as xícaras. Quando o alarme tocou, à uma da tarde, Minjun guardou o pano e foi até a entrada para colocar a placa de "ABERTO". Ao ouvir os movimentos de Minjun, Yeongju voltou à realidade. Ela queria perguntar o que ele pensava sobre o amor. Mas achou melhor deixar para lá, já imaginava qual seria sua resposta. Ele ia refletir por um instante e depois diria "não sei". Yeongju queria saber o que ele pensou naquele momento de hesitação, mas Minjun não era do tipo que compartilhava sentimentos.

Por fim, Yeongju concluiu que tomou a decisão certa ao não perguntar. No fim das contas, só há apenas uma resposta: a que está no seu coração no momento. Afinal, não é isso que significa viver? Seguir em frente com a resposta que você tem, enfrentando adversidades, tropeçando e se levantando. Até o momento em que você percebe que a resposta certa, na verdade, estava errada. Então você continua e procura por outra resposta. Viver é isso. A resposta certa sempre muda ao longo da vida.

Minjun estava secando as xícaras novamente quando Yeongju disse:

— Minjun, acho que hoje vai ser um bom dia.

Você pode me recomendar um bom livro?

Antes de abrir a livraria, Yeongju nunca havia pensado se daria uma boa livreira. Ela achava — e talvez tenha sido inocência da sua parte — que qualquer um que gostasse de livros poderia trabalhar com isso. Mas logo depois de abrir a própria livraria, percebeu que tinha um sério problema. Ela não sabia responder direito quando os clientes perguntavam: "Você pode me recomendar um bom livro?" ou "Quais livros interessantes você tem aí?". Certo dia, ela passou por uma situação constrangedora quando um cliente de uns quarenta e cinco anos lhe pediu uma recomendação.

— Eu gostei muito de *O apanhador no campo de centeio*, de J.D. Salinger. Por acaso o senhor já leu?

— Não. — O homem balançou a cabeça.

— Acho que já li mais de cinco vezes. Se bem que o livro não é tão interessante assim. Quer dizer, interessante no sentido convencional, entende? Sabe quando um livro faz você rir alto, ou deixa você ansioso para saber o que acontece depois? Este livro não é interessante desse jeito. Mas como posso dizer? É um interessante que vai além do convencional… Não tem um clímax ou um enredo. Você só acompanha os pensamentos de um menino por alguns dias. Mas eu acho este livro… interessante.

— E o que o menino pensava? — perguntou o homem com uma expressão séria, o que deixou Yeongju muito nervosa.

— Sobre o mundo, a escola, os professores, os amigos, os pais…

— Mas será que eu acharia esse livro interessante também? — perguntou o homem, com as sobrancelhas franzidas.

Yeongju ficou sem reação. Será que ele também iria gostar do livro? Por que ela recomendou justamente esse? O cliente percebeu o nervosismo de Yeongju, agradeceu educadamente pela recomendação e foi ver outros livros. Ele acabou comprando *Observações sobre a Eurásia*,* um livro de história. Foi aí que ela entendeu que o homem preferia livros de não ficção. Yeongju se lembrou da última coisa que ele disse:

— Me desculpe. Fui inconveniente com a minha pergunta. Afinal, as pessoas têm gostos diferentes.

Ele se desculpou por ter pedido uma recomendação para a dona da livraria... Quem devia pedir desculpas era ela, que foi incapaz de fazer uma recomendação adequada para o cliente. Nesse dia, Yeongju aprendeu uma lição importante: não empurrar os livros preferidos dela para os clientes. Ela queria melhorar, mas como? Durante seu tempo livre, Yeongju organizou os pensamentos e fez uma lista.

- Seja objetiva
Não posso pensar no meu gosto pessoal. Em vez de recomendar "livros que eu gosto", preciso recomendar "livros que os clientes possam gostar".

- Faça perguntas
Não preciso ter pressa. Antes de recomendar um livro, posso fazer algumas perguntas: "Qual foi o último livro que você mais gostou de ler?", "E o livro que mais te emocionou?", "Você costuma ler livros de que gênero?", "No que tem pensado nos últimos tempos?", "Quais são seus autores preferidos?".

---

* Lee Byeong-han, 유라시아 견문 Yurasia Gyeonmun (Seohae Munjib, 2016).

Apesar de ter se planejado, algumas perguntas ainda a deixavam sem reação:

— Me recomenda um livro que vai desafogar meu coração de uma vez.

A mãe de Mincheol pediu um café americano gelado e disse que não tinha forças para ir ao centro cultural naquele dia. Um livro que desafoga o coração? O pedido era muito complexo e nenhuma das perguntas que ela preparou parecia ajudar. Mesmo assim, para não ficar em silêncio, ela perguntou:

— Algo está sufocando seu coração?

— Estou assim há dias. Sinto como se tivesse uma massa de arroz entalada na garganta.

— Aconteceu alguma coisa?

De repente, a feição da mãe de Mincheol endureceu e sua pálpebra começou a tremer. Mesmo depois de beber metade do café num gole só, seus olhos continuaram sem forças.

— É por causa do Mincheol.

Problema familiar. Desde que abriu a livraria, Yeongju tem ouvido com frequência os problemas pessoais dos clientes. Ela já tinha lido em algum lugar que isso acontece muito com escritores. As pessoas desabafam com eles e contam coisas que nem mesmo seus melhores amigos seriam capazes de compreender, na esperança de que os escritores possam ajudá-las. E, pelo visto, elas se abrem facilmente com donas de livraria também. Será que elas pensavam que a donas de livraria também sabem exatamente o que se passa no coração dos outros?

— O que tem o Mincheol?

Yeongju já havia encontrado Mincheol algumas vezes. Ele era um estudante do ensino médio, bem magro e sereno. Assim como a mãe, era bem pálido e dono de um sorriso genuíno.

— O Mincheol... disse que não vê sentido nenhum na vida.

— Sentido nenhum?

— Sim...

— Por quê?

— Não sei... acho que ele não falou sério. Mas desde o dia em que o ouvi dizer isso, meu coração... dói demais. Não tenho vontade de fazer mais nada.

De acordo com a mãe de Mincheol, ele não se interessava por nada. Não tinha motivação para os estudos, nem para jogar videogame, nem mesmo para se divertir com os amigos. Ele ainda fazia tudo isso, mas sempre com um ar de indiferença. Quando saía da escola, voltava direto para casa, deitava na cama, ficava um pouco na internet e dormia. Mincheol tinha apenas dezoito anos e já não via sentido na vida.

— Será que não tem algum livro que possa ajudá-lo? — perguntou a mãe de Mincheol, em seguida bebeu o último gole do café.

Yeongju poderia fazer uma lista de livros para Mincheol. Ela conseguia pensar em vários romances cujos protagonistas estão desiludidos com a vida ou perdidos no próprio mundo. Mas o que ela poderia recomendar para uma mãe com um filho em crise? Por mais que Yeongju pensasse, nada surgia em sua mente. Não conseguia se lembrar de nenhum livro sobre relacionamento entre mãe e filho, ou sobre uma mãe solo. De repente, Yeongju começou a suar frio. Não por não conseguir pensar num livro que pudesse recomendar para a mãe de Mincheol, mas por sentir que a livraria não era um espaço acolhedor por causa da sua visão de mundo limitada. Era um espaço restrito pela sua capacidade de leitura, pelos seus gostos e interesses. Será que um espaço assim poderia mesmo ajudar as pessoas? Yeongju decidiu ser franca com a mãe de Mincheol.

— Não consigo me lembrar de nenhum livro que possa desafogar um coração.

— Tudo bem, não se preocupe.

— Na verdade... Até tem um romance de que me lembrei agora. Se chama *Amy & Isabelle*. É sobre a relação entre mãe e filha. Elas moram juntas, e se odeiam tanto quanto se amam. Elas são mãe e filha, mas isso não quer dizer que se dão bem o tempo todo, não é mesmo? Quando eu li esse livro, entendi que, no fim das contas, até pais e filhos precisam ter vidas independentes em algum momento.

A mãe de Mincheol disse que o enredo parecia bom e quis adquirir um. Yeongju se ofereceu para emprestar o seu, mas ela insistiu em comprar. Ao observar a mãe de Mincheol sair com o exemplar, Yeongju pensou no poder dos livros. Será que existe mesmo uma obra capaz de desafogar o coração de alguém? Será que um livro poderia realizar tamanha proeza?

Duas semanas depois de comprar o livro, a mãe de Mincheol apareceu na livraria novamente.

— Estou com pressa, mas queria te contar que gostei muito do livro. Não sei quantas vezes chorei enquanto lia. Lembrei da minha mãe. Nós também brigávamos muito, sabe? Mas não tanto quanto a Amy e a Isabelle.

A mãe de Mincheol fez uma pausa e sua expressão ganhou um ar pensativo. Com os olhos um pouco avermelhados, ela continuou:

— O final foi especialmente bom. Quando a mãe continua chamando pela filha. Aí eu chorei horrores. Acho que vou ser assim no futuro, quando ficar com saudades do Mincheol. Sei que não posso mantê-lo comigo para sempre. Talvez esteja chegando a hora de deixá-lo partir e viver a própria vida. Obrigada, de coração, Yeongju. Me recomende mais livros bons depois. Vou indo.

Embora não fosse a história que estivesse procurando, a mãe de Mincheol adorou o livro que Yeongju recomendou com hesitação. Não chegou a desafogar o coração dela, mas, graças ao livro, ela se lembrou da mãe e pôde repensar sua relação com o filho. Isso queria dizer que Yeongju acertou na recomendação? Mesmo não correspondendo à expectativa do leitor, um bom livro pode proporcionar uma boa experiência?

Será que um bom livro é sempre uma boa leitura?

Apesar de ter recomendado um livro que não combinava com o gosto da mãe de Mincheol, Yeongju percebeu que o mais importante era que sua cliente "gostou mesmo assim". Mas é claro, recomendar um romance sobre um jovem antissocial — mesmo sendo um dos melhores romances da história da literatura — para um homem adulto que gosta de livros de história ainda não era a melhor ideia de todas. Mas quem sabe? Um dia ele poderia ter vontade de ler um romance. Ou talvez quisesse entender melhor o filho ou a filha e comprasse o livro. E talvez ele até gostasse. Assim como para todas as outras coisas, existe um tempo certo para a leitura também.

Sendo assim, qual é o critério para um livro ser considerado bom? Alguns diriam que é ter gostado da leitura. Mas, como livreira, Yeongju tinha que ir além disso.

Ela tentou pensar numa definição.

- Um livro que fala sobre a vida, mas de forma profunda e honesta.

Ao se lembrar dos olhos avermelhados da mãe de Mincheol, Yeongju tentou elaborar uma reposta melhor.

- Um livro escrito por alguém que entende da vida. Um livro que fala sobre a relação entre mãe e filha, que conta a história do próprio autor, que pensa sobre o mundo, sobre o que é ser humano. Se o autor consegue refletir sobre o sentido da vida e tocar o coração dos leitores, de forma que os ajude a entender a própria vida, não seria esse um bom livro?

Hora do silêncio, hora da conversa

Há muito trabalho a se fazer numa livraria — atender os clientes, preparar o café, preencher planilhas, fazer o inventário —, mas quando a movimentação diminui, a tranquilidade toma conta novamente. Yeongju tenta aproveitar esses momentos de calmaria para descansar. Em vez de arrumar os livros na prateleira, ela vai até a pia, descasca umas frutas, as coloca num prato e as leva para Minjun, que, por sua vez, entrega a ela o café que acabou de preparar.

O silêncio vem logo depois. Yeongju se sente à vontade com esse silêncio. Ela fica até feliz por poder dividir o mesmo espaço com outra pessoa e não precisar trocar uma palavra. Jogar conversa fora com alguém pode ser um ato de gentileza, mas ser gentil com os outros muitas vezes tem um preço. Quando se força a falar assim, o coração dela acaba ficando oco e seu único desejo é ir embora o quanto antes.

Ao compartilhar o espaço com Minjun, Yeongju aprendeu que ficar em silêncio pode ser um ato de gentileza consigo e com os outros, e que é possível se sentir confortável assim.

Não importa quanto tempo o silêncio dure — dez, vinte, trinta minutos —, Minjun sempre aproveita esses momentos para fazer as mesmas coisas. Ele nunca olhava o celular. Yeongju sabia que Minjun tinha um aparelho — um número de celular constava no currículo dele —, mas nunca havia ligado para ele. Às vezes, ele lia alguns livros, mas nenhum parecia entretê-lo. Minjun também fazia experimentos com os grãos como se estivesse em um laboratório. No início, Yeongju achava que ele fazia isso apenas no tempo livre, mas como o sabor do café dele estava ficando cada vez melhor, ela percebeu o quanto ele levava a sério essas experiências.

Yeongju conversava muito sobre o tópico "Como o Minjun é calado" com Jimi, a dona da empresa que fornece grãos para a livraria. Tudo o que Yeongju sabia sobre café ela tinha aprendido com Jimi. Como Yeongju gostava de contar piadas e Jimi gostava de escutá-las, elas se deram bem logo de cara. A diferença de mais de dez anos não foi nenhum empecilho.

No começo, Jimi ia visitar a livraria, mas, depois de um tempo, elas se tornaram grandes amigas, e o apartamento de Yeongju virou o refúgio das duas. Quando Yeongju fechava a livraria e chegava em casa, Jimi já estava sentada à sua porta esperando com um lanche e umas bebidas. Elas conversavam sobre tudo — até os assuntos mais aleatórios fluíam naturalmente —, e quando um assunto acabava, outro logo surgia. A conversa entre as duas parecia uma partida de pingue-pongue, na qual ambas ficavam jogando e devolvendo frases curtas uma para a outra.

Um dia, enquanto bebiam cerveja na casa de Yeongju, elas tiveram uma longa discussão sobre "Como o Minjun é calado".

— Ele é um homem de poucas palavras mesmo. No começo, achei que fosse um robô que só sabia cumprimentar. — Jimi fez uma pausa para mastigar um pedaço de lula. — Mas sempre responde minhas perguntas, acredite se quiser.

— Ah, é verdade! — Yeongju assentiu enquanto também mastigava um pouco de lula. — Ele sempre me responde também. Ah, então é isso. É por isso que eu não fico desconfortável quando falo com ele.

— Pensando bem, não é só ele que faz isso — disse Jimi, ainda mastigando. — Os homens são todos assim. Param de falar quando se casam para demonstrar que estão entediados com o casamento.

Por um momento, Yeongju imaginou os maridos em seus protestos silenciosos.

— No começo, achei que ele não falava nada porque não gostava de mim. Fiquei pensando se eu era tão ruim assim — confessou Yeongju.

— Esse vitimismo não combina com você. As pessoas não gostavam de você quando era mais nova?

— Hum, digamos que... não sou muito boa em me aproximar das pessoas. Antes eu estava sempre sozinha, andava de salto alto loucamente fazendo barulho e desviando de todo mundo. Um dia, quando parei para olhar ao meu redor, as pessoas passavam por mim com pressa, como se eu não existisse. Ninguém me dizia coisas como "Você gostaria de experimentar? É uma delícia!". Será que eu era odiada?

— Era odiada, sim.

— Eu sabia!

Quando Yeongju soltou um suspiro dramático, Jimi tirou a lula da boca como se tivesse se tocado de algo.

— Hum...

— O quê?

— Será que o Minjun não fala com a gente porque ele acha que somos duas tiazonas?

— Ah, não... eu nem sou tão mais velha do que ele assim! — Yeongju abriu as mãos como uma criança, as colocou perto do rosto de Jimi e baixou os dedos polegares. — Só oito anos!

— Quer dizer que o Minjun já passou dos trinta? — Jimi riu.

— Ele já tinha trinta quando começou a trabalhar na livraria.

— Entendi. Pois é, se a diferença é de oito anos, ele não deve ver você como uma tiazona. Mas acho que o Minjun mudou um pouco, você não acha?

— Como assim?

— Ele tem falado um pouco mais.

— Você acha?

— E anda fazendo mais perguntas.
— É mesmo?
— Eu o vi conversando e rindo com os meus funcionários.
— Nossa, sério?
— Achei fofo — comentou Jimi.
— Você acha ele fofo? — perguntou Yeongju.
— E você não? Aquele olhar focado e o jeito quietinho dele.
— Olhar focado...
— Acho muito fofo quando alguém tem um propósito e se dedica inteiramente a ele. E gosto de tratar bem quem eu acho fofo.

No começo, Minjun achou estranho Yeongju oferecer tantas frutas, mas hoje em dia ele só aceita. Talvez essa fosse a forma que Yeongju encontrou para oferecer algum tipo de benefício aos seus funcionários. Ele nunca tinha gostado muito de frutas, mas agora que se acostumou, sente falta quando não come pelo menos uma por dia. Nos dias de folga, até saía de casa para comprar frutas. É assim que os hábitos são criados.

Mas, na verdade, oferecer frutas a Minjun era o seu jeito de dizer que ele devia fazer uma pausa. Às vezes, os clientes chegavam antes mesmo de ela terminar de cortar um pedaço, mas naquele dia já estavam descansando havia vinte minutos. Em dias como esse, Yeongju come as frutas devagar, pega um livro da sua pilha, coloca o longo cabelo atrás da orelha e começa a ler. De vez em quando, ergue o rosto com o olhar pensativo, como se sua mente estivesse em outro lugar.

— Você acha que uma vida entediante merece ser descartada? — perguntou Yeongju com o queixo apoiado na palma da mão e o olhar vazio.

No começo, ele achava que ela estava falando sozinha, então não respondia, mas agora Minjun a conhecia melhor.

— Algumas pessoas decidem abandonar tudo e recomeçar. Você acha que é possível ser feliz assim? — Desta vez, Yeongju se virou para Minjun.

Como sempre, mais uma pergunta difícil de responder. Por que ela gosta tanto de fazer perguntas assim? Ele não queria ficar em silêncio e parecer rude, então disse:

— Não sei.

Quando Yeongju perguntava algo, Minjun sempre respondia "sim" ou "não sei". Não tinha outro jeito. Como ele poderia saber se as pessoas vão ser felizes ou não em sua nova vida?

— No romance que estou lendo, o protagonista encontra uma mulher misteriosa em cima de uma ponte. Depois desse encontro, o homem, que morava na Suíça, vai para Portugal. Mas ele compra uma passagem só de ida. Fico me perguntando por que ele decidiu ir embora. A vida dele era entediante, mas não era ruim. Ele era talentoso e discreto. Não era mundialmente famoso, mas tinha boa reputação em seu meio. Ele vivia bem. Mas ele vai embora da Suíça do nada, como se tivesse esperado por esse momento a vida toda. O que será que ele espera encontrar em Portugal? Será que ele vai ser feliz lá?

No dia a dia, Yeongju era muito pragmática, mas quando ficava imersa em um livro, sua cabeça parecia estar nas nuvens. Minjun achava isso interessante. Yeongju enxergava a realidade com um olho e o mundo dos sonhos com outro. Um tempo atrás, ela o tinha questionado sobre o sentido da vida.

— Você acha que há algum sentido na vida, Minjun?
— Hã?
— Eu acho que não.
— ...
— Por isso que as pessoas procuram pelo próprio sentido. E a vida de cada um muda de acordo com o sentido que encontram.
— Sei.
— Mas acho que não consigo encontrar.
— Não consegue encontrar o quê?
— O sentido. Onde devo encontrar o sentido? No amor? Nos amigos? Nos livros? Na livraria? Não é nada fácil.

Minjun não sabia o que dizer.

— Mesmo que você procure, não deve ser algo fácil de encontrar, certo?

Ele a observava sem reação, mas Yeongju continuou falando:

— Estou buscando um sentido para a minha vida. Eu sei que não é uma tarefa fácil, mas se eu não encontrar... isso significaria que a minha vida não tem sentido?

Estava ficando um pouco difícil para Minjun acompanhar a linha de raciocínio de Yeongju.

— Não sei.

Minjun tinha a impressão de que Yeongju queria organizar os pensamentos por meio das perguntas, não obter alguma resposta dele. Por isso, ela não reclamou das respostas sem empolgação dele. Aos poucos, Minjun entendeu que Yeongju precisava desse momento em que ficava imersa em pensamentos, mas com um pé na realidade.

Depois de passar tanto tempo ao lado de Yeongju, Minjun também começou a mergulhar nos próprios pensamentos. E bem lá no fundo, ele encontrou algo. Algo vasto, como um sonho. Um sonho de verdade, não uma esperança ou um objetivo para o futuro. O mesmo tipo de sonho que mobilizou o homem a pegar o trem para Portugal. Minjun não sabia se ele seria feliz ou não depois que chegasse ao seu destino, mas uma coisa era certa: sua vida mudaria completamente. Talvez para alguns isso fosse o suficiente. Uma vida sem qualquer conexão com o presente. Para aqueles que sonham com um novo amanhã, o futuro do homem é um sonho realizado.

Book talks apresentados pela livreira

Abrir livrarias independentes em cada esquina virou uma febre tanto quanto transformá-las em espaços culturais. Mas os donos desses estabelecimentos não estavam apenas seguindo uma tendência. Era um tipo de estratégia para atrair clientes. Afinal, uma livraria não se sustenta só com a venda dos livros.

No começo, Yeongju queria apenas vender livros. Mas, aos poucos, percebeu que se dependesse só disso as contas não fechariam. Agora que tinha virado uma empresária e precisava pagar um funcionário, era sua responsabilidade se preocupar com isso. Ela decidiu então ceder o espaço da livraria para a realização de eventos culturais. *Book talks*, apresentações, exposições; tudo era bem-vindo. Yeongju e Minjun promoviam os eventos colocando pôsteres no lado de fora da livraria ou postando links nas redes sociais. Como a livraria só forneceria o espaço nessas ocasiões, não precisariam fazer nada além do habitual.

De início, ela temia que esses eventos fossem incomodar os clientes que só queriam um lugar tranquilo para ler, mas o efeito foi o oposto. Muitos perguntavam se poderiam ficar para ver um autor recitando um livro ou assistir à apresentação de alguma banda. Qualquer um poderia participar se pagasse cinco mil wons e comprasse um livro ou alguma bebida.

Os *book talks* aconteciam na segunda quarta-feira de cada mês e o clube de leitura na última quarta-feira do mês. Yeongju liderou as reuniões nos primeiros seis meses, mas foi ficando cada vez mais difícil, então propôs que os integrantes que participavam com mais frequência assumissem a liderança e eles toparam com prazer.

Mas Yeongju continuou apresentando os *book talks*. Ela se desafiou a fazer isso porque achou que seria a oportunidade perfeita para fazer todas as perguntas que sempre quis fazer para os autores. Ela também queria criar uma identidade para a Hyunam-dong e imaginou que "*book talks* apresentados pela livreira" poderia dar certo. As conversas eram gravadas, e as transcrições do evento eram postadas no blog e nas redes sociais da livraria, o que deixava os autores muito felizes.

No momento, os eventos ocorriam às quartas e sextas-feiras. Yeongju ainda não havia decidido o que fazer dali para a frente. Ela sabia muito bem que, por mais que gostasse, não podia ultrapassar seus limites, senão aquilo acabaria virando um "trabalho forçado", e Yeongju não queria transformar algo de que gostava em dor e sofrimento. Só é possível se divertir trabalhando quando você dosa bem a carga de trabalho. Por isso, Yeongju ficava bem atenta para que ela e Minjun não ultrapassassem o limite do que cada um tem que fazer. Ela estabeleceu que seu funcionário só trabalharia trinta minutos a mais nos dias de reuniões do clube de leitura e *book talks*.

Yeongju sempre ficava nervosa em dias de *book talk*. Ela se perguntava por que havia decidido passar por todo aquele sofrimento já que nem gostava de falar em público. No entanto, assim que a conversa começava, Yeongju se divertia tanto que todas as suas dúvidas iam embora. Poder falar para os autores o que ela gostava nos livros, e tirar dúvidas sobre eles, era o principal motivo para Yeongju não desistir daquele trabalho.

Na infância, Yeongju achava que os autores não usavam o banheiro, que eles eram seres muito distantes das pessoas normais que fazem três refeições ao dia. Ela imaginava que, à noite, gotas de chuva caíam em seus ombros e pescoço, escorriam pela cintura até a ponta dos pés, enquanto a solidão os envolvia. Para a pequena Yeongju, escritores eram um tanto excêntricos e desagradáveis, e ela devia tentar entendê-los, afinal, toda aquela solidão devia afetá-los de alguma forma. Na sua cabeça, eles haviam atingido o ápice da compreensão sobre o funcionamento do mundo e estavam destinados a escrever. Será que existem coisas que os autores não sabem? Ela achava que não. Até hoje, Yeongju acredita nessa imagem que criou deles.

No entanto, os autores que ela conheceu ao conduzir os *book talks* eram bem mais simpáticos e amigáveis do que ela imaginava. Eram pessoas comuns que duvidavam de si mesmas diariamente. Um deles não conseguia beber um gole de álcool sequer, outro seguia uma rotina muito mais regrada do que um funcionário de escritório, outro dizia que um escritor tinha que ter um bom condicionamento físico e corria todos os dias. Um dos autores que escrevia em tempo integral disse para Yeongju depois do *book talk*:

— É preciso tentar, então em vez de ficar me questionando se eu tinha talento ou não, só comecei a escrever. Eu queria sentir isso pelo menos uma vez na vida.

Alguns autores eram ainda mais tímidos e introvertidos do que Yeongju e nem olhavam nos olhos dela. Um deles chegou a dizer que começou a escrever porque não conseguia expressar verbalmente o que queria e fez a plateia rir ao dizer, em tom de brincadeira, que falava devagar porque seu cérebro demorava para processar as coisas. Ao ver os autores falarem de forma pausada, cada um no seu tempo, Yeongju sentiu um alívio misterioso. Ouvi-los falar a fez sentir que também podia dar um passo de cada vez na vida, mesmo que desajeitado.

O próximo *book talk* será "Cinquenta e duas histórias para se aproximar dos livros", com Lee Areum, autora de *Lendo todos os dias*. Quando chegou na metade desse livro, Yeongju já sabia que queria conhecer a autora e rapidamente conseguiu preparar mais de vinte perguntas — um sinal de que Yeongju tinha muito o que dizer.

Bate-papo com a autora
(Upload no blog às 22h30. Upload da versão resumida no Instagram às 22h41.)

YEONGJU: Eu amei o seu livro, fez eu me sentir bem-sucedida por ler tanto (risos). Eu me identifiquei.
AREUM: Essa sensação está correta (risos). Dizem que ler um livro deixa a nossa visão mais nítida, o que nos faz entender o mundo melhor. Quando entendemos o mundo, nos tornamos mais fortes — e muitos associam força com sucesso. Porém, os livros não só nos fortalecem, como também causam sofrimento. Eles nos mostram as dores do mundo que a nossa visão pessoal e limitada até então não enxergava. Passamos a reconhecer o sofrimento que éramos incapazes de ver. Quando sentimos as dores alheias com tamanha intensidade, fica mais difícil buscar nossa própria felicidade e sucesso. Por isso, acho que nós nos distanciamos do que costumam chamar de sucesso. Graças aos livros, não ficamos acima ou à frente dos outros. Em vez disso, acho que os livros nos ajudam a ficar ao lado deles.
YEONGJU: Gosto dessa ideia de ficar ao lado.
AREUM: Sim. Por isso, no fim das contas, nós somos bem-sucedidos em outro sentido.
YEONGJU: Em que sentido?
AREUM: Digamos que nós nos tornamos mais humanos. Quanto mais lemos, mais empáticos nós ficamos. Os livros nos fazem parar e olhar para as pessoas à nossa volta, em vez de viver incessantemente em busca do sucesso. Por isso, acho que, se mais pessoas lessem, o mundo seria melhor.
YEONGJU: Muitas pessoas dizem que não conseguem ler porque não têm tempo. Você lê bastante, certo?

AREUM: Que nada. Só leio um livro a cada dois ou três dias.

YEONGJU: Isso é muito, sabia? (Risos)

AREUM: É mesmo? (Risos) Como somos tão ocupados, não tem outro jeito a não ser ler nos intervalos ao longo do dia. Um pouco de manhã, durante o almoço e antes de dormir. Mas, se você juntar tudo, vira um tempo considerável.

YEONGJU: Você disse uma vez que lê vários livros ao mesmo tempo.

AREUM: Sim, sou meio dispersa. Fico entediada até quando estou lendo um livro interessante. Como não gosto de ficar entediada, pego logo outro livro. Já me falaram que eu poderia acabar confundindo as histórias, mas isso nunca aconteceu.

YEONGJU: Acho que se fizesse isso não iria lembrar direito o que estava acontecendo no livro anterior quando retomasse a leitura.

AREUM: Hum... Quando leio um livro, não me apego tanto à memória. É claro que preciso lembrar até certo ponto, já que a história é contínua, mas é meio raro eu não lembrar de nada. Geralmente me lembro de quase tudo, e quando não lembro, só leio as partes que deixo sublinhadas.

YEONGJU: Você disse que não se apega tanto à memória. Isso é possível? (Risos)

AREUM: (Risos) Na minha opinião, sim. Como posso dizer? Acho que os livros que lemos ficam registrados no corpo, e não na memória. Ou talvez fique na memória, mas de uma forma mais profunda. As frases de alguma história de que não me lembro me ajudaram quando precisei decidir alguma coisa. Os livros que li me levaram a fazer as escolhas que fiz ao longo da vida. Eu não me lembro de todos os livros que li, mas mesmo assim esses livros continuam me influenciando.

YEONGJU: Fico aliviada por ouvir isso. Também não me lembro direito do que li no mês passado.

AREUM: Eu também. Acho que a maioria é assim.

YEONGJU: Dizem que hoje em dia as pessoas não leem muito. Qual a sua opinião sobre isso?

AREUM: Fiz um perfil no Instagram pela primeira vez enquanto escrevia este livro. Fiquei muito surpresa. Quem disse que hoje em dia ninguém gosta de ler? As pessoas lá parecem estar devorando livros em uma velocidade incrível. Fiquei convencida de que ainda há muitos leitores por aí. Lógico, eu sei que essas pessoas fazem parte de uma minoria. Um tempo atrás li uma notícia que dizia que metade dos adultos da Coreia do Sul não lê um livro sequer em um ano. Mas acho que não devemos só reclamar e dizer que isso é um problema. Não é tão simples assim. Há muitos motivos para isso acontecer. As pessoas vivem ocupadas, não têm tempo para relaxar, ou paz de espírito. Vivemos numa sociedade sufocante.

YEONGJU: Então até que a sociedade melhore, não tem como ler livros?

AREUM: Hum, acho que não podemos ficar sentados esperando que a sociedade melhore. Se mais pessoas começarem a ler, mais empáticas elas serão com as dores dos outros. Assim, o mundo vai melhorar mais rápido.

YEONGJU: E o que nós deveríamos fazer?

AREUM: Isso não é algo que eu consiga resolver sozinha (risos). Mas acredito que as pessoas têm vontade de ler e acham que é algo importante. Como é possível ajudar as pessoas que querem ler, mas não conseguem?

YEONGJU: ...

AREUM: Dar o primeiro passo é que é difícil, mas depois fica mais fácil continuar (risos). Então, como começar? Ah, agora é a hora que eu falo que escrevi este livro justamente para essas pessoas? (Risos).

Yeongju: Você não tem nenhuma dica para a gente? Vamos lá, deve ter algo que você possa compartilhar. Você mencionou que usa um cronômetro quando não consegue avançar muito na leitura, certo?

Areum: Tenho uma dica, sim, eu estava só brincando! Quando não conseguir avançar na leitura, quero que pense em tudo que tem despertado seu interesse no momento. Nós somos naturalmente motivados pelas coisas que nos interessam. Por exemplo, tem muita gente querendo largar o emprego hoje em dia. Se você quer fazer isso, vá atrás de livros escritos por pessoas que pediram as contas também. Quer se mudar para outro país? Leia livros sobre esse tema. Está com dificuldade de lidar com sua baixa autoestima? Cortou relações com seu melhor amigo? Está depressivo? Procure livros sobre o assunto. Mas se você não lê há muito tempo, talvez seja difícil manter o foco. Nessas horas, eu ajusto um cronômetro e começo a ler. Leio por vinte minutos e me concentro nisso, não importa o que aconteça. Comece com esse pensamento em mente. Criar limitações nos ajuda a manter a concentração. E quando os vinte minutos acabarem, você poderá escolher continuar lendo ou fazer outra coisa que lhe agrade. Se quiser ler um pouco mais, basta resetar o cronômetro. Se resetar duas vezes, a soma total já dará uma hora. Então vamos fazer isso e cumprir uma hora de leitura diária.

Café e cabras

Desde que Minjun começou a trabalhar na livraria, a entrega dos grãos de café é feita duas vezes por semana. Para preservar ao máximo o aroma dos grãos, ele os armazena em pequenos pacotes lacrados. Mas, nos últimos tempos, o próprio Minjun tem ido até a Goat Beans antes de abrir a livraria para buscar os grãos previamente encomendados e conversar com Jimi sobre quais usar na próxima vez.

A Goat Beans foi a primeira e única fornecedora de grãos de café da livraria. Yeongju estava em busca de recomendações, quando, por sorte, conseguiu achar um bom fornecedor na vizinhança. A dona da Goat Beans, Jimi, é tão apaixonada pelos seus grãos que, no início, ela fazia questão de passar na livraria uma vez por semana só para avaliar o café de Yeongju. Ela dizia que, por mais que os grãos fossem de boa qualidade, as habilidades do barista faziam muita diferença no sabor final do café. Às vezes, a própria Jimi fazia o café dos clientes.

Jimi também foi a primeira pessoa a ir à livraria depois de Yeongju contratar Minjun. Por várias vezes fingiu ser uma cliente e experimentou o café de Minjun. Antes de ir embora, ela dava o feedback para Yeongju.

— Yeongju, ele é muito melhor do que você. Agora, sim, posso ficar tranquila.

— Não é para tanto, né?

— É para tanto, sim.

No quarto dia em que foi provar o café de Minjun, Jimi contou a verdade ao barista.

— Você não sabe quem eu sou, sabe?

Minjun ficou confuso, sem saber o que dizer depois que uma cliente com a qual nunca tinha trocado uma palavra insinuou que ele deveria saber quem ela era.

— Sou a pessoa que torrou os grãos que estão nas suas mãos agora.

— Você trabalha na Goat Beans?

— É isso mesmo. O que vai fazer amanhã às onze da manhã?

Como Minjun ficou em silêncio, tentando entender o que ela queria dizer com aquilo, Jimi complementou:

— Venha visitar a nossa loja. Um barista precisa saber de onde vêm os grãos que usa e como são tratados.

No dia seguinte, Minjun faltou à aula de ioga pela primeira vez — ele nunca tinha nem sequer se atrasado antes — e seguiu para a Goat Beans. Quando ele entrou, se deparou com uma pequena cafeteria, e, ao abrir a porta dos fundos, encontrou o local onde os grãos de café eram torrados.

O torrador parecia um apontador de lápis gigante. Três funcionários trabalhavam sem parar nas suas respectivas máquinas, enquanto Jimi estava sentada a uma mesa separando grãos. Ela acenou para Minjun quando o avistou.

— Estou separando os grãos ruins — explicou Jimi, antes mesmo de Minjun se sentar. — É o que chamamos de *handpick*.

Jimi continuou a separar os grãos defeituosos enquanto falava.

— Olhe este aqui. Comparado com os outros, está bem mais escuro, certo? É porque veio da fruta apodrecida. Este aqui, marrom, passou do ponto. Cheire. Está azedo, não está? Grãos assim têm que ser retirados antes de torrar.

Minjun seguiu o exemplo dela e começou a ajudá-la, separando os grãos escuros, marrons e amassados dos demais. Mesmo ocupada, Jimi não tirou os olhos dele.

— Você sabe o que significa *goat*?

— Cabra... não é?

— Sabe por que a nossa empresa se chama Goat Beans?

— Não sei... Talvez a cabra tenha a ver com a origem do café...

— Opa, adoro gente esperta!

De repente, Jimi se levantou rapidamente da cadeira, dizendo "Por hoje já chega", e levou Minjun para o torrador do canto esquerdo. Um funcionário estava fazendo *handpick* dos grãos que tinham acabado de ser torrados. Jimi explicou que é preciso fazer o processo mais de uma vez para que o sabor do café fique bom.

— Esses são os grãos que você vai levar hoje. Agora é só moer.

Jimi e o funcionário foram em direção ao moedor e Minjun os seguiu.

— Podemos fazer moagem grossa ou fina, a depender do método escolhido — explicou Jimi, enquanto Minjun observava. — Você sabe preparar bons cafés, Minjun, mas estava um pouco amargo. Achei que estava coando por tempo demais e resolvi fazer o pó um pouco mais granuloso. Daí, o sabor amargo some. Reparou que o sabor tinha mudado?

— Achei que tivesse mudado porque coei por menos tempo. Mas, pelo visto, não era por isso — respondeu Minjun, pensativo.

— Então quer dizer que você também estava trabalhando nisso!

Jimi contou tudo o que sabia sobre café para Minjun enquanto os grãos eram moídos. Diz a lenda que o café foi descoberto pela humanidade graças às cabras. Um pastor de cabras descobriu a existência da fruta de café e seus efeitos depois de observar as cabras comerem os pequenos frutos vermelhos e arredondados e ficarem cheias de energia e agitadas por muito tempo.

— Por isso, decidi que o nome da minha empresa seria Goat Beans. Não queria pensar demais.

Jimi contou a Minjun que não devia existir ninguém com menos resistência a cafeína do que ela. Mas Jimi ama tanto café que sempre toma três ou quatro xícaras por dia. Minjun pensou que ela devia ter dificuldades para dormir, e como se tivesse lido seus pensamentos, Jimi disse:

— Por isso tenho que tomar o último às cinco da tarde, no máximo. Se não conseguir dormir mesmo assim, só preciso beber alguns copos de cerveja.

Jimi contou que os cafeeiros são árvores do tipo perenifólia, e os grãos de café são as sementes dos seus frutos. Os grãos podem ser classificados de duas formas: arábica e robusta. A Goat Beans trabalha principalmente com o tipo arábica. Segundo Jimi, "porque é mais saboroso". Ela perguntou se Minjun sabia o que define o aroma do café e ele respondeu que não, então Jimi explicou:

— A altitude. Os grãos cultivados em planícies são mais suaves, enquanto os cultivados em planaltos têm mais acidez e contêm aroma de frutas ou flores, por isso são mais complexos.

Na primeira vez que ajudou Yeongju a escolher grãos, Jimi percebeu a preferência da amiga por aromas de frutas. Desde então, Jimi tem se esforçado para encontrar os melhores grãos com aromas desse tipo para a livraria.

Depois da visita, Minjun passou a frequentar a Goat Beans uma vez por semana e até trocou o horário da sua aula ioga. Aos poucos ele foi descobrindo como as coisas funcionavam por lá. Se o clima estivesse ruim, era porque Jimi estava furiosa. E o motivo era sempre mesmo: o marido dela. Minjun se perguntava se o marido de Jimi não era algum ser mítico, como um unicórnio, já que ninguém nunca o tinha visto. Um marido que existia somente na imaginação de Jimi, que ela havia criado apenas para ser xingado de todas as formas possíveis.

Mas as suspeitas de Minjun caíram por terra depois que ele por acaso viu uma foto do casal. Uma Jimi de trinta e poucos anos e um homem que parecia ser seu marido sorriam felizes. Ela disse que a foto fora tirada menos de um ano depois do casamento e que era uma idiota por não conseguir rasgá-la. Então começou a xingar o marido de novo. Ela conseguia passar dez minutos direto reclamando sobre como o marido deixava a casa parecendo um lixão e a comida dentro da geladeira apodrecer. Vinte minutos falando sobre quando o marido mentiu dizendo que ia a um velório, mas na verdade tinha saído para beber com os amigos, ou sobre quando ele foi se encontrar com uma jovem numa cafeteria enquanto Jimi estava no trabalho. Trinta minutos se lamentando sobre como o marido a enxergava apenas como uma máquina de dinheiro e nada mais. Minjun quase se atrasou para o trabalho no dia em que Jimi resolveu desabafar por meia hora.

Mas agora o desabafo era do tipo dez minutos.

— Eu mesma me condenei. Porque fui eu quem me apaixonei primeiro por aquele homem. — Jimi sempre se referia ao marido como "aquele homem". — O jeito dele de viver relaxado e desprendido de tudo me encantou. Parecia um viajante, pegando carona pelo mundo. A minha família entrava em pânico com qualquer coisa, sabe? Mas ele era a pessoa mais tranquila que eu já havia conhecido. Não se abalava quando levava bronca do chefe, e ficava de boa mesmo quando um cliente apontava o dedo e gritava na cara dele. Nós nos conhecemos na época em que trabalhávamos no mesmo pub. Fiquei encantada, então decidi dar o primeiro passo. Namoramos por alguns anos, depois insisti para que ele me pedisse em casamento. Antes de conhecê-lo eu preferia continuar solteira, sabe? Cresci vendo como as mulheres sofriam e não queria isso para mim. Minha mãe, minhas tias. Todas sofreram muito. Mas aí eu perdi completamente a razão com esse homem, implorei para nos casarmos, e até falei que compraria uma casa para nós dois. E cá estamos. Quando cheguei em casa ontem estava tudo uma bagunça. A louça estava suja na pia, as roupas jogadas por todo canto, tinha cabelo na pia do banheiro também. E, para piorar, eu estava morrendo de fome, mas não tinha nada na geladeira. Ele falou que tinha comido os últimos dois miojos, um de manhã e o outro de tarde, junto com a comida que eu tinha comprado no fim de semana! Eu não falo nada sobre ele estar desempregado, mas eu esperava um pouco mais de consideração já que pago todas as contas. Esse homem acha que eu não tenho fome? Se comeu miojo, tem que repor. Se não queria sair, podia ter me pedido para comprar! Quando falei isso, ele entrou no quarto emburrado e parou de falar comigo.

Jimi bebeu um copo inteiro de água de uma vez e disse para Minjun:

— Me desculpe, como sempre. É que se eu não desabafar assim fico com a garganta entalada. É chato me ouvir, né?

Minjun não achava ruim. Pelo contrário, até tinha vontade de ir num bar com ela depois do expediente e ouvi-la reclamar do marido por duas ou três horas. Ele achava que se ouvisse alguém falar assim por muito tempo, talvez conseguisse articular e lidar com as próprias dificuldades. Então, pela primeira vez, Minjun se deu conta do quão solitário ele era.

— Eu não acho chato. Pode contar mais.

— Não. Estou me sentindo pior ainda depois de ouvir isso. Vou maneirar daqui para a frente.

Minjun assentiu e permaneceu calado.

— Bem, como já disse, os grãos de hoje são uma combinação de grãos. Quarenta por cento da Colômbia, trinta do Brasil, vinte da Etiópia e dez da Guatemala. O café colombiano dá uma sensação de equilíbrio. E quanto ao do Brasil?

Minjun não respondeu.

— Não tem problema se errar. Não precisa pensar demais.

— Hum... Doçura.

— Isso. E o da Etiópia?

— Acidez, talvez?

— Agora o último! E o da Guatemala?

— Ah... Amargor?

— Acertou!

Ao sair da Goat Beans, Minjun sentiu que o tempo estava mudando de repente. O calor incandescente estava dando lugar ao clima refrescante de outono. Por causa da temperatura, Minjun passou o verão inteiro indo de ônibus da Goat Beans até a livraria, mas logo estaria fresco novamente para ir andando.

Minjun sentia que sua rotina simples — fazer exercícios, trabalhar, ver filmes, descansar — estava começando a fazer sentido. Talvez viver assim fosse o suficiente.

Botões sem casas

Quando conseguiu entrar na faculdade, Minjun foi inundado por uma sensação de alívio. Detestava ouvir os pais dizendo que ele precisava se esforçar mais. Eles sempre repetiam: "A vida começa depois que você fecha o primeiro botão." Depois que foi aprovado no vestibular, seu primeiro pensamento foi: "Consegui fechar o primeiro botão." Os adultos diziam que bastava entrar numa boa faculdade que todo o resto se resolveria. Segundo eles, não havia nada que um diploma universitário não pudesse conseguir. Mas Minjun e seus amigos sabiam muito bem que se formar numa universidade de prestígio não era garantia de um futuro estável. Ele lutou muito durante a faculdade e não parou desde então.

Minjun deixou a casa dos pais no interior e foi para Seul estudar e morar sozinho. Enquanto isso, a família dele permaneceu em sua cidade natal, trabalhando duro para ajudá-lo a arcar com as mensalidades, a moradia e as despesas diárias. Ele tinha um plano para esses quatro anos de faculdade: tirar boas notas, estudar inglês, fazer um estágio, cursos e trabalho voluntário. Os amigos dele também não tinham planos muito diferentes. Apesar de os pais os ajudarem financeiramente, nada mudava o fato de que ainda precisavam lutar para alcançar seus objetivos. Minjun organizou a grade de cada semestre detalhadamente, da mesma forma que fazia nas férias de verão do ensino fundamental, e estava disposto a segui-la à risca.

A vida universitária de Minjun se resumia a fazer bico atrás de bico e estudar sem parar. Não era muito fácil trabalhar e estudar ao mesmo tempo, mas achava que isso fazia parte do rito de passagem para a vida adulta. Ele só precisava aguentar essa fase. Ele vivia cansado por não conseguir dormir o suficiente, mas acreditava piamente que esforço e trabalho árduo valiam a pena, e quando conseguia dormir até tarde sentia uma dose extra de felicidade. Até aquele momento, ele havia conseguido bons resultados se esforçando e imaginava que seria assim no futuro. Minjun conseguiu manter nota máxima durante os quatro anos de faculdade, era muito bem qualificado e estava convicto de que teria uma carreira de sucesso. No entanto, não conseguiu emprego após a formatura.

— Como nós não conseguimos emprego? O que falta na gente? — perguntou Seongcheol, um colega de turma, e depois virou uma dose de soju de uma só vez no bar em frente à faculdade. Minjun o conheceu no primeiro dia de aula, durante a orientação, e desde então não se separaram.

— Com certeza não é por não sermos bons o bastante — respondeu Minjun.

Com a expressão descontente, também virou uma dose.

— Então qual é o problema?

Seongcheol já havia feito essa pergunta centenas de vezes ao amigo. Era a questão que atormentava Minjun todos os dias.

— Porque o buraco é pequeno. Ou então o buraco simplesmente não existe — respondeu Minjun, enchendo o copo de Seongcheol.

— Buraco? Buraco dos desempregados? — perguntou o amigo enquanto os dois esvaziavam seus copos.

— Não, o buraco para fechar os botões.

Ambos viraram a dose de soju.

— A minha mãe me dizia isso na época da escola. Que se você fechar o primeiro botão, os outros vão se fechar automaticamente, um atrás do outro. Entrar numa boa universidade era a mesma coisa que fechar o primeiro botão. Por isso, quando passei na faculdade, fiquei muito aliviado. Achei que conseguiria fechar o segundo, o terceiro e assim por diante. Sou ingênuo por pensar assim? Bom, acho que não. Eu sou muito estudioso. Você sabe que sou mais esperto que você, né? E eu me esforço bastante. Como a sociedade ousa virar as costas para mim?

Bêbado, Minjun baixou a cabeça, ergueu-a de volta e continuou:

— Na faculdade, eu me esforcei ao máximo para fechar os botões. Você também. Fechei todos os botões direitinho. Devo ter feito isso melhor do que você. Pensando bem... Seongcheol, você me ajudou muito a fechar os botões. Obrigado.

Minjun cutucou de leve o ombro do amigo, que abriu um sorriso largo.

— Meus botões são mais brilhantes que os seus, mas obrigado.

Ao ouvir as palavras de Seongcheol, Minjun também abriu um sorriso e logo em seguida encarou o amigo com os olhos avermelhados.

— Sabe de uma coisa, Seongcheol?
— O quê?
— Hoje em dia eu acho que nos matamos tentando fechar todos os botões, mas nos esquecemos de uma coisa.
— E o que é? — perguntou Seongcheol, estreitando os olhos.
— Não havia como fechar, pra começo de conversa. Imagine uma camisa. De um lado está cheia de botões luxuosos, mas do outro não tem as casas. Por quê? Porque ninguém fez os furos. E agora olha para minha camisa. Só tenho um botão fechado. Patético, não?

Enquanto ouvia a história de Minjun, Seongcheol olhou para a própria camisa. Os botões estavam costurados de forma ordenada, mas não estavam todos fechados. Seongcheol estremeceu, como se tivesse se assustado, e abotoou apressado o primeiro botão e o segundo. Seus dedos embriagados não lhe obedeciam direito, mas mesmo assim cerrou os olhos, concentrado, e fechou até o último botão. Perguntou-se se não conseguia um emprego por sempre andar com a camisa aberta. Minjun encarou pensativo o copo de soju e continuou a falar, sem se importar com o que Seongcheol estava fazendo.

— Não é ridículo? Poderíamos ter usado uma camisa sem botões esse tempo todo. Mas agora somos obrigados a usar uma camisa cheia de botões inúteis e só um fechado. Isso não é uma camisa, é uma piada. Não é engraçado? Eu me esforcei tanto para no final parecer uma piada. Minha vida é uma tragicomédia.

— Ah, vai, não é tão ruim assim — comentou Seongcheol, enquanto ajeitava a gola da camisa sem parar.

— O que não é tão ruim?

— Sua vida não é tão trágica assim.

Minjun encarou Seongcheol, cutucou a testa do amigo com um dedo e disse:

— Ah, é? Então me diz, o que tem de bom? O que não é tão ruim assim?

— Ah, qual é o seu problema?!

— Então é assim que é viver sendo otimista.

Minjun começou a gritar frases sem nexo. Seongcheol tentou silenciá-lo, tapando a boca do amigo com uma das mãos, mas Minjun o afastou e voltou a gritar.

— Pelo menos é engraçado, né?!

— Nossa vida tragicômica — falaram os dois, aos risos.

Eles continuaram gargalhando e divagando sobre como a vida não era só tristeza e o quanto era bom ainda poder rir. Minjun pediu mais uma garrafa e Seongcheol pediu rolinhos primavera e ensopado de salsicha. Ao observar a nova garrafa de soju sendo servida, ambos tiveram o mesmo pensamento: "Queria que alguém surgisse do nada e fizesse casas de botão na minha camisa só para provar que não sou uma piada e que sou capaz de fechar os outros botões sozinho. E que fizesse isso nas camisas dos meus amigos também. Que fizesse furos em todos os lugares. Grandes o suficiente para que qualquer botão passasse com facilidade."

Depois da noite de bebedeira, Minjun e Seongcheol perderam contato. Minjun não lembrava quando eles haviam parado de se falar, mas sabia que fazia quase dois anos. Minjun entenderia se Seongcheol tivesse conseguido um emprego e ficado sem graça de contar para ele. Mas se fosse o oposto, compreenderia mais ainda, pois ele estava na mesma situação. Minjun cortou laços com a maioria dos amigos da faculdade. Não atendia quando alguém ligava, nem respondia às mensagens. Quando encontrava por acaso algum amigo em um curso preparatório, só se cumprimentavam. Naquele período, Minjun estava participando de dois cursos para entrevistas de emprego. Mesmo passando na análise de currículo e nos testes de aptidão e de personalidade, sempre se dava mal na entrevista. Ele se olhava no espelho várias vezes por dia. Será que era a sua aparência? Não chegava a ser bonito, mas também não era feio. Minjun tinha um rosto comum, como outro qualquer — um rosto que poderia ser visto em qualquer local de trabalho. Um rosto não muito diferente daquele dos entrevistadores que o avaliavam. Será que era por isso que ele nunca era contratado? Será que era porque ele se parecia com todos os outros?

Minjun participava das aulas como se fossem uma entrevista real. Se esforçava para manter uma expressão confiante, mas sem perder a humildade, e responder às perguntas dos outros alunos. Ele queria passar a imagem de alguém criativo e cheio de ideias, mas ao mesmo tempo comedido. Adotou uma atitude que não era nem incisiva nem covarde, agindo como se quisesse provar que não havia nada de errado com ele e que só estava desempregado porque as empresas não reconheciam seu talento.

Mas, mesmo assim, não foi selecionado mais uma vez.

A empresa para a qual ele havia se candidatado o avisou por e-mail. Minjun leu a mensagem novamente e a excluiu logo em seguida. Ficou parado, de pé, tentando entender o que estava sentindo. Era decepção? Raiva? Vergonha? Vontade de morrer? Não. Era alívio. Já havia pressentido que aquela seria a última vaga para a qual se candidataria. Sua última tentativa. Não fora uma decisão consciente, ele simplesmente tinha parado de se esforçar em determinado momento. Fez todos os testes e entrevistas rigorosamente. Sempre que o chamavam ele ia. Tornou-se um hábito continuar tentando enquanto a ansiedade o atormentava cada vez mais. Mas isso acabaria. Ele já tinha feito o suficiente. Minjun se sentiu verdadeiramente mais leve.

— Mãe, eu estou bem. Não se preocupe. Consigo me sustentar dando aula particular. Vou dar um tempo antes de tentar de novo.

Minjun se sentou no chão do quarto alugado e ligou para a mãe. "Está tudo bem mesmo?" Ele mentiu e disse que sim, no mesmo tom leve e animado da mãe. Não tinha intenção de dar aula particular nem de se preparar para outro processo seletivo. Queria se livrar do título de "à procura de emprego" e parar de se preparar para algo. Odiava a sensação de estar caminhando numa estrada sem fim.

Em vez disso, Minjun queria descansar. Ele não descansava desde o ensino fundamental. Era um aluno exemplar e todos acreditavam que ele continuaria se esforçando e trabalhando duro. Ele não odiava trabalhar, mas se o resultado de tanto esforço era aquilo, teria sido melhor não se esforçar tanto. Minjun não queria se arrepender de tudo o que havia feito, mas tinha a impressão de que se continuasse vivendo daquele jeito isso acabaria acontecendo. Ele verificou a conta bancária e viu que tinha o suficiente para sobreviver por alguns meses. Naquele instante, tomou uma decisão: não trabalharia e iria descansar até que o dinheiro acabasse. Até lá, não faria nada. É isso. E depois? Bem, depois...

Não tinha depois.

No fim do inverno, Minjun começou a viver oficialmente como desempregado. Para que nada nem ninguém o atrapalhasse, decidiu que só olharia o celular uma vez antes de dormir. Ligou para a operadora telefônica e mudou para o plano mais básico. Ele não pretendia ligar para ninguém.

Depois de se livrar de todas as obrigações que se esperavam dele, Minjun se perguntou como ocuparia seus dias. Ele desejava criar uma rotina naturalmente, mesmo sem ter muita certeza de como fazer isso. Ele só sabia que queria se livrar completamente de coisas como o alarme tocando de manhã, o julgamento da sociedade, a decepção dos pais, a competição sem fim, a comparação, o temor sobre o futuro...

Minjun acordava tarde todos os dias e ficava enrolando na cama até sentir fome. Depois que comia alguma coisa voltava a se deitar. Exceto os barulhos da rua, Minjun ficava imerso em completo silêncio o dia inteiro. A falta de sons amplificava seus pensamentos, que sumiam na mesma intensidade. Seu humor oscilava como uma montanha-russa: ora ficava revoltado do nada, ora sentia uma onda de otimismo tomar conta dele. Passou a murmurar sozinho com frequência.

— Tudo o que fiz até agora... — falou ele, enquanto olhava para o teto e terminava a frase em sua cabeça.

"Foi tudo para conseguir um emprego."

Minjun se lembrou de quando tirou dez no ditado, no jardim de infância. Sua professora escreveu "10" em letras grandes com uma caneta vermelha e disse: "Bom trabalho, Minjun." Minjun ficou envergonhado por receber elogios da professora, mas estufou o peito de orgulho mesmo assim. Voltou correndo para casa e mostrou o caderno para os pais, que o ergueram no ar, felizes, e perguntaram o que ele queria comer como recompensa.

— Talvez tenha começado aí — disse Minjun, tirando dois ovos da geladeira.

Tudo o que aprendeu na escola e na faculdade. Todos os bons resultados que obteve. Tudo isso era irrelevante agora que havia desistido de procurar emprego.

"Não, talvez não seja bem assim. Quer dizer... meu inglês é bom. Já me ajudou várias vezes quando precisei viajar para o exterior. Ah, mas quem eu quero enganar? Quando vou conseguir viajar de novo? Bom... pelo menos posso ajudar turistas que pedem informação na rua, não é? Ah, sei lá. É algo útil. E quanto a todas as outras habilidades que aprendi? Os macetes para se dar bem nas provas? Mexer no PowerPoint? Ficar sentado por muito tempo? Trabalhar mesmo estando extremamente exausto? Isso tudo foi para nada?"

Minjun refletiu sobre si mesmo, quem ele era e tudo o que havia realizado até então. Era um incompetente rejeitado em vários lugares, mas não se odiava. Na verdade, não se considerava um perdedor. Ouviu dizer em algum lugar que não adianta só se esforçar, é preciso ser excelente no que se faz. Mas qual é o critério que define "excelente"? Minjun pensou nos botões — aqueles que ele tinha sacrificado seu sono para fechar. Minjun não tinha a menor dúvida de que eles eram "excelentes".

No entanto, o propósito desses botões era achar um emprego, e isso o deixou desanimado. Ainda assim, não queria pensar que tudo o que havia feito tinha sido um desperdício de tempo. Ele pensou que talvez, em algum lugar dentro dele, em seu coração, ele havia aproveitado todos esses momentos de esforço. Ou será que não? Será que havia vivido tudo errado?

Minjun logo se acostumou à rotina de desempregado. Ele descobriu que não era do tipo que dormia até tarde. Quando dormia muito, seu corpo ficava todo travado. Acordava às oito da manhã mesmo sem alarme, arrumava a casa e tomava um café da manhã decente. Como tinha decidido não se preocupar com dinheiro até que a conta zerasse, fazia três refeições diárias bem servidas. Comia torrada ou ovo mexido de manhã, arroz com salada no almoço, e no jantar comia o que tivesse vontade.

Saía de casa às nove e meia da manhã e caminhava por vinte minutos até a aula de ioga como se estivesse passeando. Começou a praticar ioga por causa do corpo travado e acabou gostando. No começo ficava dolorido em lugares onde nem sabia que havia músculos, mas com o tempo passou a se sentir renovado. A parte favorita de Minjun era a hora do relaxamento no fim das aulas, quando ficava estirado no tapete de ioga. Ele se surpreendeu ao descobrir como ficar deitado por um curto período drenava a ansiedade de seu corpo e sua mente. Minjun às vezes até pegava no sono de tão relaxado, e quando o instrutor o acordava falando num tom baixo "podem se levantar e sentar", ele abria os olhos, arrepiado e um pouco confuso. Minjun voltava para casa se sentindo mais leve e satisfeito por ter feito algo bom para si mesmo. Nesse momento, ele se sentia feliz.

Mas o breve momento de felicidade sempre vinha seguido de um momento de infelicidade. Assim que encheu a boca com um enorme wrap de vegetais, sentado no quarto alugado, foi tomado por um pensamento.

Eu posso mesmo viver assim?

Apesar de a comida estar saborosa, o pensamento deixou um gosto amargo em sua boca. Ele fez outro wrap e encheu a boca outra vez — não há nada que uma boa comida não possa curar. A infelicidade foi engolida junto com a comida e ele voltou ao torpor de sempre.

Depois de almoçar, Minjun costumava ver filmes. Entre um filme e outro, maratonava séries que as pessoas diziam ser "a melhor coisa que já viram". Finalmente assistiu *Behind the White Tower* e, assim como todo mundo, caiu aos prantos no final, com a morte de Jang Joonhyuk. Ao assistir *Stranger*, ficou surpreso com o quanto as produções coreanas tinham evoluído. Ele começou a procurar em sites especializados críticas de filmes e séries para escolher qual ele veria em seguida e passou a ir ao cinema uma ou duas vezes por mês. Se Seongcheol o visse agora, ficaria impressionado.

Seongcheol era um cinéfilo de carteirinha. Assistia às sessões da madrugada até no período de provas — o que lhe rendia olheiras profundas pela falta de sono — e sempre criticava Minjun por só ver filmes de pancadaria.

— Não assista aos filmes que os outros falam que são bons. Assista aos filmes que despertem o seu interesse — dizia ele, com aquele ar de sabe-tudo.

Minjun sempre mandava o amigo calar a boca quando ele começava a se achar demais, mas ele não nunca o ouvia. Quando Minjun ia ao cinema ver um sucesso de bilheteria, Seongcheol até o insultava falando "gente como você é assim mesmo".

— É claro que um filme bom pode atrair milhões de espectadores. Mas nem todo filme popular é bom. Por que você não entende? Um filme assim só se torna um sucesso de dez milhões de espectadores porque já era um sucesso de três milhões.

Minjun sempre o ignorava, mas Seongcheol era incansável.

— O que eu quero dizer é que milhares de espectadores são atraídos pela propaganda. Depois que um filme alcança a marca de três milhões, a produtora começa a fazer propaganda de que o longa "já teve três milhões de espectadores". Então as pessoas pensam: "Opa, se tanta gente assistiu é porque deve ser bom." Aí a bilheteria logo ultrapassa os quatro milhões e a produtora faz outra propaganda. Então todo mundo entra na onda: "Caramba, quatro milhões, vou assistir também." E por aí vai. Cinco milhões, seis milhões, sete milhões...

— Cale a boca — disse Minjun, cortando a fala de Seongcheol.
— Você não sabe do que está falando.
— Por que você tem que ser tão arrogante?
— Bom, você está querendo dizer que todo filme de três milhões de espectadores tem meio que um passe-livre para virar um filme de dez milhões. Então a meta de todas as produtoras deveria ser atingir três milhões de espectadores, certo? Já que qualquer filme pode atrair dez milhões de pessoas depois de alcançar os três milhões, não é isso?
— Ah, já chega. Seu burro. Por que você entende tudo ao pé da letra? O que eu quero dizer é o seguinte: só porque dez milhões de pessoas assistiram a um filme não quer dizer que todas elas ti-

nham gostado. Então em vez de assistir aos filmes que todo mundo viu, nós, os amantes de cinema, deveríamos assistir aos filmes que realmente nos interessam. Entendeu agora?

— E como eu vou saber se gosto do filme antes de assistir? — perguntou Minjun, fazendo anotações no caderno sem nem olhar para Seongcheol.

— É só ver o diretor! Os pôsteres! A sinopse! Pense só. Você acha mesmo que existem dez milhões de coreanos que gostam desses filmes de ação sobre a máfia? Ou que são fanáticos pela Marvel? A maioria só assiste porque é o que todo mundo está assistindo!

Minjun não entendia por que Seongcheol ficava tão nervoso quando o assunto era cinema, mas sabia que era a única pessoa capaz de acalmá-lo. Minjun parou de fazer anotações, ergueu o rosto e olhou para Seongcheol.

— Finalmente entendi o que você quer dizer.

— Sério?

— Entendi tudo o que você falou. Eu estava errado. Obrigado por me explicar. De verdade.

Minjun se levantou e deu um abraço apertado em Seongcheol, que retribuiu sem entender a real intenção daquele gesto.

— Meu amigo, eu é que te agradeço por ter me entendido.

Mas Seongcheol estava certo em um aspecto. Minjun não assistia aos filmes de ação porque gostava, mas sim porque ele mesmo não sabia que tipo de filme o agradava, então só via o que os outros diziam ser bom. Mas, ainda assim, nunca se arrependeu de ter visto esses filmes. Por que se arrependeria? Se ele se divertiu durante a sessão, então era o suficiente.

Agora que tinha tempo de sobra, Minjun podia procurar qual tipo de filme gostava. Queria falar para Seongcheol que, para descobrir do que se gosta, é preciso tempo e energia para explorar. Filmes profundos e abstratos demandam uma concentração que Minjun nunca conseguiu ter. Ele tinha vontade de perguntar a

Seongcheol como ele conseguia assistir a tantos filmes mesmo sendo tão ocupado.

Quando via um filme, Minjun refletia sobre ele por bastante tempo. Chegava a passar um dia inteiro pensando num filme. Ele nunca havia investido tanto tempo em algo que não servisse a um objetivo concreto. No processo de descobrir seus gostos e preferências, Minjun percebeu que se dedicar a algo sem propósito talvez seja como olhar para dentro de si mesmo.

Clientes fiéis

Enquanto limpava uma mesa, Minjun observava um homem de meia-idade que havia acabado de entrar. Já fazia algumas semanas que esse cliente aparecia na livraria todos os dias à uma e meia da tarde. De acordo com Yeongju, nos primeiros dias ele vasculhou todas as prateleiras à procura de um livro que o interessasse, como se estivesse em uma biblioteca. Quando encontrou, começou a fazer "leituras pós-almoço" e não parou mais. Ele era dono de uma imobiliária recém-inaugurada que ficava a cinco minutos de distância da livraria.

O título que havia chamado a atenção do homem era *Tribos morais*. Ele passava cerca de meia hora na livraria todos os dias e já tinha lido mais da metade do livro. Quando o seu horário de almoço terminava, ele deixava o livro na prateleira e saía de lá com uma expressão serena e imerso em pensamentos, parecendo orgulhoso da sua escolha literária. Há alguns dias, Yeongju e Minjun vinham conversando sobre essa situação e qual seria a melhor maneira de avisar ao cliente que eles estavam em uma livraria e não numa biblioteca.

— Vamos esperar até ele terminar de ler o livro — sugeriu Yeongju, enquanto escrevia num bloco de notas, sentada no lado oposto de Minjun, que copiava o que ela escrevia.

— Muito irônico, não acha? — falou Minjun. Ele parou de escrever e olhou para Yeongju. — Ele estar lendo *Tribos morais* enquanto faz algo imoral.

Yeongju respondeu sem levantar a cabeça.

— Enxergar a si mesmo é sempre difícil. Mesmo quando lemos sobre o assunto.

— Então para que ler? — perguntou Minjun, voltando a escrever.

Yeongju suspirou, olhou por um momento pela janela e se virou para ele.

— Acho que é difícil, mas não impossível. Uma pessoa capaz de fazer autocrítica pode mudar ao ler um livro. Mas acredito que até as pessoas que não conseguem podem acabar olhando para si mesmas com mais honestidade se continuarem lendo.

— Será mesmo?

— Eu leio muito porque sei que pertenço ao segundo tipo. Continuo lendo na esperança de me tornar uma pessoa melhor um dia.

Minjun assentiu levemente, querendo dizer que a entendia.

— Você sabe por que ele abriu uma imobiliária aqui? — perguntou Yeongju, com uma expressão de quem já sabia a resposta.

— O mercado imobiliário da região está aquecido?

— Ainda não. Mas ele acha que vai aquecer nos próximos anos. As vizinhanças daqui estão passando por um processo de gentrificação. Para onde você acha que as pessoas vão acabar indo? Ele acha que elas virão para Hyunam-dong e que essa região será supervalorizada em alguns anos.

O homem havia voltado para curtir sua leitura diária. Se ele estivesse certo, Minjun teria que se mudar daqui há algum tempo. O aluguel, que mal conseguia pagar, no mínimo dobraria de preço quando esse momento chegasse. Era absurdo pensar que o sonho de alguém pudesse ser a desgraça do outro. Os destinos de Minjun e do corretor nunca se cruzarão.

Depois de trabalhar por mais de um ano na livraria, Minjun já sabia quem eram os clientes fiéis. Geralmente eles puxavam assunto, mas às vezes Minjun os cumprimentava primeiro. Ele também já conhecia a maioria dos moradores do bairro — como a mãe de Mincheol, que visitava a loja quase todos os dias — e reconhecia na hora os clientes que iam à livraria ao menos uma vez por semana, sobretudo os integrantes do clube de leitura, que frequentavam o local regularmente e passavam o dia lá. E havia aqueles que visitavam a livraria só pelo café. Dificilmente se esquecia deles, mesmo que os tivesse visto apenas uma vez.

Minjun conversava bastante com um cliente que parecia trabalhar num escritório. Ele visitava a livraria de duas a três vezes por semana, sentava-se a uma mesa e lia até a livraria fechar. Às vezes, ele vinha correndo, no final do expediente de Minjun, entrava ofegante, encontrava um assento livre e lia ao menos algumas páginas. Um dia, ele apareceu antes da livraria abrir. Foi a primeira vez que ele e Yeongju conversaram. Desde então, se aproximaram bastante, a ponto de terem piadas internas. Minjun chegou até a ouvi-los se chamando pelo primeiro nome. Ele se chamava Choi Wooshik. Quando se conheceram, Yeongju ficou animada e disse que era um belo nome. Minjun achou estranho, já que ela não costumava agir assim. Depois ela contou que acabou se empolgando porque era o mesmo nome de um ator de quem ela era fã.

Wooshik tinha sua própria rotina na livraria. Nos dias em que comprava livros, não pedia café e apenas lia, sentado a uma mesa. Nos dias em que não comprava livros, pedia café e tomava uns goles. De tempos em tempos, Wooshik sumia. Voltava depois de algumas semanas com um sorriso no rosto, e então explicava para Yeongju o motivo do sumiço.

— É que chegou um produto novo na agência. Fiquei muito ocupado porque tive que visitar as franquias e apresentar o produto. Eu queria vir e ler um pouco, mas quando finalmente tive um tempo livre, a livraria já estava fechada. Fiquei tão chateado que até lembrei quando era criança e passava perto do fliperama mas não entrava por medo de levar bronca da minha mãe.

Minjun pensou que Wooshik talvez estivesse ficando sensível demais depois de ler tantos romances. Ou talvez fosse o contrário. Talvez ele gostasse de ler romances justamente por ser uma alma sensível. Ou talvez nada disso estivesse relacionado. Afinal, não são só as pessoas sentimentais que gostam de ler. Certo dia, enquanto Minjun limpava uma mesa, Wooshik se apresentou a ele:

— Olá, ainda não nos apresentamos. Me chamo Choi Wooshik.

— Ah, sim. Eu sou Kim Minjun.

— Desculpe pelas outras vezes — disse Wooshik, com cara de culpado.

— Como assim? — perguntou Minjun, surpreso.

— O café. Nunca bebo tudo e isso me incomoda. Meu coração fica palpitando quando tomo café, então não posso beber muito. Mesmo assim faço questão de tomar uns goles.

— Não tem por que se sentir mal, senhor.

— Ah, é? Acho que exagerei de novo. — Wooshik abriu um sorriso amigável. — Não entendo muito de café, mas até eu acho o seu muito bom.

Minjun se lembrou de quando Yeongju ficara animada só porque ele tinha o mesmo nome do ator de que ela gostava. Será que pessoas que têm o mesmo nome também compartilham da mesma personalidade? Minjun olhou para Wooshik como se tivesse encontrado por acaso algo que prezava muito mas não lembrava que havia perdido.

— Obrigado pelo elogio.

Clientes fiéis sempre atraíam a atenção de Yeongju e Minjun, mas uma em especial vinha se destacando nos últimos meses. Ela passara a frequentar a livraria quando o tempo começou a esquentar e, no ápice de verão, já havia se tornado um rosto conhecido. Vinha quase todos os dias, ficava por cinco ou seis horas e ia embora. A mulher se destacava no meio dos outros clientes, que liam livros e digitavam em seus notebooks. Ela chamava atenção justamente por não ler uma página sequer nem trazer laptop algum. Ou seja, ela não fazia nada, só ficava sentada.

No começo ela só aparecia uma vez por semana, ficava sentada por uma hora ou duas sem fazer nada e ia embora. Nenhum dos dois prestou muita atenção nela. Yeongju só percebeu que ela era meio diferente quando a mulher a questionou sobre algo.

— Por quanto tempo posso ficar aqui só com uma xícara de café?

— A nossa livraria não tem limite de tempo para permanência de clientes.

— Mas eu fico incomodada com isso. É ruim para a livraria se eu pedir só uma xícara e ficar o dia todo, né?

— Bom, é verdade. Mas... Ainda não vi ninguém fazer isso.

— Então talvez seja bom pensar nisso. Pode ser que eu me torne essa pessoa.

Como prometido, a mulher foi passando cada vez mais tempo na livraria. Ela chegou a passar seis horas no estabelecimento tranquilamente. Como não havia nenhuma norma sobre limite de permanência, ela mesma estabeleceu uma regra e passou a pedir uma bebida a cada três horas. Eles só perceberam quando a mulher contou para Minjun. Certo dia, ela pediu um café e disse:

— Estou pedindo mais uma xícara porque passaram três horas. Assim não dou prejuízo para a livraria, certo?

Ela sempre se sentava à mesa apenas com um celular e um bloco de anotações. Vez ou outra, anotava alguma coisa no bloco. Mas, na maior parte do tempo, só ficava parada, de olhos fechados. Às vezes, a cabeça dela pendia para um lado, como se estivesse caindo no sono. Só mais tarde Yeongju e Minjun descobriram que, na verdade, a mulher estava meditando e ela realmente cochilava de vez em quando.

Conforme o tempo foi esfriando, a mulher — que só usava camiseta de manga curta e bermuda folgada — começou a usar uma camisa de mangas longas e calça jeans tipo *boyfriend*. As peças pareciam ter sido escolhidas de modo aleatório, mas lhe proporcionavam uma aparência naturalmente elegante. Seu estilo exalava conforto. Desde que começou a aparecer de calça comprida, a mulher trocou o seu lugar de sempre e passou a se sentar num canto para fazer crochê. Ela devia ser o tipo de pessoa que odiava incomodar os outros, porque antes de fazer qualquer coisa, pedia permissão para Yeongju.

— Tudo bem se eu começar a fazer crochê aqui? Eu vou ficar quieta. Não vai incomodar, vai?

A primeira regra de Yeongju era não encarar os clientes e deixá-los desconfortáveis, mas achava difícil obedecer à regra quando se tratava dessa cliente em específico. Tudo culpa do crochê! Yeongju não conseguia desviar os olhos dela, o movimento das mãos da mulher a encantava. Os discos de crochê, que eram do tamanho da palma da mão, às vezes levavam um dia para ficar prontos, outras vezes só precisavam de duas ou três horas para ser finalizados. Foi nessa época que Yeongju descobriu que o nome da cliente era Jeongseo.

Nos intervalos entre um disco e outro, Jeongseo fechava os olhos e ficava parada por um tempo — meditando, como sempre. Ela fazia peças de vários formatos, mas a favorita de Yeongju era a que tinha formato de pão. Jeongseo usava lã marrom para a casca e bege para o miolo. Vendo de longe, parecia que um pão recém-saído do forno estava em cima da mesa. Jeongseo fazia as peças uma atrás da outra, sem falar nada. Mas nunca se esquecia de pedir uma bebida a cada três horas.

Pouco mais de um mês depois que Jeongseo começou a fazer crochê na livraria, Yeongju ficou curiosa para saber quantos discos a mulher já havia feito. Até imaginou a casa de Jeongseo toda decorada com seus crochês. Mas Yeongju deixou para lá e Jeongseo continuou fazendo seu trabalho. Um dia, Jeongseo entrou na livraria agarrada a uma enorme sacola de papel e perguntou para Yeongju:

— Eu gostaria de doar peças de crochê para a livraria. Como faço?

Distribuição de crochês realizada com sucesso

Yeongju colocou a sacola em cima da mesa e chamou Jeongseo e Minjun para uma reunião. Yeongju achou muito gentil da parte de Jeongseo fazer uma doação sem pedir nada em troca, então decidiu que não iria vender o trabalho dela. Os três concordaram em distribuir os discos de crochê gratuitamente na livraria.

Terça-feira, 18h30 / texto para Instagram
Nesta sexta-feira, vamos promover um evento na Livraria Hyunam-dong. Todos os visitantes poderão voltar para casa com um disco de crochê! Todos foram confeccionados à mão. São peças graciosas em formato de coração, flor, peixe, pão e muito mais. Temos um estoque limitado, então a distribuição será por ordem de chegada. Para que ninguém venha à toa, faremos atualizações sobre a quantidade disponível. Venha para a Livraria Hyunam-dong na sexta-feira e garanta seu disco de crochê. :)
#livrariaHyunam-dong #livrariadebairro #livrariaindependente #todomundogostadecroche #eventoespecial #quemseraquefezoscroches #chegalogosextafeira

Sexta-feira, 13h04 / texto para Instagram
Quem vier à livraria hoje ganhará um disco de crochê. Todos são bem-vindos. Temos estoque limitado de setenta unidades.

*#livrariahyunam-dong #livrariadebairro #livrariaindepen-
dente #garantaoseu #degraça*

Sexta-feira, 17h02 / texto para Instagram
*Uau! Não sabia que discos de crochê eram tão populares as-
sim. Temos apenas trinta e três unidades :)
#livrariahyunam-dong #livrariadebairro #livrariaindepen-
dente #sextounalivraria*

O evento ocorreu melhor do que o esperado. Os clientes ficaram tão encantados pelos discos de crochê quanto Yeongju. Naquele dia, ela recebeu mais perguntas sobre os discos do que sobre os livros. Muitos queriam saber como eram feitos, então ela respondia o que Jeongseo havia compartilhado com ela.

Yeongju aprendeu que os clientes adoram esse tipo de evento e, talvez, por ganharem um presente tão único e gracioso, muitos deles acabam se animando e comprando algo na livraria. Vários clientes foram atrás dos crochês e acabaram comprando livros também. Yeongju se perguntou se valia a pena promover mais eventos como aquele. Mas, no fim das contas, chegou à conclusão de que uma hora esses eventos não seriam mais novidade e o público iria diminuir. Precisava focar em construir uma boa livraria e, quem sabe, fazer algo diferente para dar uma movimentada de vez em quando.

À tardinha, quando o evento estava terminando e havia apenas uns quatro ou cinco clientes lendo em silêncio na livraria, Yeongju finalmente conseguiu descansar. Ela foi em direção a uma das mesas perto da janela e viu Mincheol sentado ali. Ele estava olhando para o lado de fora, com o queixo apoiado na mão. Parecia um filhote de passarinho preso na gaiola. Quem teria trancado aquele passarinho? Será que ele sabia que podia abrir a gaiola mesmo estando do lado de dentro? Yeongju estava prestes a fazer algo que demandava a maior delicadeza do mundo: ajudar o filhote a tomar uma atitude e abrir a gaiola por conta própria.

Em cima da mesa, estava o exemplar de *O apanhador no campo de centeio*, que Yeongju dera ao garoto na semana anterior. Quando ela se aproximou de Mincheol, ele se endireitou na cadeira, e Yeongju logo percebeu que, mais uma vez, sua recomendação não havia feito muito sucesso. Ela jurou que nunca mais recomendaria livros cheios de monólogos sobre estudantes socialmente desajustados.

— Não gostou do livro? — perguntou Yeongju, sentando-se ao lado de Mincheol.

— Ah, não é isso. Eu sei que este livro é bom — respondeu ele, gentilmente.

— Achou difícil? — Yeongju ficou mexendo no livro.

— Tia, você sabe quando aparece a primeira fala deste livro? — Na última semana, Mincheol começara a chamar Yeongju de "tia".

— Quando? — Yeongju tocou no exemplar.

— Na página sete, logo no primeiro capítulo.

A voz de Mincheol era calma. Ele falava como se estivesse comentando sobre um dia chuvoso. No entanto, Yeongju teve a impressão de ouvir um tom de ressentimento na voz dele. Mincheol pareceu ter ouvido os pensamentos dela, porque logo depois falou com hesitação:

— Me desculpe. Eu nunca tinha lido um livro assim. Mal consigo ler livros escolares.

Na semana anterior, Mincheol visitara Yeongju na livraria. Ela sabia que ele havia feito um acordo com a mãe. Se Mincheol passasse na livraria uma vez por semana e lesse o livro que Yeongju recomendasse, ele não precisaria fazer reforço escolar e a mãe pararia de reclamar que ele não fazia nada em casa. Quando escutou essa história pela primeira vez, Yeongju foi contra. Era demais para ela. Como poderia se envolver na educação de uma criança? Ela não tinha filhos nem sobrinhos. Quando Yeongju se desculpou e disse que não conseguiria fazer isso, a mãe de Mincheol segurou as mãos dela e disse:

— Entendo que você possa se sentir pressionada.

A mãe de Mincheol soltou as mãos de Yeongju e bebeu o café americano gelado com canudo.

— E se você imaginar que meu filho é apenas mais um cliente e recomendar alguns livros? É só isso que eu quero. Sei que estou forçando Mincheol a fazer isso, mas pense que ele é só mais um estudante que visita a livraria uma vez por semana. Vamos tentar só por um mês. Quatro visitas. Basta recomendar bons livros para ele. Ele não me escuta de jeito nenhum. Os pais hoje em dia são inúteis, não conseguimos convencer nossos próprios filhos a fazer nada.

Yeongju mudou de ideia no dia seguinte e decidiu conversar com Mincheol. Se um estudante passasse na livraria uma vez por semana, ela não se sentiria pressionada, mas feliz.

Enquanto folheava *O apanhador no campo de centeio*, Yeongju tentou pensar em que tipo de livro um adolescente gostaria de ler. Então Mincheol apontou para o livro e disse:

— Tia, a senhora acha que eu preciso ler esse livro, né?

— Como assim?

— Vou me esforçar por mais uma semana. Posso estar achando difícil porque não estou acostumado com esse tipo de leitura.

Ao observá-lo falar, Yeongju percebeu como ele se expressava bem e pensou que talvez não devesse tratá-lo como um passarinho preso na gaiola.

— Tudo bem. Mas você acha que consegue?

— Consigo o quê?

Mincheol arregalou os olhos grandes, sem entender o que ela queria dizer.

— Se esforçar para ler.

— Se eu tentar, acho que sim.

— Hum... Eu não gosto de me esforçar demais.

— Mas se eu não tentar, nunca vou conseguir alcançar o que quero.

— Se você sabe disso, por que vive tão desanimado?

Yeongju jogou verde, já imaginando o que ele iria dizer.

— Porque saber uma coisa é muito diferente de fazer — respondeu Mincheol, em tom de indiferença.

Yeongju sentiu apreço pelo garoto desde a primeira vez em que o viu. Mincheol a lembrava de quando era mais jovem — estava sempre frustrada, mas nunca sabia o porquê. Mas enquanto Yeongju buscou nos estudos uma forma de aliviar esse sentimento, Mincheol parecia estar fazendo o oposto, permanecendo na inércia. Mas talvez ele só fosse mais esperto que ela e soubesse como recalcular a rota e encontrar um novo caminho — algo que Yeongju só conseguiu fazer muitos anos depois.

Yeongju conversava com Mincheol enquanto trabalhava. Ele ficava olhando pela janela emburrado e só virava quando Yeongju se aproximava e falava com ele. O garoto respondia a todas as perguntas dela, sem se esquivar. Mincheol era inteligente e sincero, e tinha um lado brincalhão que contrariava sua imagem de sério e cuidadoso. Depois de conversar com ele, Yeongju resolveu mudar sua abordagem. Ela chegou mais perto e disse:

— Vamos montar uma estratégia.

— Que tipo de estratégia? — perguntou o garoto, se afastando. Estar tão próximo de Yeongju o deixava desconfortável.

— Deixa os livros pra lá. Em vez disso, você vem aqui uma vez por semana conversar comigo. Vou devolver o dinheiro que sua mãe me deu para pagar seus livros no fim do mês. Vamos manter isso entre nós dois por enquanto. Combinado?

— Quer dizer que não preciso mais ler?

Mincheol nunca pareceu tão feliz.

Sexta-feira, 20h30 / texto para Instagram
Aos clientes que levaram os discos de crochê! Já começaram a usar? Só restaram quatro, então ficaremos com eles e usaremos na cozinha da livraria. Muito obrigada a todos que nos visitaram hoje. :)

#livrariaHyunam-dong #livrariadebairro #livrariaindependente #fimdoeventodecroche #boanoite #bomdescanso

O expediente de Minjun já havia acabado, mas ele ainda estava na livraria. Não largava o pano de prato, e não parava de limpar o mesmo copo e a máquina de café. Olhava de relance para Yeongju, que, pelo visto, iria trabalhar até tarde naquele dia. Minjun se perguntou se não seria melhor trabalharem juntos nos dias muito movimentados, assim os dois poderiam ir para casa mais cedo. Minjun já estava familiarizado com o trabalho e agora era capaz de realizar a maior parte das tarefas da livraria. Mas com uma chefe tão certinha em relação a pagamento como Yeongju, ele não podia simplesmente decidir que iria fazer hora extra. Pedir para fazer hora extra era basicamente pedir mais dinheiro.

No fim das contas, Minjun pegou sua bolsa e colocou no ombro. Ficou indeciso por um momento, levantou da bancada e perguntou a Yeongju:

— Chefe, vai trabalhar até tarde hoje?

— Sim, acho que vou ficar aqui mais um pouco. — Yeongju tirou os olhos do laptop, ergueu o rosto e olhou para Minjun. — Por quê?

— Se tiver muito trabalho, posso ajudar. Não é porque quero fazer hora extra, eu só não queria voltar para casa agora.

— Ah! Eu também. Vou ficar aqui porque não quero voltar para casa.

— Sério?

— Não, só estou brincando — respondeu Yeongju, com um sorriso brincalhão. — Não se preocupe, não tem tanto trabalho assim. Jimi vai lá em casa mais tarde. Eu vou embora antes disso. Daqui uma hora, no máximo.

Minjun percebeu que não tinha por que insistir. Ele a observou por um tempo e depois a cumprimentou levemente com a cabeça.

— Tudo bem, então já vou indo.
— Até amanhã, Minjun.

Sexta-feira, 9h47 / texto para o Instagram
Dizem que os homens ficam mais melancólicos no outono e as mulheres na primavera, devido à influência hormonal. O outono está chegando. Homens, como vocês estão? Outono também é a estação do apetite. Talvez seja por isso que ando morrendo de fome no fim do expediente. Mas, já que não posso abusar, leio livros sobre comida como se estivesse vendo um programa de culinária. Estou lendo agora Como água para chocolate, *de Laura Esquivel. Recomendo muito que assistam ao filme antes* ☺
#livrariaHyunam-dong #livrariadebairro #romanceculinario-paraquandobateafome #lauraesquivel #comoaguaparachocolate #estavalendoeagoravouparacasa #ateamanhapessoal

No caminho para casa, Yeongju começou a pensar em como Minjun havia mudado. Mas, antes que se desse conta, Yeongju já estava na porta de casa e Jimi se encontrava sentada à sua espera, carregando um pack de seis de cervejas na mão direita e uma sacola de papel provavelmente cheia de queijos variados na esquerda. Quando Yeongju a chamou, gritando *"Eonnie!"* — uma forma carinhosa de chamar irmãs ou amigas mais velhas na Coreia —, Jimi se levantou e gemeu como se estivesse levantando halteres com as duas mãos. Yeongju a ajudou e segurou uma das sacolas.

— Não precisava ter trazido tanta coisa assim.
— Não é muita coisa, não. E, no fim das contas, sou eu quem vai comer tudo mesmo.
— Tem certeza de que pode passar a noite aqui?
— Claro que tenho. Aquele homem só deve voltar para casa de madrugada. Eu nem me importo mais, na verdade.

Yeongju e Jimi serviram os acompanhamentos em pratos, os colocaram no chão e deitaram uma ao lado da outra. Só se levantavam de vez em quando para beber uns goles de cerveja. Quando começou a decorar seu apartamento, Yeongju priorizou a iluminação. As lâmpadas de sua casa lançavam um brilho quente e agradável sobre as mulheres estendidas confortavelmente no chão.

— A única coisa que se salva na sua casa é a iluminação — criticou Jimi.

— Tenho vários livros também — respondeu Yeongju.

— Só você gosta de livros.

— A dona desta casa também é bem ok — rebateu Yeongju.

— Só você pra falar isso de si mesma.

Yeongju se levantou de repente, virou a cerveja e respondeu:

— Eonnie, acho que você tem razão.

— Do que você está falando?

Jimi lhe lançou um olhar de reprovação enquanto comia um pedaço de queijo. Era uma expressão que parecia dizer: "Ih, lá vem ela com papinho sério de novo. Pode parar por aí, hein?"

— Eu tenho pensado muito nisso ultimamente. Que minha existência é boa para mim, mas não representa nada para os outros. Às vezes nem eu me acho muito legal, mas ainda consigo me aguentar, sabe?

— Você pensa demais. — Jimi se apoiou no braço para levantar e se sentou. — Quem no mundo não se sente assim? Por acaso eu pareço uma boa pessoa? Eu não suporto aquele homem, e sei que ele também não me suporta. Digamos que um é tão ruim quanto o outro. É nisso que eu me agarro para aguentar essa situação.

— Mas deve existir alguém por aí que saiba se amar sem fazer mal aos outros. Você não acha? — falou Yeongju, abrindo outro pacote de queijo.

— Achou alguém assim nesses livros que você adora? Tem certeza de que ele não tinha asas? — perguntou Jimi, de forma seca, e se deitou novamente, olhando para o teto. — Você mesma me disse um tempo atrás, lembra? Que os protagonistas de romances são todos meio desajustados e por isso tantas pessoas se identificam com eles. E, por sermos imperfeitos, acabamos machucando uns aos outros. Você é só uma pessoa como qualquer outra. Somos todos assim. Sempre causamos problemas. Mas às vezes fazemos coisas boas também.

— Tem razão. — Yeongju também se deitou e olhou para o teto. — Mas sabe de uma coisa, *eonnie*?

— Hum?

— Lembra daquele cliente de que te falei? O que lê durante o horário de almoço?

— Ah, lembro, sim. O que tem ele?

— Ele sumiu por um tempo, mas reapareceu alguns dias atrás e continua lendo os mesmos livros.

— Que figura, né?

— Aí eu decidi puxar assunto antes que ele fosse embora.

— E o que você falou?

— Avisei que se ficasse lá e lesse um livro inteiro em vez de só algumas páginas, iria danificá-lo e não conseguiríamos vendê-lo depois.

— E o que ele respondeu?

— O rosto dele ficou todo vermelho. Então saiu apressado, sem falar nada.

— Viu? Ele também faz mal aos outros.

— Mas ele voltou hoje.

— Ele brigou com você?

— Não. Ele pagou pelos livros que já tinha lido, escolheu mais alguns e comprou mais de dez exemplares. E não olhou para a minha cara nem por um segundo.

— Ele provavelmente pensou no assunto quando chegou em casa. Entendeu que fez mal a outra pessoa.

Yeongju soltou um riso baixo quando ouviu Jimi falar.

— Ah, sim. *Eonnie*, eu trouxe um disco de crochê para você.

— Disco de crochê?

— É em formato de pão, e é muito fofo.
— Quem te deu isso?
— Uma cliente que está sempre na livraria. Distribuímos vários por lá hoje. Eu, você e Minjun vamos ficar com os que sobraram.
— O Minjun cozinha em casa?
— Não sei.
— Ele parece esperto. Deve cozinhar, sim.
— E o que esperteza tem a ver com isso?
— Só acho que ele é do tipo que sabe se cuidar, que não dá trabalho.

Depois de lavar toda a louça do jantar, Minjun escolheu um filme para assistir. Enquanto via o filme, ligou o celular e conferiu as mensagens. Não tinha nada de mais. No momento em que ia desligar, recebeu uma ligação. Era da mãe, que ele vinha evitando. Minjun pausou o filme e atendeu à ligação.

— Oi, mãe — disse ele, tentando parecer tranquilo.
— Por que é tão difícil falar com você? Por que deixa o celular desligado?

Minjun soltou um suspiro baixo ao ouvir os questionamentos da mãe.

— Eu já disse que é difícil atender às ligações durante o trabalho. Esqueci de ligar o celular quando voltei para casa.
— Já jantou?
— Já.
— E a saúde?
— Boa.
— E o trabalho?
— Ah, trabalho é trabalho, né?
— Seu pai perguntou até quando você vai viver de bico.

Minjun se levantou e se sentou no chão, apoiando as costas na parede.

— E sou eu quem decide até quando vou viver de bico? — respondeu ele, de forma ríspida.

— Quem é que decide então?

— O país? A sociedade? O mercado? — disse Minjun, levantando a voz.

— Quer parar de falar essas coisas? Se vai continuar assim, por que não volta para casa? Já falei para voltar e descansar um pouco. Por que não me escuta? Tem que descansar direito para recuperar as forças e voltar a correr!

Minjun apoiou a cabeça na parede e ficou mudo.

— Por que está tão calado? — questionou a mãe.

— Mãe.

— O quê?

Minjun murmurou, quase como se estivesse falando consigo mesmo.

— Preciso mesmo correr?

— Como é?

— Eu estou bem com as coisas como estão agora.

— Está bem uma ova! Você tem alguma ideia de quando foi a última vez que dormi direito, de tão preocupada? Só de pensar em você aí, do jeito que está... Tem alguma ideia de como me arrependo de não ter feito você focar só nos estudos durante a faculdade? Na época você também disse que estava bem. E eu achei que estivesse falando a verdade!

Ao ouvir a voz embargada da mãe, Minjun se sentiu culpado. Ele não estava arrependido por não ter se concentrado apenas nos estudos, e sim por não ter sido esperto o bastante para ponderar se aquele era mesmo o melhor caminho, em vez de acreditar cegamente no que estava fazendo. Ele considerou falar que era disso que se arrependia, mas desistiu.

— Não precisa se preocupar. Eu estou bem.

— Ah, filho. Eu acredito em você. É que meu coração não consegue parar de se preocupar.

— Eu sei.

— Tem dinheiro?

— Tenho, sim.
— Se ficar sem dinheiro, me liga. Não precisa se preocupar com isso.
— Não vou precisar.
— Está bem. Vou desligar. Vê se deixa o celular ligado, tá?
— Tá.
Minjun ficou parado naquela posição por um bom tempo mesmo depois do fim da ligação.

Uma boa pessoa de vez em quando

Depois de conversar com Jimi sobre como podemos fazer mal aos outros, Yeongju ficou muito desanimada. Ela tentou se movimentar um pouco, mas seu corpo parecia estar dormente. Havia momentos em que ela aparentava estar bem, mas então, de repente, lembranças do passado ressurgiam e ela voltava a desmoronar. Para escapar dos próprios pensamentos, Yeongju dava tapinhas nas bochechas, saía para dar uma volta na rua ou cantarolava, mas nada disso parecia funcionar.

Ao relembrar as coisas que a mãe dizia, Yeongju fechou os olhos com força. Ela nunca a apoiou, sempre preferiu ficar do lado do genro. Todas as manhãs, a mãe de Yeongju ia à casa dela para preparar o café da manhã para ele, não para a filha. O genro aceitava sem hesitar e ainda ficava olhando enquanto a sogra dava bronca na esposa. Ele só perguntava se estava tudo bem com Yeongju depois que a sogra ia embora. Yeongju apenas assentia e se questionava se ele deveria estar mesmo perguntando aquilo.

— Você tem alguma ideia do transtorno que está causando? — gritou a mãe de Yeongju enquanto agarrava os ombros dela. Quando Yeongju contou que havia pedido o divórcio, a mãe quase bateu nela. Desde então, não conseguiu mais vê-la.

— O que eu fiz de errado para a senhora?

Toda vez que Yeongju se lembrava dos gritos da mãe, por dentro ela tentava entender o que tinha feito de tão horrível. Mas não importava o que fizesse, o espinho encravado no seu coração não saía do lugar. Várias partes do seu peito ardiam e doíam, como se tivessem hematomas espalhados. Sua mãe sempre a fazia se sentir muito solitária. Quando esse pensamento surgia, Yeongju ficava desesperada para se agarrar a qualquer coisa que a tirasse desse estado, então se forçava a sentar e respirar. Não era fácil, mas não tinha outro jeito.

Felizmente, Jeongseo apareceu na livraria hoje. Depois de se certificar de que não tinha nenhuma urgência para resolver, Yeongju se sentou na frente dela e passou um tempo observando-a. Mesmo depois de doar os crochês, Jeongseo foi quase todos os dias à livraria. Nos últimos tempos, ela havia embarcado numa nova atividade: tricô. Yeongju perguntou se ela estava fazendo um cachecol e Jeongseo disse que sim, mas que não gostava de cachecóis compridos demais, então estava fazendo um que desse apenas duas voltas ao redor do pescoço.

— Qual será o formato? — perguntou Yeongju enquanto pegava o cachecol cinza.

— O mais básico. É melhor começar com o básico. Quando as mãos se acostumam, fica mais fácil de fazer outros formatos.

Yeongju assentiu e continuou acariciando o cachecol.

— A cor é linda. Cinza combina com tudo.

— Escolhi justamente por isso — respondeu Jeongseo, enquanto mexia as agulhas num ritmo constante.

Yeongju assentiu outra vez, largou o cachecol, apoiou o queixo na palma da mão e ficou observando Jeongseo tricotar. O processo de colocar, enrolar e tirar a agulha era feito de maneira tão ordenada quanto os batimentos do coração. Se pudesse, Yeongju ficaria ali olhando até o cachecol ficar pronto. Se possível, não queria perder o exato momento em que o cachecol ficasse pronto. Yeongju achava que se estivesse ali quando Jeongseo finalmente terminasse, se pudesse compartilhar esse momento com ela, seria capaz de se livrar da terrível sensação de estar sozinha no mundo.

Quinta-feira, 22h23 / Blog
De vez em quando, entro em desespero pensando que sou uma pessoa inútil, principalmente quando magoo quem eu amo. Será que o peso do sofrimento que causamos determina quem somos? Será que eu só sirvo para ferir os outros? Essa sou eu? Meu coração para quando começo a pensar nessas coisas.

No fim das contas, sou apenas uma pessoa como outra qualquer. Por mais que eu tente, não sou nada além de uma pessoa comum. E, por ser assim, acabo machucando as pessoas ao meu redor. Nós sorrimos para os outros ao mesmo tempo que os machucamos.

Por isso, me sinto reconfortada quando leio romances como O protetor da luz.* *Talvez as minhas boas intenções tenham soado como dizer "Eu estou do seu lado" para alguém? Todos nós somos inadequados, fracos e comuns. Mas se somos capazes de ser gentis — mesmo que por um brevíssimo momento —, podemos ser extraordinários.*

No romance, Kwoneun, uma estudante do ensino fundamental, tem apenas um amigo: um globo de neve que neva exatamente por um minuto e meio quando você o balança. Órfã, Kwoneun vive sozinha, está sempre com fome e não consegue dormir por causa do medo que tem de pesadelos. Ela fica encarando o globo e, quando a neve para de cair, Kwoneun se cobre depressa com o cobertor e reza para não ter sonhos ruins. Tremendo de medo, a criança faz um pedido: **"Quero que o relógio deste quarto congele e que eu pare de respirar."** *(Cho Hae-jin,* Protetor da luz*, Editora Changbi, 2017, página 27).*

O livro é narrado por "Eu", o representante de turma. "Eu" se sente desconfortável com a solidão e a pobreza de

---

* Cho Hae-jin, 빛의 호위 *Bichui Howi* (Changbi, 2017).

Kwoneun, mas ao mesmo tempo sente culpa por deixá-la à própria sorte. Um dia, "Eu" rouba uma câmera da sua casa e a entrega para Kwoneun, para que a menina possa vendê-la e comprar comida. A câmera se torna uma luz na vida de Kwoneun, que antes desejava morrer.

"'Você sabe qual é a coisa mais extraordinária que alguém pode fazer?' escreveu Kwoneun em uma carta. Balancei a cabeça enquanto lia. 'Uma vez me disseram que salvar alguém é um ato de grandeza que poucas pessoas conseguem ter. Então... não importa o que aconteça comigo, lembre-se disso: a câmera que você me deu salvou a minha vida.'" (Cho Hae-jin, Protetor da luz, Editora Changbi, 2017, páginas 27 e 28).

"Eu" é uma pessoa comum. Assim como nós, que perguntamos para o espelho "Você está feliz agora?" e não conseguimos responder. "Eu" cresce e se esquece de Kwoneun. Quando "Eu" encontra Kwoneun, anos depois, não a reconhece. "Eu" não lembrava que tinha uma colega pobre na escola, que conversava com ela frequentemente, ou que tinha dado uma câmera para ela. Mas Kwoneun nunca esqueceu como "Eu" a ajudou. Graças a "Eu", Kwoneun encontrou forças para continuar a viver. Para ela, "Eu" salvou sua vida e é uma pessoa admirável.

Fiquei muito pensativa ao finalizar a leitura. Eu deveria parar de me considerar inadequada. Ainda terei muitas oportunidades na vida, certo? Oportunidades de ser gentil e demonstrar empatia. Até alguém decepcionante como eu pode ser uma boa pessoa de vez em quando. Pensar assim me dá forças. E um pouco de esperança também.

Todos os livros são iguais

Yeongju não via a mãe há anos, mas as brigas que tinha com ela em sua cabeça já eram exaustivas o suficiente. Ela gastava toda a sua energia para acalmar a maré dentro do seu coração. Absorta em pensamentos, Yeongju andava pela livraria sem perceber que Minjun também estava deprimido. Por mais altruísta que uma pessoa seja, quando ela está presa nos próprios problemas, dificilmente consegue notar que os outros estão sofrendo, mesmo que estejam bem na frente dela.

Mas, pelo bem da livraria, ela precisava se recompor. As tarefas que havia procrastinado viraram urgentes e agora ela precisava resolver tudo em um dia. Yeongju chegou na livraria às dez da manhã e verificou as encomendas, checou a planilha de gastos, separou os livros que precisavam ser enviados pelo correio e preparou os textos de apresentação dos livros novos que tinham chegado. Tudo isso enquanto olhava apreensiva para os exemplares do clube de leitura que ainda não conseguira ler.

Yeongju passou o dia inteiro atarefada, sem tempo para ao menos parar e descansar um pouco. Ela teve que colocar em prática todas as suas habilidades de organização para resolver os problemas um por um. Se os seus ex-colegas de trabalho a vissem agora, talvez tirassem sarro falando: "Aham, tá. As pessoas não mudam tão fácil assim." Mas ela tinha perdido contato com todas as pessoas dessa época.

Enquanto Yeongju corria com o trabalho, Jeongseo tricotava um cachecol azul. Mincheol, que tinha ido à livraria para sua conversa semanal com Yeongju, ficou observando a mulher tricotar enquanto esperava. Jeongseo achou uma gracinha aquele garoto de uniforme escolar observando-a com cara de emburrado. Por que não assistia a um vídeo no YouTube ou algo do tipo?

— Você gosta dessas coisas? — perguntou Jeongseo para Mincheol, que estava concentrado no tricô.

— Como assim essas coisas? — Ele recolheu os braços que estavam em cima da mesa e olhou para Jeongseo.

— Agora que falei, também não entendi a minha pergunta. Eu só queria saber por que está aqui.

— Eu tenho que vir aqui uma vez por semana e conversar com a tia da livraria. Minha mãe disse que se eu fizer isso não vai mais pegar no meu pé — explicou Mincheol, sem hesitar.

— A tia da livraria deve ser a Yeongju, certo? Não vou perguntar por que a sua mãe pega no seu pé. Bem, seja como for, pode continuar olhando, se quiser. E se quiser tentar aprender é só falar.

— Tricô?

— Sim. Quer tentar?

Quando Jeongseo parou de mexer as mãos e lhe fez a pergunta, Mincheol hesitou por um momento e balançou a cabeça.

— Não. Vou só ficar olhando mesmo.

— Como quiser.

Mincheol colocou os braços em cima da mesa novamente, um sobre o outro, e continuou acompanhando o movimento ordenado do cachecol nas mãos de Jeongseo. Mincheol teve a sensação de que o cachecol estava dançando. O garoto ficou surpreso ao perceber como era relaxante observar alguém tricotar. Ele se lembrou de quando viu um vídeo de receita no YouTube por vinte minutos. O homem no vídeo havia colhido os ingredientes numa horta e deixado fermentar por um mês. Depois de várias outras etapas bem complexas, a comida parecia uma delícia. Ele ficou tão fascinado que assistiu várias vezes ao mesmo vídeo. Era exatamente assim que estava se sentindo agora, não queria parar de assistir.

Era hipnotizante acompanhar o movimento ordenado das mãos de Jeongseo. Era quase como se visse um mágico balançando um pêndulo na sua frente e dizendo: "Vai ficar tudo bem."

Os olhos de Mincheol estavam ficando pesados. Quando já estava quase cochilando, disse:

— É a primeira vez que vejo alguém fazer isso.
— O quê?
— Tricotar.
— Hoje em dia isso é muito comum.

Mincheol ficou em silêncio por um tempo, concentrado no tricô, até que falou de novo:

— Tia?
— Agora eu também sou tia?
— Como quer que eu te chame, então?

Jeongseo parou de tricotar e pensou por um instante.

— Você não é meu sobrinho, então ser chamada de tia é meio estranho. Também não gosto de madame. Senhora, pior ainda. Esse é o problema do nosso país. Não tem nada adequado para me chamarem, sabe?

Mincheol ficou quieto.

— Bem... já que você chama Yeongju de tia... E daí se não somos parentes? Nós damos muita importância para a família neste país. Ninguém se importa com os outros, a não ser que seja pelo bem da família! Não temos a menor vergonha! Tudo bem... Pode me chamar de tia mesmo.

— Está bem...
— Mas então, o que você queria?
— Posso assistir você tricotar de novo?

Mincheol falou com uma expressão de quem queria muito e que era algo importante, então Jeongseo olhou de relance para ele e assentiu. Ela não queria, mas havia achado fofo o pedido de Mincheol e concordou mesmo assim.

— Mas vamos ter que disputar pelo lugar.
— Por quê?
— Porque você está sentado no meu lugar.

Enquanto Yeongju estava concentrada cuidando da livraria, Minjun perambulava pelo local. Quando não estava fazendo café, auxiliava Yeongju com as tarefas. Depois de ajudá-la, limpava cada canto da livraria como se estivesse fazendo uma grande faxina. Limpou a máquina de expresso e os copos várias vezes. Mudou a posição da mesa de café e arrumou os livros perfeitamente. Yeongju reparou na organização de Minjun, mas não pensou muito a respeito.

Depois de resolver quase todos os problemas, Yeongju descascou as frutas, levou-as para Minjun, Jeongseo e Mincheol e finalmente se sentou para descansar. Enquanto comia uma maçã, pensou em quantos exemplares de *Glimpses of World History*, de Jawaharlal Nehru, devia encomendar. Yeongju fazia o possível para não devolver os livros para os fornecedores, por isso precisava decidir com cuidado antes de fazer um pedido. Mas com livros como esse, que não tinha um bom histórico de vendas, ela só poderia prever. *Será que os leitores ainda querem esse livro?*

O telefone tocou bem na hora em que a livraria foi aberta. A pessoa que ligou quis saber se tinha um exemplar de *Glimpses of World History*. Quando Yeongju respondeu que sim, ela deixou nome e telefone e disse que iria buscar depois do trabalho. Assim que desligou, Yeongju pegou o livro e o colocou na estante das encomendas. Depois de dois anos, o primeiro exemplar desse livro finalmente foi vendido!

Quando um livro é vendido, Yeongju sempre se pergunta se deve ou não repô-lo. Esse era um daqueles que dava vontade de repor sem pensar duas vezes. Por isso, pensou em encomendá-lo assim que o cliente o levasse. Foi nesse momento que ela recebeu outra ligação de alguém procurando o mesmo livro. Como um livro que não saía havia dois anos foi vendido duas vezes no mesmo dia? Yeongju pesquisou o título do livro na internet e, como havia imaginado, descobriu que ele tinha sido mencionado num programa de entretenimento.

Quando um livro aparecia em algum *k-drama*, era mencionado por alguém famoso na TV ou alguma celebridade o postava nas redes sociais, a procura aumentava muito. Às vezes até se tornava best-seller da noite para o dia. Yeongju acredita que os livros precisam ser divulgados, por isso ela acha ótimo quando alguém decide ler um livro porque viu na TV, independentemente de qual obra seja.

No entanto, para os donos de livraria, novas descobertas como essa podem gerar um transtorno. Yeongju não podia encomendar um livro só porque o protagonista de algum *k-drama* aparecera lendo ou porque alguém famoso dissera que gostava. Ela segue três critérios quando precisa decidir quais livros vai vender na livraria:

Este livro é bom?
Quero vender este livro?
Este livro combina com a Livraria Hyunam-dong?

Os critérios são bem subjetivos e algumas pessoas podem até pensar que "a dona da livraria vende o que quer", mas eles eram bem importantes para Yeongju e eram o que tornava o trabalho dela interessante.

Geralmente, Yeongju não precisa de muito tempo para decidir quais livros encomendar, porque, no fim das contas, ela "vende o que quer" mesmo. Mas quando o livro em questão ganha muita notoriedade ou vira um best-seller, ela cai nesse dilema. Nessas ocasiões, ela se pergunta se não deveria incluir um quarto critério: "Este livro vai vender bem?" Yeongju queria encomendar livros que provavelmente não venderiam tão bem, mas a tentação de seguir o quarto critério era bem forte. Quando inaugurou a livraria,

Yeongju cedeu e comprou vários títulos que apareceram nas listas de mais vendidos, mas, assim como alguém que está sendo levado por uma maré muito forte, não sabia em qual direção ela e a livraria estavam indo.
— Tem o livro tal?
— Não, nós não temos.
Cansada de responder "Não, nós não temos", ela acabava encomendando os livros, que, como esperado, vendiam bem. Mas o problema era Yeongju. Todas as vezes que via esses livros, ela tinha a sensação de estar comendo algo de que não gosta. Por isso, decidiu que seria firme. Que não se cansaria de responder "Nós não temos" dezenas, ou até mesmo centenas de vezes. E, no lugar deles, compraria bons livros e ajudaria os clientes a descobri-los.

Por mais que o livro seja um best-seller, Yeongju não o compra para sua livraria se não gostar dele. E quando acontece de comprar, não os coloca na vitrine. Yeongju acredita que todos os livros têm o seu lugar, e a missão dela é encontrá-lo. Ela podia não ser justa na hora de escolher os livros, mas queria ser justa na hora de vendê-los. E, de fato, quando ela mudava de prateleira um livro que estava esquecido, ele vendia rapidamente. Digamos que curadoria é tudo numa livraria de bairro.

Por isso o dilema. Quantos exemplares de *Glimpses of World History* ela deveria encomendar? Dois exemplares por enquanto, para substituir os que tinham saído da prateleira. Ela poderia fazer uma coleção. *Glimpses of World History* é um livro que mostra um ponto de vista diferente da visão europeia sobre a história. Se ela conseguisse outros livros que analisam a história sob diferentes perspectivas, talvez os clientes gostassem. Decidiu que a segunda e terceira prateleiras seriam ideais para eles. Era o lugar em que ela colocava os livros mais densos desde que abrira a livraria.

Consonância e dissonância

Desde a ligação da mãe, Minjun perdeu a paixão e o entusiasmo pela vida. Só ficava em casa deitado, sem forças, e não conseguia praticar ioga como antes. O único momento do dia em que conseguia focar era quando preparava o café. O sentimento de culpa o estava consumindo. Quando ele pensava que não era nada além de uma grande decepção para os pais, uma onda de tristeza tomava conta dele. Sua mãe parecia desaprovar a vida que ele estava levando, mas ele tentava a todo custo lembrar a si mesmo que ela não era esse tipo de pessoa.

Minjun estava surpreso por conseguir levar a vida dessa forma por tanto tempo sem desmoronar. Ganhava um valor justo e não tinha muitos gastos. De vez em quando, se sentia sozinho, mas desde que começara a trabalhar na livraria a solidão se tornara suportável. Agora ele entendia por que o sonho de Yeongju sempre fora viver cercada por livros. Minjun se sentia em paz sempre que entrava na livraria. Yeongju era uma boa chefe, tão amigável que às vezes ele esquecia que estava num ambiente de trabalho.

Minjun era bom no que fazia, e também era criativo. Como Jimi havia lhe dito, os grãos podiam ser misturados de diversas maneiras: o céu era o limite. Mesmo quando cultivados no mesmo lugar e com o mesmo método, o sabor pode ser diferente e resultar em vários tipos de café. Uma xícara de café era, ao mesmo tempo, um trabalho da natureza e do ser humano. Para Minjun, preparar café e ler um livro eram atividades muito semelhantes: qualquer um pode fazer, e quanto mais tempo você se dedica à tarefa, mais quer se aprofundar. Uma vez que começa, é difícil parar. Você começa a prestar mais atenção aos detalhes. No fim das contas, se apaixona pelo que está fazendo, seja café ou a leitura. Minjun adorava o trabalho. Mas...

Já se passaram dez dias desde sua última visita à Goat Beans. Inventou todo tipo de desculpas e recebeu as remessas de grãos na livraria. Um dos *roasters* até fez a entrega pessoalmente e aproveitou para colocar a conversa em dia.

— Sem você, nós é que temos que aguentar toda a conversa da patroa sobre o marido dela. Parece que ele aprontou outra vez.

Minjun sorriu e não falou nada.

— A patroa disse que fez a mistura de grãos do jeito que você gosta. Venha testar.

Minjun fez uma pausa e respondeu que sim.

Ele pensou que talvez estivesse melhor na época em que achava que não tinha mais chances. Pelo menos assim podia desistir de tudo sem peso na consciência. Se existe um limite para o esforço, ele já tinha sido ultrapassado. Minjun frequentemente pensava se teria dado certo se tivesse se esforçado mais. Se tivesse tentado mais uma vez. Se ainda não tinha chegado ao limite. Mas logo pensou que era mais uma questão de sorte do que esforço. Se não tivesse sorte, ele continuaria parado no mesmo lugar, sempre a um passo do sucesso.

Depois de assistir a muitos filmes, Minjun percebera uma coisa: quando os personagens caem numa encruzilhada, acabam escolhendo um caminho. E o que move os filmes são essas escolhas. Será que é isso que acontece na nossa vida também? O que nos mobiliza são as nossas decisões. Ao pensar nisso, Minjun se deu conta de que ele não devia desistir de tudo, mas, sim, fazer uma escolha. Ele precisava se afastar do caminho que estava trilhando.

Quando viu o documentário *Seymour: An Introduction*, esse pensamento continuou. Seymour Bernstein também não desistiu de ser pianista, ele simplesmente escolheu fazer algo diferente. Ninguém conseguia entender por que Seymour, um pianista muito prestigiado, decidiu dar aulas em vez de tocar. Mas isso não importava. Seymour, já com mais de oitenta anos, disse que nunca se arrependeu dessa escolha.

Depois de assistir ao filme, Minjun decidiu que seria como Seymour Bernstein e não se arrependeria da sua escolha. Mas ele precisava mesmo era de coragem. Coragem para não se importar com a opinião dos outros e seguir com suas decisões.

Desde o dia em que falou para Yeongju que não queria voltar para casa, ele realmente não teve mais vontade de voltar. A tristeza aumentava quando ele ficava sozinho. Hoje Minjun ficou enrolando na livraria até após o fim do expediente. Yeongju estava encarando o notebook com uma expressão tensa e parecia não ter percebido que ele ainda estava na livraria. Minjun ficou andando de um lado para o outro, alongando os braços e a cintura, e olhando para Yeongju de tempos em tempos. Foi até a mesa do café e abriu a porta de entrada sem motivo algum. O vento gelado de outono invadiu a livraria com tudo, e Yeongju finalmente olhou para Minjun ao ouvir o barulho da porta sendo fechada com pressa.

— Por que ainda não foi embora? — perguntou ela para Minjun, conferindo a hora.

— Já terminei por hoje. Agora estou dando uma volta na livraria do bairro — falou Minjun, se aproximando devagar de Yeongju.

Yeongju riu e percebeu como Minjun tinha parado de responder apenas "não sei".

— Acho que a livraria do bairro já deve estar fechada a essa hora, então você não pode entrar assim.

Minjun ficou cutucando com os dedos o encosto da cadeira ao seu lado. Decidido, pegou a cadeira e se sentou ao lado de Yeongju.

— Estou atrapalhando? — perguntou Minjun.

— Não quer voltar para casa de novo? — respondeu Yeongju.

— Tenho me sentido assim com frequência ultimamente.

Minjun olhou de relance para o notebook.

— Muito trabalho?

— Estou escolhendo as perguntas para o *book talk* da semana que vem. Mas estou empacada.

— Qual é o problema? — Minjun olhou para a tela do notebook sem hesitar.

— Estou pensando em deixar meu gosto pessoal de lado e convidar os autores de acordo com o conteúdo do livro.

— Como assim? — perguntou Minjun, olhando para Yeongju.

— Eu propus o *book talk* para uma editora antes de ler o livro. Comecei a ler depois que o autor aceitou participar e descobri que não sei o que perguntar a ele. Espremi o meu cérebro, mas só consegui pensar em doze perguntas.

Minjun olhou de relance para a tela novamente e depois reparou no livro ao lado do notebook. O título, escrito em fontes retas, era *Como escrever bem*.

— E por que convidou um autor que escreveu um livro que você nunca leu? — perguntou Minjun, enquanto folheava o exemplar.

— Hum... Porque achei o autor interessante?

— Você quis dizer bonito? — Minjun largou o livro e tirou o celular do bolso.

— Como posso dizer... Ele é direto, não mede palavras. Por isso gosto dele. Ele é sincero.

Minjun digitou "Hyun Seungwoo" na aba de pesquisa.

— Gosta dele porque é sincero. É isso? — perguntou Minjun, olhando para o rosto do homem na tela do celular. Yeongju assentiu de leve com a cabeça e digitou "13".

Os dois ficaram em silêncio, presos nos próprios pensamentos. Yeongju encarou o número treze na tela, repreendendo a si mesma, enquanto Minjun voltou a perambular pela livraria, lutando contra a culpa que pesava em sua mente. Depois de uma longa pausa, Yeongju começou a digitar. Escreveu e apagou várias vezes, até finalmente conseguir elaborar mais uma pergunta.

13. Quão honesto você tem sido em sua vida?

— Mas que tipo de pergunta é essa?! — Yeongju apagou a pergunta e escreveu de novo.

13. Você já encontrou algum erro nos meus textos?

— É claro que ele nunca leu os meus textos! — Yeongju apagou a pergunta novamente. Irritada, ela pegou duas garrafas de água com gás e entregou uma para Minjun. Ele estava olhando pela janela e foi pego de surpresa quando recebeu a garrafa.

— Algum problema? — questionou, olhando para o funcionário.

Minjun abriu a garrafa e, alguns segundos depois, disse:

— Eu queria falar sobre uma coisa com você, mas não sei como.

— Você é do tipo que não fala muito, não é mesmo? — perguntou Yeongju, depois de dar um gole.

— Você e a dona da Goat Beans são as únicas pessoas que falam isso.

— Ah, então é verdade!

Minjun se assustou com a súbita exclamação de Yeongju e a encarou.

— Eu conversei com a Jimi sobre isso uma vez. Ela acha que você fala pouco porque nós somos mais velhas. Eu tinha tanta certeza de que isso não era verdade, mas parece que é, hein?

Yeongju olhou para Minjun com uma expressão brincalhona e deu mais um gole na água.

— O quê? — questionou Minjun, achando um absurdo. — Como assim você é mais velha? Não temos tanta diferença de idade.

— Está falando sério?

— Claro que sim...

— Então tá. Acredito em você.

Com a brincadeira de Yeongju, Minjun abriu um leve sorriso e relaxou um pouco. Depois tomou um longo gole e olhou para ela.

— Aliás, será que posso fazer uma pergunta? Uma pergunta pessoal.

— O que é?

— Onde seus pais moram?
— Meus pais? Em Seul.
— É mesmo? — Minjun arregalou um pouco os olhos.
— É meio estranho, não é? A filha tem uma livraria, mas eles nunca ligam ou vêm visitar. Eu também não os visito quando estou de folga. Você provavelmente achava que eles moravam fora ou no interior, certo?

Minjun não tinha certeza de como reagir, então deu um aceno com a cabeça, quase imperceptível.

— Meus pais não querem me ver. Principalmente minha mãe.

Minjun encarou Yeongju, confuso.

— Eu nunca tinha causado problema para eles em toda a minha vida, mas então, na primeira oportunidade, estraguei tudo de uma vez. Se eu soubesse que seria assim, teria desistido de ser uma boa filha há muito tempo. Vivo pensando que é minha culpa por não ter enfrentado minha mãe antes.

Yeongju tentou relaxar e não ficar tão tensa como sempre ficava quando pensava na mãe.

— Mas por que perguntou dos meus pais?

Minjun hesitou por um instante.

— Recebi uma ligação da minha mãe uns dias atrás — respondeu ele. — Como eu vivo com o celular desligado, foi a primeira vez que conversamos em muito tempo.

— E por que deixa o celular desligado?

— Acho que fico nervoso com a ideia de receber uma mensagem ou uma ligação.

— Hum, entendi. E conversou com a sua mãe sobre o quê?

— Nada de mais. Minha mãe ficou preocupada comigo, e eu disse que ela não precisava se preocupar. Então ela me disse para procurar um emprego decente e eu respondi que faria isso.

— Hum, entendi.

Minjun olhou de relance para Yeongju e em seguida complementou:

— Foi o que minha mãe disse, mas eu não acho que este trabalho não é decente.

— Eu entendi.

— Ela nem sabe no que estou trabalhando agora.

— Não precisa explicar.

Yeongju sorriu, então Minjun continuou:

— Nos últimos dias descobri algo a meu respeito.

— E o que é?

— Eu estava fingindo que era um adulto, mas na verdade não sou. Estou muito deprimido só pelo que a minha mãe disse. Sinto como se tivesse tropeçado em algo e caído no chão. O problema é que acho que consigo levantar, mas não sei se devo. E se meus pais ficarem decepcionados comigo? E se eu nunca mais deixá-los felizes? Fico pensando nisso sem parar. Não sei se posso me levantar com calma e seguir em frente.

— Você acha que a vida que está levando agora não é a que seus pais queriam para você, não é? — perguntou Yeongju. Ela entendia o que Minjun estava sentindo.

— Sim... nos últimos tempos tenho me sentido incapaz de ser independente e estou muito decepcionado comigo mesmo.

— Você quer mesmo ser independente?

— Esse era meio que meu sonho de infância. Não sei por quê, mas nunca sonhei com uma profissão específica. Nunca pensei em ser médico, advogado ou algo do tipo. Nunca quis fazer sucesso nem ficar famoso. Eu só queria ter uma vida estável. Se eu fosse reconhecido pelas minhas habilidades em algo seria ótimo, mas o que eu queria mesmo era ser independente.

— É um bom sonho.

— Que nada. Parece até que não sei sonhar direito.

Yeongju bateu com os dedos na garrafa de água e se ajeitou na cadeira.

— Meu sonho era ter uma livraria.

— Então você realizou seu sonho.

— É verdade. Mas não sei por que sinto como se não tivesse realizado.

— Por quê?

Yeongju inspirou brevemente e falou, olhando pela janela:

— Eu estou satisfeita. Mas é que... Sinto que ter um sonho não é tudo. Não estou dizendo que sonhar não é importante, nem que existe algo acima disso. Digamos que a vida é meio complicada. Só porque você realizou um sonho não quer dizer que sempre será feliz. Acho que é por aí.

Minjun olhou para a ponta dos pés, balançou a cabeça e repetiu mentalmente o que Yeongju acabara de dizer. Talvez ele estivesse sofrendo tanto nos últimos tempos porque estava tentando simplificar a vida, que é complexa por natureza.

Enquanto conversavam, Yeongju chegou na décima quinta pergunta.

— Chefe, já ouviu falar de um documentário chamado *Seymour: An Introduction*? Não é muito conhecido — perguntou Minjun. Ele não sabia pronunciar corretamente o nome do pianista e sempre falava Se-i-mour em vez de Si-mour.

Yeongju, que estava olhando para a lista de perguntas, levantou os olhos da tela.

— *Seymour: An Introduction*... Ah, Seymour Bernstein? — disse ela, pronunciando o nome perfeitamente.

— Seymour. Symour. Será que é a mesma pessoa?

Yeongju assentiu.

— Tem um livro sobre ele, conta o que aconteceu depois que filmaram o documentário. Mas não, eu não assisti. Por quê?

— Sabe, ele...

— O Seymour?

— Sim, no documentário ele diz o seguinte... — Minjun olhou para baixo, perdido em pensamentos. Então ergueu a cabeça e olhou para Yeongju. — Para que uma harmonia soe agradável, antes é preciso ter uma dissonância. Por isso, na música, a consonância e a dissonância precisam coexistir. E na vida é a mesma coisa. Nós conseguimos ver beleza na vida porque a dissonância vem antes da consonância.

— Isso é muito bonito.

Minjun baixou a cabeça outra vez.

— Mas hoje fiquei pensando...

— No quê?

— Será que tem algum jeito de descobrir se estou vivendo em consonância ou dissonância? Como sei em que momento estou agora?

— Hum... Acho que enquanto estamos vivendo o momento não tem como saber. Só quando olhamos para trás é que descobrimos.

— Pois é. Eu consigo entender o que ele quis dizer, só fiquei curioso para saber em qual momento estou agora.

— Em qual você acha que está?

Minjun continuou cabisbaixo e respondeu com uma expressão mista.

— Para mim parece consonância. Mas acho que todo mundo pensa o contrário.

Yeongju, que observava o rosto de Minjun com atenção, abriu um ligeiro sorriso.

— Então estou vendo o lado mais harmônico da sua vida agora?

Minjun deu um sorriso contrariado.

— Isso se eu estiver certo.

— Está, sim. Com certeza. Eu garanto.

Minjun riu baixo.

Eles olharam pela janela. A luz que emanava da livraria envolvia a esquina e os transeuntes de modo acolhedor. Algumas pessoas andavam apressadas, mas não deixavam de lançar um olhar curioso em direção à livraria. Yeongju quebrou o silêncio.

— Quando se trata de família... Acho que é mais confortável levar a vida que você quer em vez de viver para não decepcionar os outros. É claro, é muito ruim ver as pessoas que amamos decepcionadas com a gente. Mas não dá para viver de acordo com o que os seus pais querem pelo resto da vida. Eu também cheguei a me arrepender. Fiquei muito tempo pensando que não devia ter feito o que fiz e que era melhor ter escutado os meus pais. Mas percebi que não havia como voltar atrás, e mesmo que eu pudesse, faria tudo de novo.

Yeongju manteve o olhar na esquina e continuou:

— Estou vivendo assim porque essa sou eu. Só resta aceitar. Eu não deveria me culpar, nem ficar triste. Eu deveria ser mais confiante. Repito essas palavras para mim mesma há anos, estou treinando mentalmente.

Ao ouvir as palavras de Yeongju, Minjun deu um sorriso discreto.

— Eu deveria tentar fazer isso. Treinar mentalmente.

Yeongju assentiu.

— Tente, sim. Precisamos ter bons pensamentos sobre nós mesmos.

Minjun disse que já havia atrapalhado bastante e se levantou da cadeira. Enquanto caminhava em direção à porta, meio hesitante, tentou convencer Yeongju de que era melhor não ficar na livraria até muito tarde. Ela agradeceu a preocupação e continuou trabalhando. No caminho para casa, Minjun pensou no que Yeongju tinha dito: ter bons pensamentos sobre nós mesmos. Ao olhar para trás no meio do caminho, ficou com a sensação de que a luz quente estava protegendo a livraria. Certa vez, Yeongju citou cinco bons motivos para ter uma livraria no bairro. Minjun pensou que agora estava vendo o sexto. Ficou contente ao olhar para a livraria do lado de fora.

Você se parece com a sua escrita?

Yeongju chegou trinta minutos mais cedo do que de costume na livraria. Ela ainda não tinha feito nem metade das perguntas para o *book talk*. Fosse uma frase ou um texto longo, escrever não era nada fácil para ela. A única coisa que Yeongju sabia escrever bem era um plano de negócios. Desde que abriu a livraria, ela passou a escrever posts para as redes sociais, sinopses e resenhas de livros. Mas sempre era uma tarefa difícil.

Enquanto escrevia, Yeongju sentia que as palavras fugiam dela. Às vezes ela começava a escrever e só depois percebia que não sabia nada sobre o assunto, ou tinha uma ideia mas não conseguia colocá-la em palavras.

Yeongju encarou o número dezoito em sua lista de perguntas e se perguntou o que estaria acontecendo desta vez. Ela não sabia nada a respeito do autor e de seu livro ou só não estava conseguindo organizar os pensamentos? Yeongju colocou as mãos sobre o teclado do notebook e começou a digitar. Depois de enfim teclar a interrogação no final do texto e reler a pergunta ela pensou: *Qual seria a resposta do autor? Será que é uma boa pergunta?*

18. *No que presta mais atenção quando lê ou escreve? É a gramática?*

Yeongju conheceu o autor Hyun Seungwoo graças ao dono de uma editora independente. Ele compartilhou com ela alguns textos polêmicos de um blog sobre escrita que tinha mais de dez mil seguidores e estava dando o que falar no mercado editorial. O primeiro post tinha sido feito quatro anos antes e o título era *Sistema fonético da língua coreana 1*. O texto era dividido entre quatro tópicos: "Tudo sobre a gramática da língua coreana", "Isso é uma frase ruim", "Isso é uma frase boa", "Deixe-me editar o seu texto". O tópico "Isso é uma frase ruim" não agradou algumas pessoas.

O blog acumulava centenas de posts que explicavam por que algumas frases eram mal escritas, usando como exemplo textos de jornais e livros. Um dos posts era sobre um livro traduzido e contava, com pouco mais de dez exemplos e explicações, por que o texto era ruim. O estopim foi quando o diretor da editora que publicou o livro viu o post e publicou um texto em resposta. O diretor provocou o blogueiro, dizendo que o post foi "um ato atrevido proveniente de ignorância". Mas com "ignorância" ele quis dizer ignorância sobre o mercado editorial, e não em relação ao conhecimento do blogueiro a respeito da gramática. No entanto, o mal-entendido já estava instaurado.

O blogueiro não deixou barato e respondeu: "Sinto muito se o mercado editorial está passando por momentos difíceis, mas isso não é motivo para que os leitores leiam textos mal redigidos." Então, o diretor revidou: "E por acaso existe algum livro sem erros? Me mostre um, se puder." Isso piorou a situação. Como se já estivesse esperando por isso, o blogueiro adicionou um texto na categoria "Isso é uma frase ruim".

Ele havia reunido mais vinte frases mal escritas do livro e as dividiu entre: "Pequenos erros que as pessoas cometem", "Erros em relação ao sujeito e predicado" e "Gramaticalmente correto, mas incompreensível". De acordo com o post, ele abrira o livro numa página aleatória e encontrara as frases. E não parou por aí. O blogueiro publicou outra análise seguindo essa mesma metodologia sobre um livro que não estava mais em circulação. Ele coletou apenas seis exemplos, todos na categoria "Pequenos erros que as pessoas cometem". O blogueiro complementou com a seguinte explicação:

"Apesar de ser apaixonado por escrita, também me pergunto muitas vezes o que é um texto perfeito. Mas é muito difícil ler um livro cheio de frases mal escritas, isso acaba com a experiência de leitura. O senhor me questionou se existe algum livro sem erros. Sinto muito, mas me recuso a responder a essa pergunta. Essa não é a questão aqui. Na minha opinião, só porque aparentemente é impossível um livro ser perfeito no tocante à gramática, isso não é pretexto para que as editoras não tentem buscar a perfeição. Ainda mais com essa postura de quem acha que não fez nada de errado."

A discussão acalorada entre eles virou o assunto do momento entre profissionais do mercado editorial e amantes de livros. O público estava a favor do blogueiro, e nas publicações do diretor da editora havia dezenas de comentários depreciativos. A cada novo texto que ele publicava, o ódio do público aumentava. O diretor foi ficando cada vez mais frustrado com a situação e ameaçou o blogueiro para que ele apagasse os posts e utilizou palavras como "difamação" e "processo" sem hesitar.

O blogueiro respondeu calmamente que apagaria sem problemas caso tivesse feito algo errado. Quando a situação parecia estar prestes a piorar, o diretor da editora levantou a bandeira branca e publicou um texto dizendo que estava arrependido por ter agido sem pensar e que iria se esforçar mais para publicar livros melhores. As pessoas que acompanhavam o embate ficaram decepcionadas com o fim abrupto da discussão, mas perdoaram o diretor e comemoraram a vitória do blogueiro. Tinha sido uma briga justa.

Se a história tivesse acabado ali, ia ser só mais uma polêmica de internet. Mas o diretor da editora não era bobo. Ele havia admitido a derrota publicamente, mas era um homem de negócios. Ele publicou um pedido de desculpas no blog da editora e fez um convite ao blogueiro: "Edite o nosso livro." Quatro meses depois, a nova edição foi publicada e a primeira tiragem esgotou rapidamente. Menos de um mês depois o livro já estava na terceira tiragem.

O mercado editorial avaliou a polêmica como "uma grande jogada de marketing".

— No fundo eu sabia que o blogueiro estava certo, mas meu coração estava torcendo pelo diretor — disse o dono da editora independente ao compartilhar o link com Yeongju e enviar para ela a foto do livro.

Desde então, Yeongju pesquisa o nome do blogueiro na internet de vez em quando: Hyun Seungwoo. Havia poucas informações sobre ele e nada muito específico. Diferente do que muitos pensavam, ele era apenas um trabalhador comum formado em engenharia. Seus seguidores admiravam o fato de ele ter acumulado tanto conhecimento sobre escrita estudando sozinho. Há seis meses, Seungwoo vinha publicando uma coluna no jornal intitulada "O que nós sabemos sobre escrita". Graças a essa coluna, Yeongju tinha um encontro marcado com Seungwoo a cada quinze dias.

O texto de Seungwoo é agradável, mas ao mesmo tempo assertivo. Yeongju gosta de uma escrita assertiva, por isso lê tantos autores estrangeiros. Geralmente, os autores coreanos começam seus textos com firmeza, mas, com o tempo, acabam suavizando a escrita. Os autores estrangeiros são mais ousados e parecem não ter medo do que o público pensa. Eles criticam a sociedade sem hesitar.

O que separa esses dois grupos é crescer numa cultura que se importa ou não com o julgamento alheio. A cultura coreana dá muito valor ao julgamento alheio, talvez por isso Yeongju sempre tenha se sentido atraída pelos textos de autores que pensam e se expressam de forma diferente. Como leitora, Yeongju sempre mergulhou de cabeça nas histórias. Ela aceitava contradições, defeitos, malícias, loucuras, e até crueldade dos personagens.

Ela também gostou do estilo de escrita de Seungwoo. Não era exagerado ou extravagante, era uma linguagem simples, mas com um toque de emoção. Numa época em que as pessoas costumam se expor demais na internet, ele falava muito pouco da vida pessoal. Seungwoo focava em criar um bom conteúdo e parecia ser o tipo de pessoa que preferia ser julgado pelas suas habilidades — no caso, a escrita. Ele provavelmente nem se importava em ganhar a discussão, isso era apenas imaginação de Yeongju.

Quando Yeongju descobriu que Seungwoo havia lançado um livro, ela soube na hora o que precisava fazer. Yeongju era uma leitora voraz e adorava ouvir os autores falarem. Assim que o livro foi publicado, ela entrou em contato com a editora e sondou a possibilidade de um *book talk com* Seungwoo. A editora concordou e disse que seria o primeiro *book talk* do autor.

Minjun abriu a porta no momento em que ela digitou o número dezenove. Ficou um tempo com os pulsos apoiados na mesa, depois moveu os dedos rapidamente pelo teclado, como se estivesse tocando piano. Era a pergunta que ela mais queria fazer para Seungwoo.

19. Você se parece com a sua escrita?

Uma frase mal escrita esconde uma boa voz

O homem que acabara de entrar era familiar para Minjun. Quem era mesmo? O homem, de cabelos ondulados e com cara de cansado, ficou parado por um tempo em frente à porta, olhando em volta. Colocou a mochila em uma das cadeiras da mesa da cafeteria, sentou-se e continuou olhando a livraria.

Minjun preparava um café atrás do outro, e, quando se deu conta, o homem estava diante dele. Ao olhá-lo mais de perto, lendo o menu, o reconheceu. O autor de quem Yeongju era fã. O protagonista do *book talk* de hoje.

— Um americano quente, por favor — pediu Seungwoo ao erguer o rosto.

Minjun fez um gesto delicado com a mão, recusando o cartão entregue pelo homem.

— O senhor é o escritor Hyun Seungwoo, certo?

— Hã? Sim, sou eu. — Seungwoo parecia desconcertado pelo fato de alguém tê-lo reconhecido.

— Nós servimos uma xícara de cortesia para os autores. Um momento, por favor.

— Ah, sim. Obrigado — declarou Seungwoo, meio sem jeito. Ele se afastou para esperar o café.

Seungwoo não era muito diferente da foto. Geralmente, os autores que participam do *book talk* parecem empolgados ou nervosos, mas, assim como na foto, Seungwoo parecia apenas desinteressado. Quando viu a foto dele, Minjun imaginou que ele estava fazendo pose, mas agora via que essa era sua expressão normal. Além disso, ele parecia muito cansado. Minjun conseguia imaginar o estilo de vida que ele levava. Ele era exatamente assim na época em que não conseguia dormir direito e vivia sobrecarregado pelos estudos e trabalhos que fazia. Digamos que essa é a cara de quem tem insônia.

— O café está pronto.

Seungwoo olhou de relance para Minjun enquanto pegava o café. Quando Minjun tentou retribuir o olhar, o autor já havia virado a cabeça na direção de Yeongju, que estava carregando duas cadeiras.

— Ela é a dona da livraria? — perguntou Seungwoo, ainda com os olhos em Yeongju.

— É, sim. — Minjun observou-a caminhar de volta para o sentido oposto. —Precisa de mais alguma coisa?

Quando Seungwoo respondeu que não, Minjun foi ajudar Yeongju. O escritor ficou observando os dois conversarem, até ela se virar de repente. Yeongju caminhou em sua direção com um sorriso radiante e então os olhos deles se encontraram. Ela parou diante de Seungwoo, que a cumprimentou.

— Olá, eu sou Seung...

— Hyun Seungwoo, o escritor, certo? — perguntou Yeongju, com os olhos brilhando.

Sem conseguir acompanhar a emoção que emanava da voz dela, Seungwoo assentiu em vez de responder. Yeongju continuou:

— Olá, como vai? Eu sou Lee Yeongju, a dona da Livraria Hyunam-dong. Prazer em conhecê-lo. Muito obrigada por aceitar participar do *book talk*.

— O prazer é meu. Eu é que agradeço pelo convite — respondeu Seungwoo, sentindo o calor da xícara de café na mão.

Yeongju ficou ainda mais empolgada, como se tivesse ouvido algo emocionante.

— Muito obrigada pelas palavras.

Seungwoo estava tão atônito com a emoção de Yeongju que nem conseguia responder direito. Mesmo desconfiando que Seungwoo poderia estar um pouco nervoso por causa do *book talk*, Yeongju continuou a falar.

— O *book talk* está marcado para sete e meia, mas geralmente esperamos uns dez minutos até começar. Nós vamos conversar por uma hora e no final abriremos para o público fazer perguntas por vinte ou trinta minutos. Por favor, fique à vontade até começar.

Seungwoo concordou e continuou encarando Yeongju. Ele chegou a pensar se era estranho encará-la assim, mas ela também o estava encarando como se fosse a coisa mais normal do mundo, então não conseguiu desviar os olhos.

Yeongju continuou olhando para Seungwoo por um tempo até que disse "Tenho que trabalhar. Até daqui a pouco". Só depois de Yeongju se retirar, Seungwoo viu pela janela seu editor caminhando em direção à livraria. Seungwoo olhou de relance para Yeongju novamente e foi em direção à porta cumprimentar o colega.

*

— Vamos começar o *book talk*. Sr. Hyun, gostaria de se apresentar?

— Sim. Olá, eu me chamo Hyun Seungwoo e sou autor do livro *Como escrever bem*. Muito prazer.

Havia mais de cinquenta pessoas assistindo ao *book talk* e aplaudindo Seungwoo. Todas os assentos estavam ocupados. Yeongju teve até que pegar sua cadeira de trabalho e o sofá que ficava entre as estantes para acomodar mais pessoas. Seungwoo e Yeongju se sentaram um de frente para o outro, a poucos metros do público.

Seungwoo parecia um pouco nervoso, mas, aos poucos, foi ficando mais tranquilo. Ele sempre fazia uma pausa antes de responder. Escolhia as palavras com cuidado e parecia preocupado em se expressar corretamente. Não era do tipo que falava rápido, mas também não era arrastado demais. Yeongju observava com curiosidade enquanto ele falava. Seungwoo era exatamente como ela imaginava enquanto lia os textos dele. Era como se sua personalidade na vida real se encaixasse perfeitamente com sua imagem de autor. A postura ereta, a expressão rígida, o sorriso com os cantos da boca ligeiramente levantados, o formato da boca de alguém que parecia ser atencioso com os outros, mas não tanto a ponto de fazer algo só para agradá-los. Será que era por causa dessa boca que ela estava tranquila? Enquanto conversavam, Yeongju se sentiu relaxada. Mesmo quando fazia perguntas difíceis, ele conseguia organizar os pensamentos com calma e responder tranquilamente, como estava fazendo agora.

Mais da metade dos espectadores eram seguidores de Seungwoo. Um deles disse que já tinha pedido para Seungwoo "podar" um texto que ele havia escrito (os seguidores de Seungwoo chamavam revisão e edição de "podar") e, de acordo com o seguidor, a experiência foi como uma epifania, o que fez todos gargalharem. A própria Yeongju era seguidora, e quando disse que tinha acompanhado a polêmica com o diretor da editora, os espectadores gargalharam outra vez. Yeongju escolheu as palavras com cuidado para Seungwoo não se sentir pressionado e perguntou sobre o ocorrido.

— Posso perguntar como se sentiu naquele momento? Acho que muitos aqui estão curiosos.

Seungwoo assentiu e começou a falar.

— Eu fingi que estava calmo, mas na verdade fiquei bastante abalado. Fiquei em dúvida se deveria continuar com o blog. Quando me dei conta de que minhas ações podiam machucar os outros, comecei a me sentir mal redigindo os textos.

— Falando nisso, acho que você quase não atualiza mais a categoria "Isso é uma frase ruim".

— Sim, diminuí a frequência desse tipo de post.

— Foi porque se sentiu mal?
— Não exatamente. Não tive muito tempo também porque estava escrevendo o livro.
— Quando o diretor da editora pediu para você editar o livro dele você aceitou imediatamente?
— Não — respondeu Seungwoo, inclinando a cabeça para o lado de leve, como se estivesse tentando se lembrar da situação. — Eu não sou um editor profissional.
— Você? O autor do livro sobre escrita? — Quando Yeongju perguntou, sorrindo, Seungwoo se corrigiu em seguida.
— Ah, quer dizer, não é minha profissão. Nunca tinha pensado em editar um livro inteiro. Por isso refleti bastante. Aí decidi que ia fazer só dessa vez. E também porque estava me sentindo mal pelo diretor da editora.
— Por criticar o livro sem dó nem piedade?
— Não. O livro foi publicado sem um pingo de cuidado e não me senti mal por dizer isso. — A língua afiada de Seungwoo era mais evidente na fala dele do que nos textos. Talvez fosse o seu tom de voz. Ou a sua presença. — Foi a forma como reagi, encurralando demais o diretor, fiquei me sentindo culpado. Esse é o meu defeito. — Seungwoo olhou nos olhos de Yeongju. — Eu tenho um defeito que não consigo consertar. Sou racional o tempo todo. Quando alguém me aborda de maneira emocional, fico mais racional ainda. Sou muito chato. Eu sei muito bem disso e tento tomar cuidado no dia a dia, mas naquele momento não consegui me controlar.

Yeongju achou interessante ver Seungwoo se abrindo. Talvez não ache a postura séria dele entediante justamente por essa honestidade. Yeongju conferiu a hora e continuou com as perguntas.

— No que presta mais atenção quando lê ou escreve? Na gramática?
— Não, não presto atenção na gramática. Muitos devem pensar que sim.
— O que chama sua atenção, então?

— A voz do autor. Mesmo quando o texto não é tão bem escrito, quando ele tem uma voz, se torna poderoso. Um texto bem escrito só deixa essa voz mais evidente.

— De que forma?

— Um texto de má qualidade deixa a sua voz imprecisa e distrai o leitor, já que ele está focado apenas nas frases mal construídas. O texto que não é bem editado camufla uma voz fraca e a torna mais palatável. Faz uma voz ruim parecer boa.

— O oposto também é possível.

— Sim. Em muitos casos, os textos mal escritos acabam ocultando vozes boas também. Quando aparamos melhor as arestas desses textos, a voz do autor fica mais perceptível.

— Ah, acho que entendo o que quer dizer.

Fazendo que sim com a cabeça, Yeongju olhou para Seungwoo, que retribuiu o olhar. Olhando nos olhos de Seungwoo, Yeongju fez outra pergunta.

— Esta pergunta é algo que eu queria muito saber. Você acha que se parece com os seus textos?

Yeongju fez a pergunta com o mesmo brilho nos olhos de quando o viu pela primeira vez. Seungwoo percebeu que era o mesmo brilho de antes e ficou curioso para saber o que isso significava. Ele tentou se concentrar na pergunta.

— É a pergunta mais difícil que recebi hoje — respondeu.

— É mesmo?

— Na verdade, tenho uma dúvida. Não sei se é possível alguém responder a essa pergunta. Mesmo que eu seja o autor, não sei se eu, ou qualquer outra pessoa, poderia ter certeza de que se parece com seu texto ou não.

Yeongju percebeu que o seu hábito de criar um elo entre o texto e o autor poderia ser meio estranho para os outros. Talvez isso fosse divertido apenas para ela. Talvez essa pergunta fosse até desconfortável ou ofensiva para os autores. Será que alguém poderia interpretar essa pergunta errado e entender como "Você não passa a mesma energia que os seus textos, sabia disso?". Mas essa não era a intenção de Yeongju, de forma alguma.

— Hum... Eu acho que é possível.

Seungwoo olhou para Yeongju com curiosidade.

— Como?

— Quando eu leio os romances do Nikos Kazantzakis, crio uma certa imagem dele. Eu o imagino sentado perto da janela de um trem, pensativo.

— Mas por quê?

— Porque ele gostava de viajar. E escrevia sobre a vida de forma profunda. — Seungwoo encarou Yeongju sem responder. — Acredito que ele não era o tipo de pessoa que ficava dando risadas e fofocando sobre os outros.

— Por que pensa assim?

— Os textos dele dizem isso.

Os textos dizem isso? Seungwoo ficou imóvel, piscando sem parar.

— Hum... depois de ouvir o que você disse, acho que posso dizer o seguinte: eu não falo muito porque não gosto de mentir. Eu me esforço ao máximo para escrever o que acredito.

— Poderia elaborar um pouco mais?

— Percebi que, quando escrevo, posso acabar mentindo sem pensar. Digamos que eu não assisti a nenhum filme no último ano. Num certo dia, me ocorre que se faz um ano que não vejo um filme, então eu não devo gostar de cinema. Depois disso, eu posso esquecer o que realmente aconteceu e simplesmente passar a acreditar que não gosto de cinema. Então, durante o processo de escrita, sem pensar, acabo escrevendo a frase: "Eu não gosto de cinema." Não parece uma afirmação errada, certo? Se eu mesmo acredito nisso. Mas a verdade é que eu gosto de cinema, só ando muito ocupado. Se eu pensar com calma, consigo enxergar a verdade, caso contrário, posso acabar escrevendo uma mentira, mesmo não sendo de propósito.

— Nesse caso, a verdade seria... — começou Yeongju.

— Faz um ano que não assisto a um filme. Ou então não pude assistir. Algo assim — respondeu Seungwoo.

O *book talk* fluiu com naturalidade. A química entre Yeongju e Seungwoo era ótima e o público reagiu bem. A plateia foi muito participativa e criativa na hora das perguntas. Um dos espectadores perguntou se o cabelo do autor era natural. Outro perguntou se o autor gostava do próprio livro e apontou um erro na vigésima quinta frase da página cinquenta e seis. Seungwoo gostou bastante dessa última pergunta e teve uma longa discussão com esse espectador. No final, concluíram que eles só tinham estilos de escrita diferente.

O público foi embora e logo depois Seungwoo e seu editor também se despediram. Minjun ficou depois do expediente outra vez e ajudou Yeongju a arrumar as coisas. Quando tudo parecia mais ou menos no lugar, Yeongju pegou duas garrafas de cerveja na geladeira. Eles se sentaram um ao lado do outro e beberam na livraria vazia.

— Como está se sentindo depois de conhecer um escritor de que gosta? — perguntou Minjun após dar um belo gole na cerveja.

— Bem, é claro.

— Acho que preciso descobrir um que eu goste também.

— Boa ideia.

Enquanto bebia a cerveja, Yeongju ficou repassando tudo com calma em sua cabeça, tentando lembrar se não cometera nenhuma gafe durante o *book talk*. Ia ser divertido transcrever a conversa. Subir o conteúdo do *book talk* no blog e nas redes sociais em uma semana e começar os preparativos para o próximo não parecia tão trabalhoso hoje.

— O Hyun Seungwoo parecia bem cansado.

Quando Minjun falou isso, Yeongju desatou a rir. Depois, ela se lembrou do rosto de Seungwoo. Parecia exausto. Mas ao mesmo tempo sério e honesto. Atento a todas as perguntas. E sincero nas respostas. Ele se parecia bastante com os textos dele.

Uma noite de domingo bem aproveitada

Desde que abriu a livraria, domingo era o dia de folga de Yeongju. Muitos donos de livrarias a aconselharam dizendo que seria melhor descansar nas segundas, já que as vendas engatam mesmo aos fins de semana. Por um momento, ela considerou seguir o conselho. Fazia sentido de um ponto de vista empresarial, mas ela gostava da ideia de trabalhar só cinco dias por semana depois que a livraria "encontrasse o seu lugar" na comunidade.

Mas o que que significava "encontrar o seu lugar"? Ganhar o suficiente para viver bem e pagar um salário justo para os funcionários? Ou lucrar muito, como qualquer outro negócio? Seja lá qual fosse o significado, Yeongju vinha sendo assombrada pela ideia de que a Livraria Hyunam-dong talvez nunca achasse o seu lugar. E, se isso acontecesse, o que ela deveria fazer? Fechar o estabelecimento ou tentar salvá-lo?

Mesmo com as preocupações, os domingos ainda eram prazerosos. Yeongju tinha o dia inteiro livre, desde o momento em que acordava até a hora de dormir. Ela era uma pessoa sociável, mas lidar com o público era muito exaustivo. Frequentemente sentia vontade de ficar sozinha durante o expediente, e quando precisava passar o dia inteiro interagindo com os clientes, tinha dificuldade para dormir à noite. Yeongju achava importante ter um tempo só para ela, nem que fosse apenas para ficar sentada sozinha por uma hora. Por isso os domingos eram preciosos. Ela queria, pelo menos por um dia, não se sentir ansiosa por ter que socializar.

Aos domingos, Yeongju costumava acordar às nove da manhã. Depois de lavar o rosto, preparava um café, então se perguntava qual seria a programação daquele domingo, mesmo já sabendo que não faria nada de mais o dia inteiro. Ela sempre comia a primeira coisa que achava na geladeira, depois passava horas assistindo a alguma série e rindo. E não saía da sala de estar até a hora de dormir.

O apartamento de Yeongju era simples. Em seu quarto, havia uma cama e o armário, no outro quarto, estantes preenchiam as paredes, e na cozinha ficava um frigobar. Na sala de estar havia uma escrivaninha imensa, uma cadeira, uma mesa de canto e uma estante baixa e estreita. Jimi sugeriu que Yeongju comprasse pelo menos um sofá de dois lugares, e ela quase fez isso, mas no fim das contas achou que estava bom daquele jeito.

Yeongju não sentia necessidade de preencher todo o espaço da casa. O vazio também tinha o seu valor. Mas se tinha algo de sobra no apartamento era luz. Havia três luminárias na sala de estar: uma ao lado da janela da sacada, outra ao lado da escrivaninha e a última ao lado da porta do quarto. Tudo fica mais charmoso com uma boa iluminação.

Na escrivaninha, ficava um notebook exatamente igual ao da livraria. Quando estava em casa, Yeongju geralmente resolvia de tudo naquela mesa de trabalho. Como sempre, sentou-se ali depois de tomar café e procurou por alguma série nova para assistir. Ela não gostava de séries muito longas, preferia as que tinham poucas temporadas. Quando alguma série de que Yeongju gosta chega ao fim, ela se sente renovada.

Em dias como hoje, quando não encontra nada interessante para assistir, ela revê seus programas favoritos. Yeongju adora os programas de variedades produzidos pelo produtor e diretor Na Yeongseok. São programas nos quais pessoas legais trocam ideias interessantes em lugares bonitos. Acompanhar conversas vívidas e genuínas a acalmava. O programa que ela mais gosta é *Youth Over Flowers*, um reality show em que celebridades são surpreendidas com viagens internacionais. A temporadas favoritas dela são as da África e da Austrália. Yeongju não conhecia nenhuma das celebridades, mas ficava feliz só de ver seus sorrisos radiantes.

    Esse programa a fazia sentir saudades da sua juventude, uma época que deveria ter aproveitado mais, mas nunca tivera ânimo para isso. Para ela, a juventude era um momento fugaz, uma utopia inatingível, como o céu azul e sem nuvens da Austrália, ou como o sorriso charmoso de um grupo de jovens talentosos e bonitos, prontos para uma viagem inesquecível. A juventude não era algo a que alguém podia se agarrar. Yeongju riu de si mesma por ter saudade de uma época que nunca viveu.

    Yeongju reassistiu ao primeiro episódio da temporada da África. Se surpreendeu novamente com a paisagem impressionante e ficou feliz ao ver os jovens, que sorriam e se apoiavam uns nos outros naquele cenário tão vasto e lindo. Se Yeongju estivesse lá, também ia querer se sentar no topo de uma duna, assim como eles. Qual será a sensação de observar o amanhecer ou o pôr do sol daquela altura? Fascinante? Ou solitário? Talvez dê vontade de chorar.

    Depois de assistir ao quarto episódio da África, Yeongju olhou pela janela e viu que o sol estava se pondo. Ela sentia falta de ver os últimos raios de sol sumindo — tinha mais saudade disso do que da juventude. Ela adorava caminhar no fim da tarde, um momento fugaz, assim como a juventude, mas que podemos reviver todos os dias, então não há motivo para ficar triste quando acaba. Yeongju se sentou perto da janela, dobrou os joelhos, apoiou os braços sobre eles e apreciou a noite de inverno que estava só começando.

    Ela já havia se acostumado a passar um dia inteiro sem falar nada. Quando começou a morar sozinha, às vezes falava um "ahhhhh" de propósito no fim do dia, mas sempre acabava rindo porque soava ridículo.

Agora, no entanto, ela encarava o silêncio como uma oportunidade de descansar a voz e tratava isso com naturalidade. E, quando não estava falando, sua voz interior ficava mais alta. Ela podia não falar, mas passava o dia inteiro pensando e deixando as emoções fluírem. Em vez de verbalizar o que sentia, Yeongju se expressava por meio da escrita. Às vezes, em um domingo, ela escrevia três textos diferentes. Só que eram pessoais demais, então não mostrava a ninguém.

A sala de estar agora estava completamente preenchida pela escuridão. Yeongju se levantou, acendeu as três luminárias e voltou a se sentar. Depois de um tempo, levantou-se de novo e pegou dois livros da estante. Yeongju estava lendo um conto por noite dos seguintes livros: *Too Bright Outside for Love** e *Shoko's Smile*. Ela alternava entre os dois e hoje começou pelo primeiro.

O título do sexto conto era "A espera pelo cão". A história começa com a mãe perdendo o cachorro durante um passeio, e então a filha, que estava no exterior, volta para ajudá-la a procurar por ele. As personagens são obrigadas a lidar com traumas não resolvidos — violência doméstica e estupro —, suspeitas e, finalmente, confissões. Apesar do enredo sombrio, o final tinha um toque de esperança. Depois de terminar de ler a última página do conto, Yeongju voltou para a página anterior e leu algumas frases em voz alta pela primeira vez naquele dia.

"Todas as possibilidades começam com algo pequeno — como o suco de maçã que você bebe todas as manhãs —, mas isso pode mudar tudo..."**

---

* Kim Keum-hee.너무 한낮의 연애 (*Neomu hannajui yeonae*). Publicado em inglês com o título *Too Bright Outside for Love*.
** Kim Keum-hee. *Neomu hannajui yeonae*. Editora Munhakdongne. Coreia do Sul: 2016, p. 177.

Yeongju gosta desse tipo de história. Romances sobre pessoas que passam por momentos difíceis, que dão um passo de cada vez em busca da luz no fim do túnel. Pessoas que, apesar de tudo, estão determinadas a viver. Romances sobre esperança. Não aquela esperança inocente, e sim o último vislumbre de esperança na vida.

Yeongju leu a frase em voz alta de novo e em silêncio mais algumas vezes antes de se dirigir à cozinha. Pegou dois ovos da geladeira e os quebrou, jogando-os numa frigideira com azeite de oliva. Enquanto os ovos fritavam, colocou arroz numa tigela. Quando os ovos ficaram prontos, ela os jogou em cima do arroz e adicionou meia colher de shoyu. Arroz com ovo e shoyu era o prato favorito de Yeongju. Quando ela o prepara, faz questão de colocar dois ovos. É a quantidade perfeita para que a gema cubra cada grão de arroz.

Yeongju apagou a luz da cozinha, foi até a janela enquanto misturava a comida e voltou a se sentar. Ela ficou um tempo olhando pela janela enquanto comia, até que deixou o prato e pegou o exemplar de *Shoko's Smile* de cima da mesinha. Verificou o sumário enquanto mastigava. Era a vez de ler o sexto conto. O título era "Michaela". Parece que as protagonistas também eram mãe e filha. Quando começou a ler a primeira página, nem imaginava que estaria aos prantos quando chegasse na última.

Como de costume, Yeongju adormeceu lendo. Sempre que aproveitava bem o domingo, imaginava como seria bom ter mais um dia de folga durante a semana. Mas quando a segunda-feira chegava, ela ficava feliz por não ter que começar a trabalhar cedo e ia para a livraria satisfeita. Yeongju pensou que se conseguisse relaxar mais um pouco, ser só um pouquinho mais livre, poderia viver assim para sempre.

Por que essa cara?

De vez em quando, Minjun conversava com os mestres de torra enquanto separava os grãos com defeito. Eles lhe sugeriram que se sentasse e ficasse mais confortável, mas o barista continuou de pé, com as costas curvadas. Quando Minjun comentou que Jimi estava atrasada, os funcionários disseram que de tempos em tempos isso acontecia, então ele perguntou:

— Aconteceu alguma coisa?

— Não sabemos. Ela só avisa que vai demorar para chegar — respondeu um dos mestres enquanto colocava uma cadeira ao lado de Minjun, que agradeceu. — E você, está com algum problema? — perguntou o homem.

— Por quê?

— Você não tem se olhado no espelho, não? — comentou o funcionário, apontando para um espelho.

Os dois gargalharam juntos.

Minjun se sentou na cadeira e voltou a procurar pelos grãos de café murchos ou de cor estranha. Os grãos inutilizáveis eram descartados sem dó. No momento em que um grão ruim se mistura com os demais, o café não fica saboroso. Apenas um grão já era o suficiente para fazer a diferença. Minjun pensou que, assim como os grãos defeituosos, existem pensamentos que também precisam ser descartados. Um único pensamento basta para acabar com o seu dia. Ele pegou um grão murcho e o observou. Tentou consertá-lo, mas o grão nem sequer se mexeu. Tentou outra vez. Na terceira tentativa, Jimi entrou.

— Nossa! Você finalmente apareceu. Achei que nunca mais voltaria.

Minjun levou um susto ao ver Jimi caminhar em sua direção. Tentou fingir que não estava surpreso, mas sua expressão acabou ficando ainda mais rígida e preocupada. Ela parecia ter chorado muito. Quando sorriu, o inchaço causado pelas lágrimas ficou ainda mais acentuado.

— A senhora tinha dito para vir — respondeu Minjun, fingindo não ter percebido.

Jimi deu a volta para ver o que sua equipe estava fazendo. Checou as encomendas uma por uma minuciosamente, tocou nos grãos com a torrefação finalizada e conferiu o aroma deles. Quando Jimi se aproximou do mestre de torra que estava verificando os grãos moídos, ele assentiu e disse:

— Este aqui.

Quanto tempo vai demorar?

— Uns dez minutos.

Jimi fez um gesto com a mão, indicando que ele ligasse para ela assim que ficasse pronto. O mestre, no entanto, disse que levaria pessoalmente. Jimi concordou e mandou Minjun segui-la. Ela se virou assim que saíram da sala de torrefação, olhou para o rosto de Minjun e perguntou:

— Mas por que essa cara?

— Ah.

Minjun não disse mais nada e esfregou a palma da mão no rosto.

— O brilho dos seus olhos desapareceu. Por que você está parecendo tão derrotado?

Minjun a olhou de volta, preocupado.

— Eu é que pergunto. A senhora já reparou que seus olhos estão superinchados?

— Ah, é mesmo! — disse ela, depois esfregou os olhos com a palma das mãos.

— Fiz isso o tempo todo no caminho, mas me esqueci de me olhar no espelho antes de entrar. Que idiota! Está muito na cara?

Minjun fez que sim com a cabeça.

— Será que eles perceberam também?

Minjun assentiu de novo.

— Ah, que seja, eu não me importo mais. Enfim, vamos.

A Goat Beans tem várias máquinas de café, as mesmas usadas em cafeterias, para que os clientes possam provar os grãos antes de fazerem os pedidos. Era ótimo para os donos de cafeteria iniciantes, como Yeongju, que não têm nenhum conhecimento sobre preparo e tipos de café. Aprofundar-se no assunto ajuda a criar uma conexão com o cliente. E, uma vez que a relação se estabelece, dificilmente se rompe. Por isso a Goat Beans tem vários clientes de longa data.

Minjun e Jimi estavam separados pela bancada. Eles se encararam e desataram a rir, o que os deixou mais relaxados.

— Não gosta mais do seu trabalho? — perguntou Jimi.

Minjun esboçou um sorriso vazio.

— Não é isso. Só ando meio perdido.

— Perdido?

— Uma vez a Yeongju me disse que, enquanto o ser humano se esforçar, ele vai se perder.

— E onde ela ouviu isso?

— Acho que leu naquele livro *Fausto*, do Goethe.

— Aff, ela precisa parar de ficar se achando. Se não fôssemos amigas, já tinha dado umas bofetadas nela.

Eles riram juntos.

— Então você anda perdido porque está se esforçando?

— Eu estava tentando mudar de assunto, na verdade.

Jimi concordou com a cabeça.

— Pois é. Tem horas que a gente só quer deixar pra lá.

— A senhora também está se sentindo assim?
— Como assim?
— O motivo do seu choro. Você também quer deixar pra lá?

No momento em que Jimi ia responder, o mestre trouxe o grão moído em dois recipientes selados. Um pesava dois quilos e o outro, duzentos e cinquenta gramas. Jimi apontou para o recipiente menor.

— Esse é para o Minjun?

O mestre fez um gesto afirmativo com a mão e deu uma piscadinha para Minjun antes de ir embora.

— Tem alguma coisa errada com a boca dele? Por que não fala nada? — questionou Jimi assim que o funcionário foi embora.

Jimi tirou um filtro de papel, um coador, uma jarra e uma chaleira do armário. Colocou água filtrada na cafeteira e esperou ferver. Assim que a água ferveu, abriu a tampa da cafeteira e esperou mais um pouco. Enquanto isso, encaixou o filtro de papel no coador.

— Hoje, vou usar a técnica de *handdrip* — disse Jimi. Ela colocou o coador sobre a jarra. Depois, passou a água da cafeteira para a chaleira. — Você se lembra do que falamos da última vez?

— Lembro.

— Já tentou fazer em casa?

— Faço com frequência.

— É mesmo? Muito bem. Hoje vai ser a mesma coisa. Eu faço por instinto, mas você precisa saber que tem que usar medidor e tudo o mais para ter um resultado preciso. Se tiver alguma dúvida, pergunte.

Jimi colocou um pouco de água quente no filtro, sem pó de café, e o molhou inteiro. Em seguida, colocou o pó fino. Jimi pegou a chaleira e começou a falar, como se estivesse conversando consigo mesma enquanto umedecia o pó.

— De fato, quando se faz *handdrip*, o sabor do café fica mais forte. Que estranho. Mesmo com a máquina sendo mais precisa.

Minjun observou atentamente Jimi despejar a água devagar, do centro do coador para fora, desenhando um círculo. Quando terminou de molhar todo o pó de café, fez uma pausa.

— Olha essas bolhas — disse ela.

Logo depois, continuou a despejar água. Minjun ficou ouvindo as gotas de café caírem na jarra.

— Sempre fico na dúvida de quando devo parar de colocar água.

— Pode parar quando a velocidade das gotas diminuir. Mas se você gostar de um sabor mais amargo, pode colocar mais um pouco.

— É, eu sei. Mas às vezes eu queria saber qual é o ponto ideal para o café ficar o mais saboroso possível.

— Eu também. Só confie no seu instinto. A única alternativa é preparar várias vezes e bebê-lo várias vezes. Também é bom experimentar o café de outras pessoas.

— Sim.

— Confie no seu instinto, Minjun. Ele é bom.

— Não sei se consigo acreditar em você.

Jimi riu enquanto tirava as xícaras do guarda-louças.

— A vida é assim mesmo. A gente acredita em quem quer.

Jimi serviu uma xícara de café para Minjun.

— Se beber este café, vai ficar com muita vontade de acreditar em mim — falou, enquanto enchia a própria xícara.

Os dois apreciaram o cheiro da bebida antes de darem o primeiro gole.

— Está muito bom — disse Minjun, colocando a xícara na mesa.

— Mas é claro — respondeu Jimi, como se fosse algo óbvio.

Eles jogaram conversa fora por um tempo. Depois de um momento de silêncio, Jimi falou, olhando para a xícara:

— Eu queria mesmo deixar pra lá. De verdade.

Minjun olhou para ela e esperou que continuasse.

— Queria que fosse simples, mas não está sendo nada fácil. Tudo que envolve ele me deixa tensa.

— Aconteceu alguma coisa?

— O mesmo de sempre. Mas dessa vez eu explodi. Quase bati nele.

Jimi tentou sorrir, mas desistiu.

— Fico me perguntando o que é uma família de verdade. Por que esse assunto sempre me faz perder o controle? Você pretende se casar, Minjun?

Apesar de já ter passado dos trinta anos, Minjun nunca havia pensado seriamente em casamento. Às vezes se perguntava se seria mesmo capaz de fazer isso, mas nunca pensou sobre o assunto a fundo.

— Não sei.

— Pense bem antes de se casar.

— Com certeza.

— Eu fui precipitada. Não devia ter formado uma família com ele. Nós éramos bons como namorados, mas não quero passar o resto da minha vida ao lado dele. Se bem que eu não tinha como saber disso antes de me casar, certo?

— Pois é.

— O café está bom mesmo já tendo esfriado, né?

— Está mesmo.

Depois de um momento de silêncio, Minjun comentou:

— Meus pais se dão bem e nunca brigaram. Pelo menos não na minha frente.

— Nossa, isso é incrível.

— Quando eu era criança, não pensava muito a respeito, mas depois que cresci percebi o quanto isso é bom. Nós três somos como um time, unidos para ganhar uma partida.

— Vocês parecem uma família feliz.

— Pois é. Mas...

— Mas?

Minjun ficou cutucando a xícara com um dedo, então olhou para Jimi.

— Hoje em dia, acho que isso não é tão bom quanto parece. Uma família não deve ser unida demais, é preciso manter alguma distância. Ainda não sei se estou certo ou errado, mas vou viver com esse pensamento por enquanto.

— Viver com esse pensamento?

— A Yeongju me disse isso. Que quando eu tiver alguma ideia, é bom experimentar viver um pouco com ela. E que, com o tempo, vou descobrir se estava certo ou não. Disse também que é bom não definir se algo é certo ou errado logo de cara. Eu acho que ela tem razão. Por isso, vou viver de acordo com esse pensamento. Não é nada de mais, só vou tentar manter certa distância e não pensar nos meus pais por um tempo.

Como Yeongju sugeriu, ele decidiu que iria pensar no que acha bom para si.

Jimi e Minjun beberam o café que tinha sobrado. Minjun ficou um tempo se perguntando como aquele café continuava tão bom mesmo frio. Mas só havia duas respostas: boas habilidades e bons grãos. Jimi se levantou e recolheu as xícaras da mesa.

— Está na hora de você ir.

Minjun guardou na bolsa o pó de café que estava em cima da mesa e se levantou. Eles se despediram, mas, antes de ir embora, Minjun olhou para Jimi, que estava limpando a mesa, e disse:

— Não sei se deveria me meter, mas talvez a senhora devesse pensar seriamente sobre isso também.

— Sobre o quê?

— Família. Não é porque alguém é da sua família que vocês precisam viver juntos para sempre. Se a senhora não está feliz, então não deveria estar ao lado dessa pessoa.

Jimi o encarou calada. Ela gostou do que ouviu. Minjun a estava encorajando, dizendo coisas que ela relutava em dizer para si mesma. Jimi sorriu e fez um gesto afirmativo com a mão. Ele não deveria se meter, mas, quando foi embora da Goat Beans, não se arrependeu do que tinha dito. Era algo que vinha querendo dizer há muito tempo.

A forma como encaramos o trabalho

Aos poucos, os integrantes do clube do livro começaram a chegar. Nove pessoas, incluindo Yeongju e o líder do grupo, Wooshik, se sentaram em círculo. Todos começaram a bater papo casualmente. Quando alguém falava que tinha cortado o cabelo, começado a fazer dieta, que havia brigado com um amigo, que se sentira frustrado por estar envelhecendo, outro respondia que o cabelo tinha ficado ótimo, que não precisava fazer dieta, que o amigo realmente havia pisado na bola, e que os jovens também se sentem frustrados.

Mais uma vez, Minjun não queria voltar para casa. Por isso, após ter certeza de que mais ninguém iria pedir café, puxou uma cadeira e se sentou de fininho do lado de fora do círculo. Na mesma hora, os integrantes do clube moveram suas cadeiras e abriram espaço para ele. Minjun balançou as mãos, tentando mostrar que estava confortável ali, mas os outros gesticularam com ainda mais vontade, então, de maneira relutante, ele puxou sua cadeira e se juntou ao círculo. O livro a ser debatido no encontro daquele dia era *The Refusal of Work: The Theory and Practice of Resistance to Work* [A recusa do trabalho: Teoria e prática da resistência ao trabalho].

— Vamos começar. Quem quiser falar é só levantar a mão. Todos podem fazer comentários, só, por favor, esperem os outros terminarem suas falas primeiro.

Todos ficaram em silêncio por um tempo, esperando. Ninguém era forçado a nada durante as discussões. Quem quisesse podia falar, e quem preferia ficar só ouvindo podia apenas escutar. Uma mulher que parecia ter vinte e poucos anos — a que havia brigado com um amigo — levantou a mão.

— Vocês já devem saber, mas dizem que no futuro haverá menos vagas de emprego por causa da inteligência artificial. Por isso fiquei muito preocupada, não posso passar a vida inteira fazendo bicos. Eu esperava que o governo criasse alguma medida para gerar mais empregos. Eles precisam ter alguma estratégia. Aí, eu vi essa frase na página treze.

Ao ver as pessoas abrindo os livros, Minjun pegou um exemplar da prateleira e voltou a se sentar. A mulher leu o trecho em voz alta.

> "Será que o trabalho em si é tão importante a ponto de a sociedade ter que criar mais e mais empregos, sem parar? Por que será que pensamos que precisamos trabalhar a vida toda, mesmo numa sociedade na qual a produtividade é extremamente desenvolvida?"*

— No último encontro, alguém disse que os livros são como machados. Quando li essa frase, foi como se tivesse levado uma machadada na cabeça. O que tem de tão incrível em trabalhar que nos deixa tão obcecados? Será que não deveríamos nos preocupar por não poder trabalhar, mas sim por não poder nos sustentar? Sendo assim, o que o governo precisa fazer não é gerar empregos, mas procurar meios de sustentar o povo, não é mesmo?

De novo, o silêncio. Minjun logo se acostumou a esses momentos de silêncio. Depois de um tempo, um homem no começo dos seus quarenta anos — o que tinha dito que estava fazendo dieta — falou:

---

* David Frayne. *The Refusal of Work: The Theory and Practice of Resistance to Work*. Zed Books, 2015, p. 13. (Tradução livre).

— Não consigo separar esses dois elementos tão facilmente, você precisa trabalhar para viver, é o que a sociedade nos diz. Como podemos nos sustentar sem trabalhar? Entendi que é possível na teoria, mas ainda acho difícil acreditar nisso, é utópico demais. Mas o livro me ajudou a entender o meu ponto de vista sobre o trabalho. Compreendi porque acho que trabalhar é benéfico para nós, porque cheguei a pensar que quem não trabalha é vagabundo e inútil, e porque venho me esforçando tanto para ter um emprego melhor. Vocês também se sentiram vazios depois de ler o livro? No fim, o autor diz que o que entendemos como trabalho é uma criação arbitrária de alguém do passado, e agora estamos aqui tratando isso como uma verdade universal.

— Eu também me senti vazia — falou a mulher na metade dos trinta que havia cortado o cabelo.

— A ética de trabalho puritana também influenciou a maneira como nos relacionamos com o trabalho, colocando-o num pedestal. Aqueles que trabalham são membros contribuintes da sociedade, enquanto os desempregados são vagabundos e inúteis. É ridículo pensar que a ideia de buscar a salvação através da dedicação ao trabalho durou tantos séculos a ponto de alcançar uma ateia que vive na Coreia do século XXI e faz de tudo para não perder o emprego. Cresci pensando que queria ser uma mulher de negócios bem descolada, que não iria depender de homem nenhum. — A mulher não religiosa fez uma pausa antes de continuar. — O problema é que até os ateus se tornaram obcecados por trabalho e vivem tentando se convencer do quanto é maravilhoso trabalhar duro. "Trabalhar é bom, preciso me esforçar", "Tenho que trabalhar mais", "Viver sem trabalhar deve ser horrível".

— Mas isso não é ruim, é? — comentou Wooshik.

— Depois de ler este livro, não dá para falar que não é ruim, certo?

— E por que isso é ruim? Não lembro de ter lido isso — perguntou a mulher no fim dos cinquenta anos que estava frustrada por envelhecer.

Todos começaram a procurar esse trecho no livro. Ouvindo-as, Minjun se lembrou do que aprendera sobre a ética protestante de Max Weber numa matéria eletiva da faculdade. Essa ideia perseverava até os dias de hoje e alcançou não só a ateia, mas Minjun também. Assim como os protestantes, ele estava preparado para trabalhar arduamente. Minjun nunca tinha pensado em trabalho como uma vocação, mas, assim como o homem nos quarenta disse, sempre achara que todos nascem para trabalhar.

— Aqui, página cinquenta e dois. Eu vou ler — falou a ateia.

"O problema aqui não é que o processo de trabalho não apresenta oportunidades para expressão e identificação, mas que o empregador espere que os trabalhadores se envolvam e se dediquem somente ao trabalho."*

— Achei algo parecido no final da página cinquenta e seis — disse a garota que havia acabado de entrar na universidade.

"Os trabalhadores são, em outras palavras, transformados em 'pessoas da empresa'. Em Hefesto, a identificação com o trabalho foi promovida em torno de ideias como 'time' e 'família', projetadas para incentivar nos trabalhadores um senso de devoção e obrigação pessoal. Conceitos como 'time' e 'família' funcionam para remodelar o local de trabalho como campo de ética em vez de obrigação econômica, vinculando os trabalhadores com mais firmeza aos objetivos da organização."**

Quando terminou, a universitária olhou para a ateia e disse:

---

* Ibid., p. 52. (Tradução livre).
** Ibid., p. 56-57. (Tradução livre).

— Acho que você se sentia parte da empresa. Você trabalhou duro, como se fosse a própria dona. Sua identidade e seus valores estavam atrelados à empresa. Aqui diz que a empresa usa termos como "time", "equipe" ou "família" para que os funcionários se sintam parte dela. Isso me lembra do meu cunhado, que foi promovido a gerente de equipe algum tempo atrás, sabe? Na época eu o parabenizei, mas agora tenho medo dessa palavra, "equipe". Fico imaginando se é uma forma de torná-lo "parte da empresa".

— Mas acho que nem todo mundo que gosta de trabalhar e se esforça se torna "parte da empresa". Este livro não vê o trabalho apenas como algo ruim, não é mesmo? Na minha opinião, o prazer e a evolução pessoal que o trabalho nos proporciona também podem enriquecer nossa vida.

Minjun olhou para Yeongju, que havia falado pela primeira vez naquela noite.

— O problema é que a nossa sociedade é obcecada por trabalho e trabalhar tira muita coisa da gente. Nós nos afundamos em trabalho, e quando finalmente tiramos um tempo para respirar só nos sentimos exaustos. Quando voltamos para casa depois de um longo dia de trabalho, não temos mais forças para fazer algo de que realmente gostamos. Acho que muitos devem ter se identificado com esta frase da página noventa e três:

"Quando uma parte significativa do nosso tempo é gasta com o trabalho, torna-se cada vez mais difícil dizer quanto do nosso tempo é realmente nosso."*

— No fim, o problema é o trabalho porque tudo o que fazemos é trabalhar e ele acaba se transformando na nossa vida.

Minjun lembrou do dia em que conheceu Yeongju e ela enfatizou que o expediente era de oito horas diárias. Provavelmente

---

* Ibid., p. 90-91. (Tradução livre).

ela já pensava assim antes de ler o livro. O trabalho não deve nos consumir, afinal, ninguém consegue ser feliz vivendo imerso em trabalho.

— Eu concordo — disse Wooshik. — Fico feliz por trabalhar. Depois de um dia de expediente, gosto de jogar videogame enquanto bebo uma cerveja ou passar na livraria e ler, mesmo que apenas algumas páginas. Mas como a Yeongju disse, ficamos exaustos quando trabalhamos demais, mesmo quando gostamos do que fazemos. Eu não aguentaria essa rotina de ir para o trabalho e voltar para casa de jeito nenhum, nem por uma semana.

— Quando se tem filhos a situação piora — falou o homem que estava sentado ao lado de Minjun. — Me desculpem por falar de filhos, mas a verdade é que não consigo cuidar do meu por causa do trabalho. A minha esposa quer se mudar para o norte da Europa. Não lembro se é na Suécia ou na Dinamarca que os pais são chamados de *latte pappa*. Eles saem cedo do trabalho para cuidar dos filhos enquanto desfrutam um café latte. Mas tanto eu quanto minha esposa só saímos do trabalho depois das nove da noite. A minha sogra nos ajuda, mas quando chegamos em casa ela já está tão exausta que dorme num piscar de olhos. Esse clube do livro é o meu único hobby. A vida é muito difícil.

— Trabalhar menos não resolveria o problema? — perguntou uma mulher na casa dos vinte, na tentativa de melhorar o clima. Algumas pessoas riram e fizeram comentários baixinho, enquanto outras só observaram.

— É claro que seria bom trabalhar menos. O problema é que o salário também diminui.

— Talvez seja possível em grandes empresas. O problema são as pequenas.

— E aquelas empresas de uma pessoa só que contratam apenas freelancers.

— Basicamente, em lugar nenhum.

— De qualquer forma, trabalhar menos para ganhar menos não é uma opção.

— Definitivamente não. Ainda mais em um mundo em que tudo está aumentando, menos os salários. Imagina se diminuíssem...

— Eu fico muito bravo com o fato dos chefões ganharem milhões e nós, trabalhadores que realmente fazem as empresas funcionarem, ganharmos migalhas.

— Já passou da hora da gente entrar em greve.

Wooshik sentiu que a conversa estava tomando um rumo diferente, então levantou a mão.

— Seja como for, a verdade é que trabalhar continua sendo a nossa principal fonte de renda — disse ele. — Por isso, precisamos trabalhar para continuar vivendo.

O homem de quarenta e poucos começou a dizer que o ramo imobiliário era a melhor maneira de ganhar a vida, mas percebeu que estava desviando do assunto e voltou a falar do livro:

— É por isso que o autor escreveu esse livro. A nossa sociedade foi estruturada de uma forma que exige que as pessoas trabalhem para conseguir se sustentar. No entanto, o número de pessoas desempregadas só aumenta, e isso ocorre no mundo inteiro. As pessoas empregadas não conseguem viver com dignidade porque estão exaustas, e as quem não trabalham não vivem com dignidade porque não têm dinheiro. A proposta do livro é que precisamos diminuir a carga horária de trabalho para que os desempregados também consigam trabalhar. Em teoria, é possível.

— Pode ser possível na realidade também. O problema é que tem gente que não quer abrir mão do que tem — disse a ateia, apontando para cima.

— Ah, mais problemas!

Todos começaram a rir.

A discussão já passava de uma hora de duração, e, talvez por cansaço, as pessoas começaram a jogar conversa fora. Wooshik não interrompeu e se juntou ao papo.

— Quando eu era mais novo, acreditava que se sacrificar pelos outros fosse normal. É bom ver que os jovens hoje em dia não são mais assim — disse a mulher na casa dos cinquenta

— Acho que o sacrifício precisa trazer esperança. Mas hoje em dia não vemos esperança em lugar nenhum, então não tem por que continuar se sacrificando.

A mulher ficou surpresa com a resposta de uma das integrantes mais novas do grupo. Quando ela a encarou e perguntou se aquilo era mesmo verdade, a garota confirmou.

— Viver sem esperança parece triste demais — lamentou a mulher.

Minjun ignorou a conversa e direcionou sua atenção ao prefácio do livro. As primeiras páginas explicavam como o crescimento do produto interno bruto não é um bom parâmetro para medir o bem-estar da população, como o aumento da produção e do consumo não necessariamente trazem felicidade, e apresentam o surgimento do estilo de vida *downshifting*, que prioriza a satisfação pessoal em vez do sucesso profissional. O autor definia os adeptos desse estilo de vida como pessoas que decidem trabalhar menos, abrindo mão de empregos com alto salário, ou que desistem de trabalhar de vez. Minjun se perguntou se era mesmo possível se sustentar daquele jeito, até que um homem falou:

— Eu virei adepto do *downshifting*, me identifiquei muito com o livro. — O homem limpou a garganta e continuou: — Faz um ano que saí da empresa em que trabalhava para ajudar no negócio de um amigo. Trabalhei lá por três anos e me senti deprimido esse tempo todo. Era o trabalho dos meus sonhos, mas, mesmo assim, me sentia frustrado. As horas extras não tinham fim, achei que fosse enlouquecer se continuasse daquele jeito, então pedi as contas. Passei uns quatro meses em um trabalho de meio expediente, mas só me senti bem na primeira semana. Quando meu melhor amigo perguntou o que eu andava fazendo, não consegui responder. O que gostei neste livro é que ele não fala apenas sobre os pontos positivos do *downshifting*, mas também dos dilemas que essa escolha traz. Fiquei feliz em saber que não sou o único que passa por essas dificuldades. E isso me fez relembrar do meu lema.

— Você tem um lema? — perguntou a ateia, achando graça.

— O meu lema é: tudo tem dois lados. O que quer que seja, tudo tem um lado positivo e outro negativo. Por isso, tento não ser tão intenso o tempo todo.

— Então o seu lema também poderia ser "Seja cauteloso"? — disse a mulher, bem-humorada.

— Sim! Tem razão.

O homem agiu como se tivesse tido uma revelação e entrou na brincadeira.

— Mas o que eu quero dizer é que o *downshifting* tem suas vantagens e desvantagens. É lógico que é bom ter tempo livre, mas ganhar pouco me deixa apreensivo, e fica muito difícil viajar. Além disso, também não sou reconhecido socialmente.

— Algumas pessoas devem se sentir assim mesmo, mas a minha impressão é que a maioria das pessoas que escolhem esse estilo de vida não liga muito para viagens, nem para ter reconhecimento da sociedade. Acho que o livro menciona isso — disse o homem sentado ao lado de Minjun, e as pessoas concordaram.

Yeongju levantou a mão e disse:

— Mas nem sempre as pessoas praticam *downshifting* por escolha própria. Às vezes elas deixam de trabalhar porque não têm outra opção. Muitos ficam doentes ou sofrem de algum transtorno emocional como depressão e ansiedade. O livro mostra como a sociedade julga aqueles que não podem trabalhar porque não se sentem bem, seja fisicamente ou emocionalmente. Até mesmo os pais pressionam demais os filhos, perguntando quando vão começar a trabalhar.

— Acho que somos muito cegos quando se trata de trabalho — concordou o homem sentado ao lado de Minjun. — Desde a infância falamos para nós mesmos que devemos aguentar firme.

Uma vez, um amigo da escola sofreu um acidente de moto, e, mesmo machucado e sangrando, ele foi para a aula. Ele disse que tinha que ir porque se faltasse não receberia o prêmio por frequência. Nós levamos para a nossa vida profissional essa necessidade de ter que aguentar tudo. Vamos trabalhar mesmo doentes e, quando não conseguimos, nos sentimos culpados por não aguentar a dor. Mas, na verdade, descansar quando se está doente é o certo a se fazer. Então por que nos sentimos tão culpados quando fazemos isso? Por isso odeio essa ideia de se forçar a trabalhar mesmo não se sentindo bem

— Pois é, você se permite ser explorado — falou o homem que sonhava em ser um *latte pappa*.

Minjun acompanhou a discussão enquanto lia as páginas que as pessoas mencionavam. Um dos capítulos contava a história de Lucy, que estava feliz por não trabalhar mas se sentia culpada por estar decepcionando os pais. Ela confessou que sentia que devia arrumar um emprego só para não decepcionar ninguém, mas não tinha certeza se conseguiria.

Também havia a história de Samantha, uma ex-advogada que largou o emprego para trabalhar meio período num bar. Minjun leu as palavras da Samantha devagar, duas vezes. A última frase, em especial, lhe chamou atenção:

"Senti que estava crescendo, porque, pela primeira vez, eu estava fazendo o que realmente queria."[*]

Sentir que estava crescendo. Minjun se perguntou se trabalhar não seria isso.

A discussão terminou num clima amigável. Wooshik finalizou falando que esperava que a sociedade progredisse e se tornasse um lugar onde todos pudessem encontrar a felicidade, trabalhando ou

---

[*] Ibid., p. 198.

não. As pessoas concordaram com suas palavras e aplaudiram. Já eram quase dez e meia da noite. Com a ajuda de todos, não levou nem dez minutos para arrumar as coisas e fechar a livraria. Pelo menos naquela noite, todos iriam dormir envoltos pela sensação de camaradagem e solidariedade.

Yeongju e Minjun se despediram na calçada. Ele a observou caminhar em direção à rua principal antes de virar na esquina. Minjun decidiu que procuraria por respostas nos livros a partir de agora. Ele já estava planejando ler *Ter ou ser?*, de Erich Fromm, depois que terminasse *Refusal of Work*, e se gostasse desse também, iria ler todos os livros do autor em ordem cronológica.

Mesmo ainda se sentindo em conflito, Minjun sabia qual caminho seguir agora. Ele queria viver no presente. Minjun nunca havia pensado nisso até agora.

Como fazer uma livraria se consolidar

Como sempre, Jeongseo tricotava um cachecol enquanto Mincheol a observava com o queixo apoiado em uma das mãos, como se estivesse olhando para o oceano. Ao lado dele, Yeongju verificava suas anotações enquanto ouvia a conversa entre os dois sem prestar muita atenção.

— Tia, é divertido tricotar?

— Mas é claro. Só que eu faço isso mais para me sentir bem do que por ser divertido.

— Se sentir bem?

— Eu me sinto bem quando termino. Se estivesse procurando diversão, iria jogar videogame. Eu jogava muito quando era mais nova. Você sabe jogar?

— Mais ou menos.

Ao perceber o desinteresse de Mincheol, Jeongseo olhou para cima e começou a falar de forma exagerada, como se estivesse numa peça de teatro.

— Você não tem ideia de como é difícil viver sem se sentir satisfeito com nada e só trabalhar o dia inteiro! É muito exaustivo!

Mincheol soltou uma risada com a performance dela. Jeongseo riu junto e voltou a falar normalmente.

— Eu trabalhava muito, mas no fim do dia odiava a sensação de ter desperdiçado meu tempo. Espero que você não passe por isso quando crescer. Escolha algo que te faça bem.

— Tá bom.

Yeongju ainda estava absorta em suas anotações enquanto eles conversavam. Nos últimos tempos, ela não parava de pensar em como fazer uma livraria se consolidar. Como nada veio à cabeça, ela fez o que sempre fazia quando escrevia e pesquisou o significado de "consolidar": "Estabelecer-se em certo espaço e ter uma vida estável." Bom, para conseguir isso, a livraria precisava de dinheiro, mas ela odiava a ideia de associar estabilidade a dinheiro. Então por que não adaptar essa ideia? A Livraria Hyunam-dong precisava de mais clientes para se consolidar.

Yeongju logo se lembrou dos moradores da região. Alguns se tornaram clientes fiéis, mas a maioria só havia visitado a livraria por curiosidade quando ela abriu. Yeongju já ouvira muitos desabafos sobre como é difícil manter o hábito de leitura. Mas foi só depois de abrir a livraria que ela descobriu como as pessoas sofrem para retomar esse costume, principalmente se não leem há muito tempo. Dizer que "ler é bom" não ajuda em nada; em vez disso, Yeongju queria que mais pessoas fossem à livraria como um lugar convidativo. Por isso, decidiu que ampliaria o espaço para comportar mais clientes.

A primeira coisa que ela fez depois de tomar essa decisão foi esvaziar o espaço que era utilizado como depósito. Sempre que tinham um tempo livre, ela e Minjun descartavam o que era desnecessário e reaproveitavam o que era útil. A área agora se chamava "Sala do clube do livro". Ela pretendia recrutar mais membros para formar mais dois grupos. Por enquanto, os grupos eram chamados de "clube do livro número um", "clube do livro número dois", "clube do livro número três", mas achou que seria interessante se os próprios participantes sugerissem nomes para os grupos. Yeongju iria anunciar os novos clubes no blog e nas redes sociais, mas já havia conseguido convencer três pessoas a participar e liderar os grupos: Wooshik, a mãe de Mincheol e Sangsoo, uma cliente assídua que com certeza lia muito mais do que Yeongju.

Depois de finalizar o texto do anúncio dos clubes, Yeongju finalmente ergueu o rosto e olhou para Jeongseo e Mincheol, que a olharam de volta.

— Vocês têm um minuto? — perguntou Yeongju.

Ela os posicionou bem no meio da sala do clube de leitura e explicou como pretendia decorar o lugar.

— Vamos fazer as reuniões do clube do livro e os *book talks* nesta sala. Vou colocar uma mesa bem grande aí onde vocês estão, umas dez cadeiras e um ar-condicionado na parede. Mas quero pintar as paredes e não consigo decidir qual cor usar. Queria pedir a opinião de vocês.

Jeongseo e Mincheol olharam ao redor da sala. Era um espaço pequeno e aconchegante. A mesa e as cadeiras que Yeongju havia mencionado preencheriam todo o espaço, mas mesmo assim não ficaria apertado. Era o suficiente para que as pessoas pudessem se acomodar e prestar atenção umas nas outras.

— Não tem janela, mas tem uma porta que dá para os fundos, então não vai ser desconfortável. Dá para pendurar alguns quadros também. Queria que o espaço fosse atrativo para que as pessoas sentissem vontade de participar do clube do livro. Vocês acham que vai dar certo? — questionou Yeongju enquanto olhava ao redor da sala.

— Acho que sim — respondeu Jeongseo, cutucando a parede. — Fiquei animada quando entrei na livraria pela primeira vez, sabia?

Yeongju olhou para Jeongseo, que continuou:

— Eu visitei todas as cafeterias da vizinhança tentando achar o melhor lugar. Fui em cafés grandes e pequenos. Mas aqui foi onde me senti mais confortável. Gostei das músicas, da iluminação, e como ninguém pareceu se incomodar comigo. Eu me senti tão confortável que me deu vontade de voltar. Sempre que faço uma pausa no tricô e olho em volta me sinto em paz. Acho que estar rodeada de livros traz uma sensação de alívio.

Yeongju viu Mincheol sair pelos fundos e então perguntou para Jeongseo:

— Sensação de alívio?

— Pois é, também não esperava me sentir assim. Acho que fiquei com a impressão de que, se eu não incomodasse ninguém, ninguém iria me incomodar. Era exatamente o que eu precisava. Por isso quis voltar, mesmo não sendo uma grande leitora. Agora virei uma cliente fiel.

Yeongju se lembrou da época em que Jeongseo pedia café o tempo todo para não causar prejuízo para a livraria. Ela só estava fazendo o possível para não incomodar. Será que Jeongseo achava que para ser bem-vinda ela precisava ser agradável e não incomodar ninguém? Yeongju a seguiu com os olhos enquanto a mulher andava pela sala. Quando ela abriu a boca para falar, Mincheol voltou.

— Tia, acho que pode ser uma boa ideia manter as paredes brancas.

Jeongseo concordou com o jovem:

— Eu também estava pensando nisso. Acho que só precisa pintar de novo alguns lugares que estão meio sujos.

— Será que isso basta para causar uma boa impressão?

— Foque mais na iluminação, como você fez no interior da livraria — disse Jeongseo, resolvendo o problema de uma vez.

Yeongju voltou ao seu lugar e anotou no caderno: "Cor das paredes: branca." O projeto do clube livro estava caminhando e os preparativos começariam no mês seguinte. Além disso, ela também estava planejando a exibição de filmes às quintas e a abertura da livraria durante a noite. Promover eventos noturnos com frequência pode ser cansativo, mas ela iria tentar. A questão era por quanto tempo ela aguentaria manter esse ritmo. Manter um equilíbrio entre vida pessoal e profissional já era difícil, mas agora precisava pensar em ter lucro também.

Nos últimos dois anos, Yeongju vira várias livrarias independentes fecharem as portas. Umas foram encerrando as atividades aos poucos, enquanto outras deram passos mais largos que as pernas e fecharam de um dia para o outro. Muitas não tinham conseguido acompanhar o ritmo acelerado do mercado e declararam falência. Livrarias reconhecidas também não tinham conseguido resistir, e mesmo vendendo bem e organizando diversos eventos, a conta simplesmente não fechava no fim do mês.

Administrar uma livraria independente é como caminhar sem rumo. Não há um modelo específico a seguir, por isso os donos de livrarias de bairro sempre falam "um dia de cada vez" e são muito cautelosos quanto ao futuro. Quando contratou Minjun, Yeongju explicou que o negócio poderia fechar em dois anos. Naquela época, ela não sabia qual seria o futuro da Livraria Hyunam-dong, e até agora ela ainda não descobriu.

Apesar da perspectiva pessimista, as livrarias de bairro continuavam surgindo por aí. Talvez o modelo de negócio de uma livraria de bairro seja baseado em sonhos — do passado ou não. Todas as pessoas que abrem uma livraria tomam essa decisão porque sonharam com isso um dia. Mas então, um ou dois anos depois, elas acordam desse sonho e finalizam esse capítulo de sua vida. Quanto mais livrarias abrem, mais sonhadores surgem. Mesmo sendo difícil encontrar livrarias de bairro que permaneceram abertas por mais de dez, vinte anos, elas sempre vão existir.

Yeongju pensou que talvez fosse impossível uma livraria independente se consolidar na cultura em que vivia. Portanto, suas ideias acabariam fracassando de qualquer forma. Mas não. Ela não cederia assim tão fácil. Para tudo existe uma exceção. E só o fato de ter tentado já era significativo — é importante dar significado às coisas! O processo pode ser difícil, mas, se for proveitoso, o resultado não importa. O mais importante agora era que Yeongju estava gostando de administrar a livraria. Isso não era o bastante?

Yeongju deixou os pensamentos de lado e voltou a se concentrar no trabalho. Ela estava pensando em organizar palestras aos sábados e já tinha alguns palestrantes em mente. Como havia notado um bom número de pessoas interessadas em escrita, decidiu que as duas primeiras palestras seriam sobre esse tema. Ia checar a disponibilidade dos autores Lee Areum e Hyun Seungwoo. Os e-mails para eles já estavam prontos.

— Acho que está bom assim.

Mincheol olhou para ela como se a estivesse esperando.

— Desculpa por estar tão ocupada — falou Yeongju, fechando o caderno.

O garoto balançou a cabeça indicando que estava tudo bem.

— O que você tem feito de bom nas férias? — perguntou ela, sorrindo.

— O mesmo de sempre. Vou para as aulas de reforço, volto para casa, vou para as aulas de reforço de novo, volto para casa, tomo banho e durmo.

— Não fez nada de interessante?

Yeongju perguntou, mas já sabia a resposta. Quando estava no ensino médio, também não tinha nada de interessante para fazer. Aquela época era como uma dor de barriga persistente.

— Nada.

— Hum, entendi.

— Mas, sabe... preciso mesmo fazer algo interessante? Não posso só viver uma vida simples?

— Bom, acho que se forçar a encontrar algo talvez não seja legal mesmo — afirmou Yeongju.

— Com a mãe é assim também. Não sei por que as pessoas detestam tanto a ideia de viver uma vida simples. Às vezes prefiro que ela me force a estudar do que encontrar algo *interessante* para fazer. A vida deve ser assim para todo mundo.

Em vez de responder, Yeongju olhou ao redor da livraria para checar se havia algum cliente precisando de ajuda. Depois olhou atentamente para Mincheol, uma criança que já havia descoberto que a vida não era nada fácil.

— Você tem razão. Mas se interessar por alguma coisa faz a gente se sentir menos sufocado.

Jeongseo concordou e Mincheol fez uma cara meio frustrada.

— Sufocado?

— Quando nos livramos dessa sensação de sufocamento, viver fica mais suportável.

Yeongju olhou para o rapaz, que parecia pensativo. Ela provavelmente nunca se sentiu dessa maneira quando tinha a idade dele. Yeongju foi uma criança simples. Assim como Mincheol, a vida dela se resumia a ir para a escola e voltar para casa. Mas Yeongju estava sempre aflita por conta dos estudos — por conta da concorrência, na verdade — e do futuro. Ela odiava se preocupar com os estudos, então estudava sem parar. Também detestava concorrência, então ficou obcecada em conquistar o primeiro lugar em tudo. Não queria pensar tanto no futuro, então sofria antecipadamente por ele. Talvez por isso Yeongju sentisse certa inveja de Mincheol, ao mesmo tempo que se sentia feliz por ele. O garoto podia até não compreender, mas ela achava que ele estava conduzindo muito bem a própria vida.

— Cansaço. Tédio. Vazio. Desesperança. Depois que um desses sentimentos o consome, é muito difícil escapar. É como cair num poço sem fundo. Você se sente a pessoa mais insignificante do mundo.

Jeongseo suspirou sem tirar os olhos do cachecol que tricotava. Yeongju observou as mãos dela por um momento e continuou

— Acho que é por isso que eu leio tantos livros. Falar de livros deixa você entediado? — Mincheol respondeu que "não", então Yeongju continuou. — Se tem uma coisa que aprendi lendo é que todos os autores já estiveram no fundo do poço. Alguns acabaram de sair e outros saíram faz um tempo. E todos eles dizem a mesma coisa: nós vamos cair nesse poço de novo.

— E por que temos que ler histórias de pessoas que saíram do poço mas vão cair nele de novo? — perguntou Mincheol, confuso.

— Hum... é simples. Porque nós ficamos mais fortes quando descobrimos que não estamos sozinhos nessa. Antes eu achava que só eu estava sofrendo, mas agora sei que isso não é verdade, entende? A dor continua aqui, mas de alguma forma ela fica um pouquinho mais leve. Será que existe alguém que nunca tenha estado no fundo do poço? Pensei bastante sobre isso e cheguei à conclusão de que não. — Yeongju continuou a falar com um sorriso no rosto, enquanto Mincheol a escutava com uma expressão séria. — Então disse a mim mesma que estava na hora de parar de me sentir vazia. Em vez de me encolher no fundo do poço, eu me levantei. E, para minha surpresa, o poço não era tão fundo assim. Quando percebi isso, eu ri, imaginando tudo o que perdi vivendo dentro daquele poço. E, naquele momento, a brisa bateu no meu rosto e me senti grata por estar viva.

— Não sei se estou conseguindo entender muito bem, me desculpe — disse, franzindo a testa e piscando algumas vezes.

— Ah, foi mal. Acho que me empolguei.

— Mas, tia?

— Sim?

— Isso tem alguma coisa a ver com o que estávamos falando sobre se sentir sufocado?

— Tem, sim.

— E o que é?

— A brisa.

— A brisa?

Yeongju assentiu e sorriu.

— Às vezes me pego pensando em como é bom apreciar a brisa. Quando sinto o vento leve da noite no meu rosto, a sensação de sufoco vai embora. Dizem que não tem brisa no inferno, então isso quer dizer que não estamos no inferno. Que bom, né? Se eu conseguir viver um momento como esse todos os dias, sei que terei forças para continuar. Apesar de nós, seres humanos, sermos muito complexos, também temos um lado simples. Basta experimentarmos um momento assim. Um momento que alivie nosso sufoco, seja por dez minutos ou uma hora. Um momento que nos faça ter certeza do quanto a vida pode ser boa.

— É isso mesmo.

Jeongseo concordou em voz baixa e Mincheol olhou em sua direção antes de se virar para Yeongju com uma expressão séria.

— Entendi... minha mãe acha que preciso ter um momento assim também, né?

— Não sei muito bem o que se passa na cabeça da sua mãe.

— E quanto a você, tia?

— Eu?

— Sim.

— Bem, eu...

Yeongju olhou para o rapaz e abriu um sorriso largo.

— Acho que é uma boa ideia tentar se levantar do fundo do poço. Nunca se sabe o que pode acontecer, então por que não tentar pelo menos uma vez? Você não tem curiosidade de descobrir o que pode acontecer se você se levantar?

Eu deveria ter recusado

Nos últimos tempos, Seungwoo chegava em casa por volta das seis da tarde. Quando ele terminava de tomar banho, preparar o jantar, comer e lavar a louça, já eram mais ou menos oito da noite. Nesse momento, Seungwoo se transformava em uma pessoa completamente diferente. Não precisava mais agir como um homem de negócios. Ele podia deixar de lado as responsabilidades, os pensamentos e comportamentos ensaiados e parar de tentar parecer insensível. Esse momento era completamente seu.

Nos últimos anos, antes de dormir, Seungwoo se permitia ser quem ele era de verdade e mergulhar naquilo que lhe interessava: o estudo do coreano. Ele tinha passado mais de dez anos imerso na linguagem de programação, mas Seungwoo já não era mais programador, ele era só mais um trabalhador seguindo sua rotina.

Mergulhar na língua coreana era cansativo, porém divertido. Ele adorava poder se dedicar a algo de que gostava. Recarregava em casa toda a energia que gastava no trabalho. Ele até criou um blog para compartilhar os resultados das suas pesquisas. Quando se aprimorou nos estudos, ficou mais confiante e começou a analisar o texto dos outros. E, com o tempo, o blog foi ganhando cada vez mais seguidores. Trabalhador de dia, blogueiro de noite. Já tinham se passado cinco anos desde que começara sua vida dupla.

Seungwoo achava incrível como seus seguidores o apoiavam, mesmo não o conhecendo pessoalmente, postando comentários,

fazendo propaganda do seu livro e compartilhando seus textos. Eles dedicavam seu tempo a alguém que nem conheciam. As pessoas pareciam valorizar muito o fato de ele estudar a língua coreana sozinho e compartilhar seu conhecimento sem pedir nada em troca. Algumas pessoas até comentavam o quanto a postura dele perante a vida lhes servira de incentivo. Seungwoo sempre se surpreendia com esses comentários, já que ele não falava quase nada sobre sua vida pessoal. Será que a escrita é um reflexo do escritor? Será que foi por isso que Yeongju fez aquela pergunta?
"Você acha que se parece com os seus textos?"
Seungwoo não fez qualquer esforço para afastar o rosto de Yeongju, que surgiu de novo na sua mente. Ele não conseguia parar de pensar nela desde o *book talk*. Seungwoo não sabia por que o rosto dela permanecia em seus pensamentos mesmo depois de tanto tempo. Será que era por que ela o olhava com brilho nos olhos? Ou por que ela falava de forma calma e serena? Ou era o tom melancólico que ele havia percebido nos textos do blog da livraria, que contrastavam com sua personalidade alegre? Talvez fosse a maneira como ela falava sobre temas intelectuais com humor e sagacidade. Talvez fosse tudo isso.
Se ele simplesmente não tentasse resistir toda vez que ela surgisse em sua mente, uma hora pararia de pensar nela. Até porque eles provavelmente nunca mais iriam se ver de novo. Mas então, alguns dias atrás, ele recebeu um e-mail de Yeongju. A princípio, ele iria recusar a proposta, mas até agora não teve coragem de responder. Já faz uma semana que Yeongju enviou o e-mail, e a essa altura ela já deve estar se perguntando por que ele ainda não tinha respondido. Ele não podia mais enrolar. Antes de responder, Seungwoo releu o e-mail enviado por ela.

Olá, Hyun Seungwoo,
Aqui é a Lee Yeongju, da Livraria Hyunam-dong. Ainda não se esqueceu de mim, certo? :) Muitos leitores têm procu-

rado pelo seu livro. Obrigada, mais uma vez, por ter escrito um livro tão bom.

 Estou entrando em contato porque gostaria de saber se você estaria interessado em conduzir uma série de palestras sobre escrita. Estamos organizando palestras de duas horas que vão acontecer todos os sábados por oito semanas. Se você aceitar a proposta, pensei que a série poderia se chamar "Como consertar um texto".

 As aulas não seriam sobre como escrever um texto, e sim sobre como editá-lo. Acho que não teria problema se você se baseasse no seu livro. O que você acha?

 Já que o livro tem dezesseis capítulos, poderíamos usar dois capítulos por semana. Assim você não teria muito trabalho.

 Você está disponível aos sábados? Adoraria saber o que acha da ideia.

 Eu deveria ter ligado, mas imaginei que podia incomodar, então achei melhor mandar um e-mail.

 Podemos nos falar por telefone assim que você tomar uma decisão.

 Até mais!
 Aguardo sua resposta.
 Lee Yeongju

 Era um texto bem direto e simples, mas se pegava relendo-o com frequência. A cada vez que o lia, ele pensava em uma resposta que lhe parecia a mais adequada: "Lamento, mas acho que não tenho experiência para dar seminários. Obrigado pelo convite, mas terei que recusar. Tenha um bom dia." O problema era que suas mãos não conseguiam digitar uma resposta. Seungwoo ergueu os braços, como se estivesse se preparando para realizar uma tarefa muito difícil, depois posicionou os dedos sobre o teclado. Bastava escrever algumas frases. "Lamento..."

Queria recusar. Não, precisava recusar. Desde o lançamento do livro, Seungwoo participava de *book talks* quase toda semana. Seu editor disse que ele deveria ficar feliz porque era raro um autor estreante receber tantos convites. Mas ele não conseguia se animar. As entrevistas pareciam tomar o dia inteiro, o que significava que ele passava muito tempo pensando se havia cometido alguma gafe ou falado algo idiota. Perdia ainda mais tempo se preocupando com a entrevista seguinte. Os frequentes telefonemas do seu editor e os pedidos de entrevistas dos jornais também o deixavam extremamente tenso. Em outras palavras, desde o lançamento do livro Seungwoo não tinha mais tempo para sua vida pessoal. Ele não conseguia mais se dedicar ao que realmente gostava. Estava desesperado para voltar à rotina simples que levava.

Por isso, dar palestras estava fora de cogitação. Como ele poderia se comprometer por oito semanas? Seungwoo sabia que o certo seria recusar. Mas quando finalmente reuniu coragem para digitar, Seungwoo travou. De repente, uma onda de curiosidade tomou conta dele. O que será que Yeongju tinha que mexera tanto com ele? Fazia muito tempo que ele não sentia o coração apertar ao pensar em alguém. Era um sentimento esquecido há muito tempo. Algo que ele achou que nunca mais sentiria.

Então por que não seguir esse sentimento? Ele não era do tipo que fugia dos próprios sentimentos. Ele era curioso. Precisava de uma resposta. E o que ele faria depois que saciasse sua curiosidade? Pensaria nisso depois. Decidiu seguir seu coração e digitou:

Olá, Lee Yeongju.
Obrigado pela proposta. Eu gostaria, sim, de fazer as palestras, mas só consigo no final da tarde. Tenha um bom dia.
Abraços,
Hyun Seungwoo

Apertou o botão enviar sem nem reler a mensagem.

A sensação de ser aceita

Numa noite, quando menos esperava, Jeongseo entrou no apartamento de Yeongju, logo depois de Jimi. A princípio, ela havia ido até a livraria só para tricotar e, assim que terminasse, voltaria para casa, mas, quando percebeu, já estava quase na hora de fechar. Ela e a dona da livraria foram embora juntas e deram de cara com Jimi, que estava esperando em frente à casa de Yeongju. Jimi agarrou o braço de Jeongseo sem a menor cerimônia e a levou para dentro enquanto agradecia e elogiava seus crochês.

Jeongseo gostou da casa de Yeongju. A sala parecia meio vazia, com apenas uma escrivaninha, mas essa simplicidade proporcionava uma sensação de paz. O apartamento parecia uma extensão da sua dona — uma pessoa solitária, mas que transmite uma presença tranquilizadora. Yeongju acendeu as luminárias uma por uma.

— Nossa, como está escuro aqui — comentou Jimi, balançando a cabeça como se estivesse gemendo de dor.

— Gostei muito da sua casa — disse Jeongseo, saindo do banheiro depois de lavar as mãos.

— Não precisa bancar a educada, não. Eu acho essa casa bem esquisita — gritou Jimi do banheiro enquanto também lavava as mãos.

— Não estou falando por educação, acho que é o lugar ideal para tricotar e meditar. Tipo, na frente daquela parede — afirmou Jeongseo, apontando.

Yeongju e Jimi olharam para a parede do lado oposto da escrivaninha, onde as duas sempre se deitavam.

— Ok, a partir de agora aquela é a parede da Jeongseo.

Jeongseo se sentou com as pernas cruzadas e as costas eretas em cima de uma almofada emprestada por Yeongju. Mas, em vez de meditar, ficou observando as outras duas. Elas estavam em perfeita sincronia, como amigas que se reúnem para brincar todos os dias após a aula. Yeongju pegou os copos e pratos do armário e Jimi buscou os petiscos da geladeira. Três latas de cerveja, queijos de diversos tipos, vários chips de frutas, salmão defumado e broto de nabo, além do molho que parecia combinar muito bem com os dois últimos, estavam no chão da sala. Jeongseo pensou que Yeongju não tinha onde colocar tudo aquilo, mas logo viu uma mesa pequena encostada ao lado da pia da cozinha. Pelo jeito, as duas adoravam um piquenique.

— Vamos beber!

A cerveja desceu bem. Yeongju pegou um pedaço de queijo, Jimi preferiu o salmão defumado com o molho e Jeongseo pegou um chip de laranja para acompanhar a bebida. Estava uma delícia. Era a primeira cerveja dela desde que pedira demissão.

Aos poucos, Jeongseo foi relaxando. Com as pernas esticadas e as costas apoiadas na parede, ela bebia a cerveja enquanto escutava a conversa das duas. Elas estavam deitadas no chão, e Jeongseo imaginou que as amigas já deviam ter caído no sono assim várias vezes. De vez em quando, as duas se sentavam para beber cerveja e comer alguma coisa, ou para brindar com Jeongseo. A cerveja estava especialmente saborosa naquele dia e Jeongseo bebia sem hesitar.

Mesmo que Jeongseo não estivesse acompanhando a conversa, as duas amigas olhavam para ela como se pedissem sua aprovação ou perguntavam sua opinião sobre o assunto. Não importava o que a visitante dissesse, elas concordavam e gostavam das respostas. Jeongseo estava se divertindo tanto que quando passou das dez e meia parou de olhar o relógio.

— Foi o que Minjun disse — falou Jimi, com a voz baixa. — Por isso, vou experimentar ficar quieta por um tempo.
— Como assim?
— Preciso de tempo para pensar. Enquanto isso, vou parar de xingá-lo. Não vou mais encher o saco dele. Não precisa ficar triste quando eu parar de reclamar que tive que gritar com ele.
— Por que eu ficaria triste?
— E não se preocupe.
— Me preocupar com o quê?
— Eu vou ficar bem.
— Eu definitivamente não estou preocupada.

As duas estavam deitadas em silêncio olhando para o teto quando Jeongseo se levantou. Parou em frente à janela grande da sala, e a vista da vizinhança encheu seus olhos. O poste na rua e as luzes que emanavam das casas baixas ajudavam a compor a paisagem. Jeongseo ficou feliz ao ver as luzes se apagando: elas pareciam tão próximas que sentiu que poderia alcançá-las se esticasse as mãos. Quando se deu conta, Yeongju estava ao seu lado.

— Lindo, né? — perguntou a dona da casa.
— Sim, é lindo — respondeu.

Um sentimento estranho tomou conta dela. Jeongseo percebeu que era a sensação de ser aceita. Ela também tinha se sentido assim quando visitou a Livraria Hyunam-dong pela primeira vez. Mas por que esse sentimento estava voltando? Sentir isso de novo no apartamento de Yeongju era inesperado e triste ao mesmo tempo. Mas num bom sentido. Agora sabia qual era o problema.

— Quando você começou a meditar? Faz tempo?

Concentradas nos próprios pensamentos, Jeongseo e Yeongju viraram o rosto. Jimi estava arrumando as sobras num prato. Como Jeongseo não respondeu, Jimi olhou para ela enquanto se levantava com o prato nas mãos.

— Eu queria saber por que as pessoas começam a meditar. — Ela fez uma pausa. — Se for bom, quero tentar também.

Como controlar a raiva

Para explicar por que começou a meditar, Jeongseo teria que contar por que havia pedido demissão.

— Eu me demiti porque ficava com muita raiva, sabe?

Jeongseo apoiou as costas na parede, engoliu em seco e começou a história. Ela havia largado o emprego no início da primavera, depois de oito anos na empresa. Estava muito frustrada por acumular tanta raiva todos os dias. O sentimento surgia de repente — no caminho para o trabalho, durante as refeições, enquanto via televisão —, e a consumia de tal forma que ela sentia vontade de quebrar o que visse pela frente. Jeongseo queria entender o que estava acontecendo, então procurou um médico, mas ele só disse que ela devia se estressar menos.

Jeongseo era uma funcionária terceirizada. No começo, acreditou em seu chefe, que disse que ela seria efetivada se fizesse um bom trabalho, então ela se dedicou totalmente. Se preocupou com a empresa, fez horas extras e até trabalhou de casa. Vendo como ela trabalhava, os outros funcionários não pouparam elogios e a incentivaram dizendo que ela com certeza seria contratada pela empresa. Mas isso não aconteceu. O chefe só disse que sentia muito e que daria certo na próxima vez.

— Nessa hora, ele resmungou algo sobre mercado de trabalho flexível, mas não prestei muita atenção. Dois anos depois, não fui efetivada de novo, então lembrei do que ele tinha dito. Pesquisei na internet e encontrei várias notícias a respeito. Descobri que "trabalho flexível" é basicamente uma desculpa criada pelas empresas para poderem demitir funcionários quando elas quiserem. De acordo com as matérias, muitas empresas só aguentam competir com a concorrência demitindo funcionários e cortando custos. No começo, achei que isso era normal. Meu pai sempre dizia que as empresas precisam sobreviver para que o país prospere. Mas para isso acontecer eu devo continuar sendo terceirizada para sempre? Quer dizer que se a empresa me demitir eu tenho que aceitar e ficar calada? É assim que a vida tem que ser?

Jeongseo fez uma pausa e olhou para as duas mulheres, que a ouviam com atenção. Por um momento achou que talvez estivesse falando demais por causa do álcool. Felizmente, Yeongju e Jimi não pareciam entediadas. Ela pegou mais uma cerveja, esticou-a bem à sua frente e olhou para as duas. Como se estivessem esperando por isso, as duas também ergueram as latas de cerveja e fizeram um brinde. Depois de beber um gole, Jeongseo continuou:

— Eu ficava estressada do nada, mas não sabia por quê, então deixei pra lá. Mas aí, uns dois anos atrás, uma amiga minha que é enfermeira se mudou para a Austrália. Ela disse que decidiu se mudar porque odiava o trabalho. Perguntei o motivo, e ela me contou que era terceirizada. Como o volume de trabalho era muito grande e ela não tinha nenhum benefício, perdeu a vontade de trabalhar. Disse também que não se lembrava da última vez que havia tido uma boa noite de sono e que, se ela iria passar dificuldades, que pelo menos fosse em algum lugar que desse mais esperança. Ela me contou que nos hospitais a maioria dos trabalhadores são terceirizados. As faxineiras, os funcionários que fazem a manutenção do local, os seguranças, e até mesmo os médicos. Quando ouvi isso, entendi tudo. Essa história de trabalho flexível é uma grande mentira. Dizem que isso é para ajudar as empresas que futuramente vão precisar demitir funcionários que se tornaram obsoletos. Não faz o menor sentido. Quer dizer que os faxineiros, a equipe de manutenção, os seguranças, os enfermeiros, os médicos, tudo isso vai sumir? Trabalhei com planejamento de conteúdo por oito anos e nunca fui efetivada. Faz sentido que uma empresa que trabalha com planejamento de conteúdo terceirize os funcionários que criam o conteúdo? Isso é apenas a desvalorização do nosso trabalho.

Yeongju e Jimi concordaram.

— Enfim, mudei de emprego. Não queria continuar num lugar que não tinha a menor intenção de me contratar. Mas na outra empresa foi a mesma coisa. Trabalhei mais do que devia, fazia tudo o que mandavam. Enquanto isso, eles me diziam que, se eu fizesse um bom trabalho, seria efetivada. Como eu precisava me sustentar, fingi que acreditei e fiz hora extra todos os dias. Até que cheguei num ponto em que passei a odiar tudo o que estava fazendo, mas eu tinha que me forçar a continuar mesmo assim, então acumulava muita raiva.

Os funcionários efetivados também tinham que cumprir tarefas que não queriam. Eles tinham um crachá de acesso pessoal, enquanto Jeongseo usava um de visitante, mas todos precisavam bater o ponto de manhã e no fim do expediente. No entanto, havia algo que os diferenciava. Desde sempre, Jeongseo escutava o ditado que dizia que os trabalhadores são como engrenagens de uma máquina. Presos numa rotina e facilmente substituíveis. Mas os terceirizados não são nem sequer uma pequena engrenagem. Eles são no máximo o óleo que lubrifica as engrenagens. Uma ferramenta das ferramentas. E a empresa fazia questão de enfatizar essa diferença. Como óleo e água que não se misturam.

— Depois de um incidente em especial, fiquei com raiva de tudo. Do trabalho, das pessoas. Sabem o que aconteceu? O gerente do departamento me chamou para conversar. Ele queria saber se eu tinha interesse em liderar um projeto, disse que era a oportunidade perfeita para eu mostrar todas as minhas habilidades. Eu já não tinha mais esperanças, mas gostei do projeto e me dediquei a ele totalmente. Durante dois meses, eu dei meu sangue por aquele trabalho, fazia muito tempo que eu não sentia prazer em trabalhar. Mas sabe o que o gerente fez quando entreguei o projeto? Tirou o meu nome e colocou o de um assistente que todo mundo sabia que era incompetente. O gerente ainda teve a cara de pau de me pedir desculpas e dizer que eu devia relevar, já que não seria promovida mesmo. Eu estava fazendo uma "boa ação".

Jeongseo achava a sociedade muito tóxica, as pessoas eram desrespeitosas demais umas com as outras. Ela já havia conhecido muita gente hipócrita que só queria se aproveitar das pessoas ou que tratavam os outros com indiferença. Mas por trás dessa indiferença havia medo. *E se um dia eu cometer um deslize e acabar igual àquela pessoa?* Para os funcionários contratados, "aquela pessoa" era Jeongseo.

A coisa mais difícil com a qual ela precisava lidar era o ódio que havia desenvolvido por algumas pessoas. Só de ouvir a voz com um tom de falsa gentileza do gerente do departamento, o sangue lhe subia à cabeça. Só de ver a cara do assistente incompetente, era tomada pelo repúdio. Quando os via andando pelo corredor sorridentes, pensava: "Esses canalhas não são melhores do que eu e só ocupam boas posições por sorte. Agora fazem de tudo para não perder o emprego." Ela ficava triste por sentir tanto ódio e desprezo, e a tristeza acabava se transformando em mais raiva. Não conseguia se concentrar no trabalho. Não via mais graça em trabalhar. Ela odiava tudo.

— Eu não conseguia mais me reconhecer. Sentia raiva todos os dias, e isso estava me destruindo. Não conseguia dormir mesmo estando cansada. Passava a noite inteira acordada e ia para o escritório virada. Por isso pedi demissão. Trabalhos assim têm em todo lugar. Quando contei que saí da empresa, meus amigos me recomendaram viajar. Mas eu não queria. Minha raiva não iria embora depois de uns dias fora. Em algum momento eu teria que voltar a trabalhar. E ficaria com raiva de novo. Não podia simplesmente viajar toda vez que isso acontecesse. Eu queria ter paz no dia a dia. Queria poder controlar a raiva. Pensei em como fazer isso, então resolvi experimentar meditação.

Yeongju sabia para onde a história estava indo. Depois de pedir um café, Jeongseo se sentava na cafeteria e tentava meditar. Como achou muito difícil, decidiu se concentrar no crochê. Jeongseo se apaixonou pelas artes manuais, então resolveu tentar tricotar também. Os momentos em que parava de tricotar e fechava os olhos eram uma tentativa de esvaziar a mente.

— Os pensamentos não somem com a meditação. Por isso, eu continuava brava. Mesmo tentando me concentrar na respiração com os olhos fechados, a imagem do desgraçado do gerente de departamento e o jeito lento e irritante de andar do assistente, quer dizer, do agora gerente de área, não paravam de surgir na minha mente e isso estava me deixando maluca. Eu não podia continuar assim, aí lembrei que havia lido em algum lugar que manter as mãos ocupadas ajuda a afastar os pensamentos ruins. E eu entendi quando experimentei. Esses pensamentos não vão embora, eu é que estou focada em outra coisa. Quando me concentro no tricô por algumas horas e volto à realidade percebo duas coisas: primeiro, eu criei algo. Segundo, o meu coração fica mais leve. Não sinto raiva enquanto estou tricotando.

Yeongju e Jimi ouviram a história de Jeongseo até o fim. Quando ela terminou, as duas se deitaram olhando para o teto e disseram para Jeongseo fazer o mesmo, então ela também esticou o corpo e se deitou olhando para o teto. O seu coração estava leve e a mente, vazia, como quando fazia tricô. O sono estava chegando. Piscou os olhos algumas vezes e logo os fechou. Jeongseo pensou que, se caísse no sono, iria acordar se sentindo bem.

As palestras começaram

Seungwoo estava caminhando rumo à Livraria Hyunam-dong, de jaqueta e mochila nas costas. Poderia ter ido dirigindo, mas queria pelo menos uma vez experimentar ir de metrô e andar até lá. Em sua última visita, ele tinha notado que a Livraria Hyunam-dong não era o tipo de lugar no qual alguém entra por acaso. Só as pessoas da vizinhança ou quem já tinha o costume de ir lá frequentavam o local. Por que será que Yeongju decidiu abrir a livraria ali?

Era um bairro tranquilo. Dez minutos antes, ele estava andando por ruas movimentadas, mas agora ele se sentia como um ator nos bastidores depois de uma peça de teatro. Ele imaginou os moradores caminhando por ali com suas sacolas de feira em vez de sacolas de plástico, esbarrando em seus vizinhos ou os cumprimentando com um aceno. Talvez o charme da livraria fosse estar localizada num lugar tranquilo, em que o passado e o presente se encontravam.

Depois de caminhar por cerca de vinte e cinco minutos, ele chegou. Antes de entrar, Seungwoo leu a placa na frente da porta:

Finalmente! A Livraria Hyunam-dong organizará palestras sobre escrita. Todos os sábados, com a escritora Lee Areum, autora de Lendo todos os dias, *e o escritor Hyun Seungwoo, autor de* Como escrever bem. ☺

Seungwoo ficou vermelho ao ler a placa, ainda não havia se acostumado com o fato de ser um autor publicado. Nunca imaginou que isso aconteceria. O futuro é mesmo imprevisível.

Assim como na primeira visita, Seungwoo foi recebido pelo som delicado de violão. Em seguida, o brilho da iluminação elegante e aconchegante encheu seus olhos. Seungwoo observou a livraria com calma, como se nunca tivesse entrado ali. Contou mentalmente cada uma das pessoas que estavam em pé, procurando, lendo ou mexendo nos livros sem pressa. Só depois de contar a última pessoa foi que virou o rosto devagar e olhou ao longe. Ele viu um cliente de costas, comprando os livros. Seungwoo esperou o cliente terminar de pagar. Enquanto esperava, parou de prestar atenção no som do violão e na iluminação. Yeongju estava ao lado do cliente.

Ela estava com uma camisa verde-clara de gola branca redonda, cardigã caqui que ia até a altura do quadril, calça jeans e um par de tênis brancos que pareciam confortáveis. Quando os olhos de Yeongju encontraram o de Seungwoo, ela sorriu para ele. Enquanto caminhava calmamente em direção a ela, Seungwoo ficou pensando na melhor forma de cumprimentá-la. Ele chegou a ficar em dúvida se havia mesmo uma maneira certa, mas conseguiu não transparecer o nervosismo e aos poucos foi se acalmando.

— Seungwoo! Chegou cedo. Estava sem trânsito? — perguntou Yeongju, saindo do caixa.

Seungwoo respondeu sem dificuldades:

— Vim de metrô, foi tranquilo.

— Você não veio de carro da outra vez?

— Da outra vez, sim.

Uma resposta fácil para uma pergunta fácil.

Seungwoo encarou Yeongju e pensou que talvez fosse o brilho nos olhos dela que o estava deixando tão nervoso. Ou talvez fosse por causa da palestra — era bem possível. Formado em engenharia, Seungwoo precisara falar em público poucas vezes. Ele já tinha participado de seminários, mas tudo que ele precisava fazer era falar o que havia decorado enquanto a plateia escutava calada. Não precisava de talento nem carisma. Bastava ser objetivo. Mas será que basta ser apenas objetivo na palestra de hoje também? Ele não tinha a menor ideia de como iria se sair e pensou que provavelmente faria papel de bobo.

Seungwoo ficou até menos nervoso depois desse pensamento. Fosse por causa dela ou da palestra, sabia que passaria por várias situações constrangedoras naquele dia. Ele tinha certeza de que agiria e falaria de forma estranha e não conseguira dar o máximo de si. Era melhor desistir de tentar se sair bem. Se ele parasse de se importar com o que os outros achariam dele, talvez conseguisse durar pelo menos um dia.

Yeongju o levou até uma sala pequena e confortável. Ele conseguia ouvir a música vinda do lado de fora, o que era reconfortante, melhor do que o silêncio. Yeongju ligou o notebook em cima da mesa e acionou o projetor pelo controle remoto. Baixou também a tela do projetor instalada próxima à porta que dava acesso ao lado de fora. Seungwoo se sentou numa cadeira enquanto Yeongju procurava no notebook o material que ele havia enviado. Ela disse que o material seria impresso, que ele poderia conduzir as aulas como quisesse e que poderia pedir uma bebida na cafeteria.

Depois de terminar tudo, Yeongju se sentou na cadeira do lado oposto de Seungwoo e sorriu para ele.

— Está nervoso?

Será que estava muito na cara?

— Estou, um pouco.

— A escritora que se apresentou à tarde falou a mesma coisa — disse Yeongju, observando a reação dele. — Mas foi melhor do que eu esperava. O público veio de mente aberta e gostou muito da palestra.

Com certeza ela estava falando aquilo para tentar acalmá-lo.

— Ah, sim.

— Fizemos uma pesquisa na hora da inscrição. Cinco dos oito participantes que vêm hoje compraram seu livro. E dois deles são seus seguidores. Três responderam que já leram suas colunas. O clima sempre é bom quando o público conhece a obra do escritor. Falo pela experiência que tive apresentando os *book talks*. Hoje vai ser assim também.

Nada do que ela dissesse deixaria Seungwoo mais calmo, mas ele ficou calado e ouviu Yeongju atentamente. Talvez fosse o contraste entre a Yeongju que ele conhecia agora e a que ele tinha imaginado quando leu os textos no blog da livraria. A escrita dela era como um rio profundo e sereno. Mas Yeongju estava mais para uma folha de árvore do que um rio. Uma folha de tom verde saudável que se deixa levar pelo vento e flutua com leveza. Quando ela pousa, começa a falar de forma clara e suave, com brilho nos olhos e uma dose de educação e curiosidade. Talvez essa diferença tenha estimulado a curiosidade de Seungwoo.

Quando terminou de se preparar, Seungwoo ergueu o rosto e olhou para Yeongju. Ela parecia não ter dificuldade alguma de olhar nos olhos das pessoas. Se havia alguém desconfortável ali era Seungwoo, então era ele quem deveria falar alguma coisa. Tentou pensar em algo, mas acabou desistindo. Ele quase riu de si mesmo. Por que tanto nervosismo? Yeongju estava apenas sentada com os olhos brilhando de empolgação.

A troca de olhares o deixou mais calmo. Aos poucos, permanecer sentado de frente para ela se tornou algo mais natural. Ele sentiu que não precisava ter passado por tudo o que passou — o desconforto das últimas semanas, a indecisão em responder ao e-mail e o fato de não conseguir parar de pensar nela. Quando se deu conta, o coração dele estava calmo, como nos dias normais.

— Na verdade, eu hesitei muito antes de aceitar dar as palestras — admitiu Seungwoo, encerrando a troca de olhares.

Yeongju levantou os cantos da boca e sorriu, como se já soubesse disso.

— Imaginei. Você demorou muito para responder, até fiquei preocupada achando que talvez eu tivesse pedido demais. Quando tive a ideia de abrir o espaço para palestras, pensei em você na hora e fiquei muito empolgada.

— E por que logo pensou em mim? — perguntou Seungwoo, relaxando o corpo no encosto da cadeira.

— Não te contei? Sou sua fã. Adoro seus textos. Por isso fiquei tão animada quando nos encontramos pela primeira vez. E ainda consegui o seu primeiro *book talk* — respondeu Yeongju, empolgada, como se estivesse contando uma aventura. — Achei que fazia sentido as palestras serem conduzidas por alguém que escreve tão bem. Quando você aceitou, fiquei feliz de verdade. E grata por ter aberto uma livraria. Você não tem ideia da minha alegria por poder convidar meus escritores favoritos para o meu espaço. Desde pequena sempre amei livros e... — Yeongju fez uma pausa e sorriu embaraçada. De repente, pensou que talvez estivesse falando demais. — Acho que me empolguei.

— Imagina — Seungwoo balançou a cabeça. — Só não estou acostumado a conversar com quem se diz minha fã.

Yeongju abriu um pouco a boca e respondeu, em tom de reflexão:

— Eu vou maneirar.

Seungwoo esboçou um leve sorriso.

— Gostei de caminhar da estação até aqui.

— É meio longe. Você veio a pé de lá?

— Vim. Para falar a verdade, estranhei um pouco quando vim aqui pela primeira vez. Por que você abriu uma livraria num lugar tão remoto? Por que as pessoas viriam até aqui? Acho que descobri enquanto caminhava.

— E o que descobriu?

Seungwoo encarou Yeongju por um momento antes de responder.

— É como andar por uma rua desconhecida. Você olha com curiosidade para todos os cantos. Sente a empolgação pelo desconhecido. As pessoas viajam para sentir isso. Acho que a Livraria Hyunam-dong é esse tipo de lugar.

— Ah... — Yeongju pareceu emocionada com as palavras de Seungwoo. — Fico muito grata quando as pessoas vêm até aqui. Não é um lugar fácil de se chegar. Eu ficaria feliz se todas elas se sentissem como você.

— Foi assim que eu me senti.

Yeongju sorriu, contente com as palavras de Seungwoo, e se inclinou na direção dele com uma expressão brincalhona.

— A propósito, posso fazer uma pergunta?

— E qual seria?

— Você estava indeciso, mas acabou aceitando. Por quê?

O que ele deveria falar? Ele mesmo não sabia dizer o que estava sentindo. Mas também não queria mentir. Seungwoo pensou por um momento antes de responder.

— Eu fiquei curioso.

— Com o quê?

— Com a livraria.

— O que tem a livraria?

— Tem alguma coisa aqui. Algo que atrai as pessoas. Fiquei curioso para saber o que é.

Por um momento, Yeongju refletiu sobre a resposta de Seungwoo, então se lembrou de algo. Será que o sentimento que fez Jeongseo se tornar uma cliente fiel era o mesmo que Seungwoo havia tido? Então, quer dizer que há esperança para a Livraria Hyunam-dong? Será que ela poderia continuar assim? Yeongju estava feliz com as palavras de Seungwoo, então se levantou e olhou para o relógio.

— Vou guardar suas palavras no coração. Era o que eu queria, transformar a livraria num lugar convidativo para as pessoas. Eu me sinto mais forte depois de ouvir isso.

Yeongju saiu para buscar as correspondências, então Seungwoo finalmente parou para olhar com atenção ao redor do espaço pequeno e aconchegante. Ele tentou ser honesto, mas esconder a verdade ao mesmo tempo. No entanto, o que ele havia falado não era mentira. De fato, algo na livraria o atraía. Seungwoo gostava do lugar. Independentemente de como a palestra se desenrolasse, aquele dia já havia se tornado um bom dia.

Eu vou torcer por você

Seungwoo não influenciou Yeongju a escrever colunas, mas foi ele que a apresentou à editora do jornal. Apesar de trabalharem juntos há um tempo, Seungwoo e a jornalista haviam se encontrado apenas uma vez. Ela já tinha proposto um encontro várias vezes, mas Seungwoo recusara todos os convites. A editora não fazia questão de conhecê-lo pessoalmente, mas era ela quem editava a coluna dele, então fazia sentido checar como ele estava de tempos em tempos. Seungwoo não gostava desses encontros formais em que ninguém estava a fim de conversar.

Assim que começaram a trabalhar juntos, a editora entendeu a personalidade de Seungwoo e simpatizou com ele. Se ela não entrasse em contato, ele também não entraria. Seungwoo enviava seus textos a cada quinze dias e raramente ela precisava corrigir alguma coisa. Ele era excelente em gramática e não escrevia nada polêmico, então ela não precisava se preocupar em mexer muito no texto. A coluna de Seungwoo era como um barco navegando tranquilamente em meio a uma brisa calma.

Mas como não podia simplesmente parar de falar com Seungwoo, de vez em quando a editora o procurava na internet. Foi quando ela viu num blog a notícia de que Seungwoo iria dar palestras e a inscrição para a segunda turma já estava aberta. O Seungwoo que ela conhecia nunca aceitaria dar palestras. Normalmente, ele teria recusado, afirmando que não queria ser incomodado. Então por que havia aceitado? Livraria Hyunam-dong, que lugar era esse? Era famoso? Por curiosidade, ela começou a seguir o blog da livraria. Foi assim que encontrou os textos de Yeongju. Ela estava à procura de uma colunista para escrever sobre livros e já havia lido muitos textos de donos de livrarias independentes, então parecia uma boa ideia. O texto era muito pessoal, mas, se fosse editado, Yeongju poderia se sair uma ótima colunista.

As duas se conheceram num domingo de manhã. No começo, Yeongju ficou relutante, mas, depois de algumas ligações, mudou de ideia. No entanto, como ela ainda estava preocupada, a editora decidiu marcar um encontro para elas se conhecerem pessoalmente. Só não esperava ver Seungwoo também. Alguns dias antes, a jornalista comentou com Seungwoo por telefone que havia convidado Yeongju para escrever uma coluna. Ela contou que a conhecera graças a ele, mas Seungwoo não pareceu muito surpreso. Quando disse que pretendia encontrar Yeongju no domingo, ele só respondeu "Ah, tá". Mas, antes de desligar, Seungwoo perguntou, naquele seu tom comedido, se ele também poderia ir, e se eles poderiam aproveitar e discutir uma renovação de contrato. Ao ouvir isso, a jornalista entendeu na hora por que ele havia aceitado dar aulas.

— Achei que não iria renovar o contrato. Por que mudou de ideia de repente? — perguntou a jornalista, antes de se levantar.

Ele sempre parecia imperturbável, então essa era a oportunidade perfeita para deixá-lo sem graça. Yeongju olhou para Seungwoo ao seu lado, sentindo que o olhar da jornalista queria dizer alguma coisa. Ele entendeu que a jornalista tinha percebido, mas não deixou transparecer.

— Acho que escrever vai ser mais prazeroso de agora em diante — respondeu ele, com a expressão e o tom de voz de sempre.

A editora deu uma risada e se levantou. Foi uma boa resposta. Seungwoo não revelou seus sentimentos, mas ao mesmo tempo deixou claro que ele sabia que ela havia percebido. A jornalista não queria mais implicar com Seungwoo, então agradeceu os dois por terem aceitado o convite e saiu da cafeteria dizendo que mães são mais ocupadas nos fins de semana.

Sentados um ao lado do outro, Seungwoo e Yeongju ficaram sem assunto até ele quebrar o silêncio.

— Quer almoçar?

Eles pediram um prato de bacalhau ensopado. Yeongju disse que gostava de todo tipo de peixe, então o levou até um restaurante especializado em bacalhau ensopado, perto da cafeteria. Seungwoo não ligava muito para bacalhau, ele só comia com os amigos, o suficiente para não esquecer que o prato existia.

Ao observar os acompanhamentos, percebeu que esse não era o tipo de peixe que se comia só tirando a espinha. Quando olhou para Yeongju, teve certeza disso. Ela segurou a alga com a mão esquerda e colocou o arroz sobre ela. Depois, mergulhou no molho uma porção de bacalhau e a colocou sobre o arroz. Fez o mesmo com o broto de feijão. Enrolou a alga e colocou tudo na boca. Yeongju parecia contente, mastigando a comida com a boca cheia. Seungwoo riu sem fazer barulho ao vê-la assim.

— É assim que se come normalmente? Colocando o bacalhau na alga? — perguntou ele, comendo o arroz com os palitinhos.

— Não sei. É a primeira vez que como assim — respondeu ela, após engolir a comida que sobrou na boca.

— Você fez tudo de forma tão natural. Achei que já tinha comido várias vezes assim — comentou Seungwoo enquanto pegava o broto de feijão.

Yeongju percebeu que Seungwoo só ficava mexendo com os palitinhos sem encostar no delicioso bacalhau ensopado, então colocou a alga na mão dele.

— Caramba, como é difícil!

Yeongju começou a rir e pegou mais uma alga.

— Vamos, experimente. Está gostoso.

Seungwoo seguiu as instruções de Yeongju e colocou o arroz, o bacalhau e o broto de feijão em cima da alga. Depois enrolou tudo e colocou na boca. A cada mastigada, o sabor do molho ficava mais evidente. Estava mesmo gostoso. Yeongju fez o mesmo e esperou Seungwoo engolir.

— O que achou? — perguntou ela.

— Está muito bom. — Seungwoo colocou água num copo e o entregou para Yeongju. — Mas está um pouco apimentado.

— Também achei — concordou Yeongju, colocando na boca mais uma alga.

Eles terminaram de almoçar e ainda não era nem meio-dia. A estação Sangsu ficava a cinco minutos de distância a pé, e antes que qualquer um dos dois pudesse falar alguma coisa, eles já estavam caminhando em direção ao metrô.

— Você deve sentir muito frio — comentou Seungwoo, vendo Yeongju andar com o corpo todo encolhido.

— Não muito. Na verdade, não sei. Tem dias que aguento bem o frio, mas tem outros que o frio me derruba. Acho que é psicológico.

— E como está se sentindo agora?

— Agora?

— Sim, queria saber como está se sentindo agora, caminhando de volta para casa depois de um prato de bacalhau ensopado. Está com mais ou menos frio?

— Hum... Está vendo aquela cara ali?

Yeongju apontou para um homem que estava andando mais à frente. Devia ter uns trinta e poucos anos. Ele parecia não aguentar o frio e estava dando passos curtos com os braços cruzados.

— Olha a espessura daquele cachecol. Não parece que vai devorar o rosto dele? Devo estar sentindo menos frio do que aquele homem. Digamos que um chá quente basta para vencer esse frio. Isso serve como resposta?

— Então, vamos tomar um chá quente? — propôs Seungwoo, parando de andar.

A tradicional casa de chá do bairro ficava a dez minutos a pé dali. Fazia tempo que nenhum dos dois ia lá. Yeongju e Seungwoo pediram chá de marmelo. Depois de darem um gole, reconheceram o sabor familiar, esquecido há muito tempo.

— Tive que viajar a trabalho um tempo atrás — falou Seungwoo, depois de beber mais um gole.

— Para onde?

— Atlanta, nos Estados Unidos.

— Eu queria muito saber no que você trabalha, mas fiquei em dúvida se deveria perguntar.

— Por quê?

— Porque não queria estragar o mistério.

Yeongju disse em tom de brincadeira e Seungwoo riu. Seus seguidores costumavam dizer que ele parecia uma pessoa misteriosa.

— Hoje em dia é só não falar nada sobre si mesmo que você vira alguém misterioso. Sou apenas um trabalhador comum que vai para o escritório todos os dias. Acho que as pessoas se expõem demais atualmente.

Yeongju fez que sim com a cabeça.

— É verdade. Só achei que poderia deixá-lo desconfortável e você não ia querer responder. Também sou um pouco assim. Se alguém me faz uma pergunta sobre um assunto que não quero falar acabo sendo grossa.

— Prometo que não serei grosso.

Seungwoo olhou para Yeongju com uma expressão mais relaxada do que de costume.

— Antes eu era programador.

— Ah, sim! E agora?

— Mudei de departamento. Agora, trabalho com controle de qualidade.

— Por que mudou de departamento?

— Porque eu cansei?

— Cansou?

— Sim, cansei. Mas não é isso que eu queria dizer.

— Ah, entendi.

— Fiquei dois meses nos Estados Unidos. Trabalhava tanto que mal tinha tempo para descansar. Aí, certo dia, saí para fazer um teste de campo e entrei num restaurante coreano por acaso. Eles serviam chá de jasmim em vez de água. Eu bebia de vez em quando aqui na Coreia, então na hora nem pensei muito sobre isso. Mas não consegui parar de pensar naquele sabor, mesmo depois de voltar para casa. Desde então, bebo chá de jasmim em casa.

— E o sabor era igual ao do que tomou nos Estados Unidos?

— Não.

— Hum.

— Não consegui reproduzir o sabor, mas o chá de jasmim me trouxe lembranças daquela viagem.

— Que lembranças?

Seungwoo esfregou a xícara de chá quente com o dedo e olhou para Yeongju, que o observava com os olhos arregalados.

— Foi uma época muito difícil. Quase todos os dias eu pensava que queria largar tudo e voltar para casa. Mas acho que esse restaurante me serviu de consolo. Talvez fosse a atmosfera de lá ou a gentileza do dono. Não sei. Mas alguma coisa naquele lugar me deu forças, e graças a isso consegui terminar o trabalho.

— Que lugar maravilhoso.

— Sim, é verdade. Mas estou contando isso porque…

Ele fez uma pausa. Yeongju ainda o observava atentamente.

— Acho que vou me lembrar desta casa de chá por muito tempo também. Sinto isso. Tenho a sensação de que, no futuro, vou me lembrar deste dia com frequência.

— Você está passando por algum momento difícil agora?

Seungwoo riu. Yeongju o observou e achou curioso vê-lo rir alto. Ela sabia que todos podiam rir assim, mas achava difícil visualizar esse lado dele. Ou talvez essa risada combinasse mais com ele do que havia imaginado. Seungwoo parecia uma pessoa diferente.

— Eu me lembrei de uma coisa também — disse Yeongju para Seungwoo, que continuava sorridente.

— O que é?
— Da época em que eu trabalhava numa empresa.
— Trabalhou lá por muito tempo?
— Mais de dez anos.
— E quando saiu?
— Há uns três anos.
— E abriu a livraria assim que saiu de lá?
— Sim, assim que saí.
— Era algo que você tinha planejado antes de sair?
— Não.
— Então quando decidiu abrir uma livraria?
— Seungwoo...
— Sim?
— Vou acabar sendo grossa com você. — Quando Yeongju cortou a pergunta de Seungwoo e sorriu, ele parou e disse "Já entendi". — Num certo dia, saí da empresa por volta das onze da noite.
— Trabalhava muito à noite?
— Sim, o tempo todo.
— Não me surpreende você querer sair dessa empresa.
— É verdade... Naquela noite, fiquei com muita vontade de beber do nada.
— Cerveja?
— Não era só beber cerveja. Eu queria beber num lugar em que desse para ficar em pé.
— Em pé?
— Sim. Eu não queria descansar. Queria beber a cerveja num estado de extremo cansaço. Queria saber como seria o sabor...
Seungwoo escutou a história de Yeongju com atenção.
— E como era o sabor?
— Como mel.
— Então você achou o bar?
— É claro. Tinha muita gente. Só tinha lugar para uma pessoa. Eu fiquei muito feliz quando bebi aquela cerveja.

— Parece que a felicidade não é tão difícil de se encontrar.
— É disso que estou falando.
— Da felicidade?
— Sim, a felicidade não é tão difícil de encontrar. Ela não está num passado remoto, ou num futuro distante. Está bem diante dos nossos olhos. Assim como a cerveja daquele dia e o chá de marmelo hoje.

Yeongju sorriu e olhou para Seungwoo.

— Quer dizer que você só precisa beber cerveja para ficar feliz.

Yeongju riu, contente.

— Exatamente!
— Para ficar ainda mais feliz, só precisa beber morta de cansaço e em pé.
— Sim! — Yeongju riu um pouco mais alto desta vez. — Eu...
— Yeongju diminuiu o riso de repente e continuou: — Acho que a vida se torna um pouco mais fácil quando sabemos que a felicidade não está tão distante.

Quando viu a expressão de Yeongju mudar rapidamente, Seungwoo ficou com vontade de perguntar o que tornava a vida dela tão difícil. Pessoas que falam que a vida está ficando mais fácil geralmente são as que estão passando pelos momentos mais difíceis. Elas passam muito tempo pensando em como viver melhor, como continuar de cabeça erguida e seguir em frente.

Seungwoo sempre tinha dificuldade em saber quando era hora de parar de fazer perguntas. Qual era o limite entre curiosidade e grosseria? Ao longo da vida, ele aprendeu que, na dúvida, é melhor não perguntar. Quando não souber o que falar, concentre-se em ouvir. Seguindo essas duas regras, pelo menos ele conseguia não ser mal-educado.

— O que deixa você feliz? — perguntou Yeongju ao perceber que Seungwoo estava muito calado.

Felicidade? Ele nunca tinha pensado muito a respeito. Muitos dizem que os seres humanos buscam a felicidade, mas Seungwoo era indiferente a isso. Ele passava mais tempo tentando ser produtivo do que pensando em como ser feliz. Talvez para ele felicidade signifique aproveitar bem o tempo.

— Que pergunta difícil. Não sei muito bem o que é felicidade. Você falou agora há pouco que ficou feliz bebendo cerveja. Acho que sei como é essa sensação. Se você diz que estava feliz, então felicidade deve ser isso. Mas cada pessoa tem uma definição diferente de felicidade. Deve ter alguma que combine comigo por aí. Mas é muito difícil responder. O que é felicidade? Será que existe uma definição única?

— Existem diversas opiniões sobre a definição de felicidade. De acordo com Ari... ah, deixa pra lá.

Yeongju parou e disse para si mesma: "De novo, não." Desde que abriu a livraria, ela passou a citar livros e autores em conversas. Yeongju adquiriu o hábito depois de passar muito tempo pensando em boas recomendações para os seus clientes. Quando começou a escrever sobre os livros, esse hábito ficou ainda mais forte. Sempre que tinha uma ideia lembrava de algum livro parecido com o que havia pensado. Por conta disso, ela mencionava naturalmente citações, nomes de autores e teorias que poderiam deixar o interlocutor bem entediado. Yeongju achava divertido, mas ela sabia que poderia ser chato.

— Como assim deixa pra lá?
— Por nada.
— O que foi?
— Não é nada.
— Você ia mencionar Aristóteles? — Yeongju fingiu não ter escutado e envolveu a xícara de chá com as mãos. — *Ética a Nicômaco*? Eu não li, mas sei que existe um livro com esse título. Sei também que Aristóteles falou sobre a felicidade em seu trabalho. Então, o que ele disse?

Yeongju se sentiu envergonhada e bebeu o chá já meio morno. Desistir de falar no meio da frase tinha sido bobagem. E ficar com vergonha assim parecia bobagem também. Ela olhou para Seungwoo de relance, que esperava por uma resposta com a maior tranquilidade. Ele parecia disposto a ouvir tudo o que ela tinha a dizer, não importa o quão chato fosse, então Yeongju decidiu falar o que queria.

— Ele diz que felicidade e prazer são coisas diferentes. De acordo com ele, felicidade são as conquistas que fazemos ao longo da vida. Se alguém decide que quer ser pintor, ele precisa se dedicar a isso. Se conseguir alcançar seu objetivo, podemos concluir que teve uma vida feliz. Eu costumava gostar desse ponto de vista. Nosso humor muda o tempo todo, podemos ser felizes num dia e infelizes no outro. Digamos que hoje fui feliz por ter bebido o chá de marmelo. Mas, amanhã, talvez eu não seja feliz, não importa quantas xícaras de chá de marmelo eu tome. Esse tipo de felicidade não é atraente. Eu achava que se as nossas conquistas ditam a nossa felicidade, então valia a pena lutar por isso. Eu era muito esforçada. Pelo menos naquela época.

— Acho que muita gente ficaria com inveja se ouvisse isso.
— Como assim?
— Essa frase, "eu era muito esforçada".
— Por quê?
— Muitos dizem que se esforçar é um talento.
— Ah...
— Mas por que mudou de ideia? Por que não gosta mais da visão de Aristóteles?

— Porque eu não estava feliz — Yeongju continuou a falar, sentindo o rosto ruborizar um pouco. — Conquistar coisas trabalhando duro é bonito. Mas depois entendi o que ele realmente quis dizer: trabalhe a vida inteira para ter alguns momentos de felicidade. Para alcançar a felicidade você precisa ser infeliz a vida inteira. Quando pensamos desse jeito, a felicidade se torna algo horrível. Dedicar toda a minha vida a uma única realização me deixaria com uma sensação de vazio. Por isso decidi que buscaria o prazer em vez da felicidade.

— E agora, está feliz?

Yeongju assentiu bem de leve.

— Mais do que antes.

— Então foi uma boa ideia mudar de pensamento.

Yeongju encarou Seungwoo, em dúvida se realmente havia sido uma boa ideia.

— Vou torcer por você.

Os olhos de Yeongju se arregalaram um pouco.

— Por mim?

— Sim, vou torcer para que você encontre a verdadeira felicidade. Espero que você seja muito feliz — disse Seungwoo, com um olhar gentil.

Yeongju piscou e deu um gole no chá de marmelo. Fazia muito tempo desde a última vez que alguém dissera palavras de tamanho incentivo para ela. Yeongju se sentiu mais forte. Ela colocou a xícara na mesa, olhou para Seungwoo e sorriu.

— Obrigada por torcer por mim.

Já eram quase cinco horas. Eles até se assustaram, o tempo passou rápido demais. Seguiram rumo ao metrô e pararam na entrada da estação. Quando Yeongju disse que tinha se divertido, Seungwoo tirou do bolso do casaco uma garrafa de chá de marmelo que ele havia comprado enquanto ela ia ao banheiro e entregou para Yeongju. Ela abriu um sorriso alegre e se perguntou como ele podia ser tão gentil.

— Seja feliz sempre que tomar.

— Eu vou mesmo.

Seungwoo se despediu com um leve aceno de cabeça e seguiu na direção oposta. Yeongju ficou olhando para as costas dele, se encolhendo depressa por causa da ventania repentina. Depois, virou-se em direção às escadas e guardou o chá na bolsa, pensando em como era bom encontrar alguém parecido com ela.

O clube do livro para mães

Quando descobriu os dias em que o filho costumava ir à livraria, a mãe de Mincheol passou a frequentar o local apenas no fim da tarde durante a semana ou aos sábados. Mas, após assumir o posto de líder do clube do livro, ela aparecia na livraria o tempo todo em busca dos conselhos de Yeongju.

Hoje, ela estava sentada na mesma mesa que Jeongseo. As duas só se conheciam de vista até então. A mãe de Mincheol reparou que um casal de clientes estava procurando lugar para se sentar, então se levantou e pediu para se sentar ao lado de Jeongseo, que estava completamente concentrada no cachecol e levou um baita susto com a proposta dela. Jeongseo olhou ao redor por um momento, confusa, e então aceitou. As duas, sentadas lado a lado, conversavam de vez em quando.

— O Mincheol me disse que quando fica olhando a tia do tricô tricotar, a hora passa rapidinho. Agora entendi por quê — disse a mãe de Mincheol, acariciando o cachecol vermelho.

— Também gosto porque, quando me dou conta, já se passaram algumas horas.

A mãe de Mincheol achou graça e riu. Jeongseo levantou o rosto.

— Aliás, o que a senhora está fazendo agora?

Jeongseo parou o movimento das mãos, que se mexiam num ritmo fluido, e olhou para o notebook na frente da outra mulher.

— Ah, isso... — começou a mãe de Mincheol, com uma expressão acanhada. — Eu sou a líder do clube do livro, e para exercer meu papel corretamente preciso organizar meus pensamentos primeiro. Estou escrevendo um texto, só que não está dando muito certo. Mas tenho que tentar, senão empaco na hora de falar.

Ela tinha aceitado o convite de Yeongju sem pensar. Não achou que teria muita dificuldade em juntar as mães da vizinhança para conversar sobre livros. A mãe de Mincheol convidou as cinco mães que frequentavam o centro cultural para se juntarem ao "clube do livro um" — que depois foi rebatizado como "Clube do livro para mães". A primeira leitura, escolhida por Yeongju, seria *Um encontro ao acaso*,* de Park Wan-suh.

No entanto, assim que a reunião começou, a mãe de Mincheol ficou desesperada. Sua mente deu branco, seu coração acelerou e as mãos tremiam. Sem saber o que fazer, pediu para todas se apresentarem e saiu da sala. Foi até a cafeteria e pediu um copo de água com gelo para Minjun. Ela bebeu tudo de uma vez, agarrou as mãos de Yeongju e disse que era uma emergência. Segurando o choro, falou que não conseguia abrir a boca, que parecia que alguém a tinha costurado. Yeongju segurou com firmeza as mãos dela e disse que era só ir com calma que as outras entenderiam. No começo é difícil para todo mundo.

A mãe de Mincheol respirou fundo e abriu a porta. Sentou-se na frente das mães outra vez e verificou o bloco de notas rapidamente. Leu devagar as notações e se acalmou. Como Yeongju dissera, é difícil no começo, mas as pessoas entendem. Ela segurou a lágrima que estava quase caindo. As participantes que já haviam se apresentado estavam olhando para ela. Os rostos familiares pareciam desconhecidos hoje. Segurando as mãos com força debaixo da mesa, a mãe de Mincheol abriu a boca com muito esforço.

— Hã... pessoal, então... vamos nos apresentar direito agora.

---

* Park Wan-suh. 저녁의 해후 Jeonyeogui Haehu. Munhakdongne, 1999.

As mulheres piscaram os olhos e se perguntaram por que tinham que se apresentar de novo. A mãe de Mincheol respirou fundo mais uma vez e falou devagar:

— Olá, eu sou Jeon Hijoo. Até para vocês que me conhecem há tempos, deve soar estranho me chamar pelo meu nome, né? Acho que nessas reuniões pode ser uma boa ideia nos chamarmos pelo nome. Prefiro que me chamem de Hijoo em vez de mãe do Mincheol. Que tal nós nos apresentarmos pelo nome, e não como esposa ou mãe de alguém? Minjung, Hayeon, Sunmi, Yungsoon, Jiyoung, como vocês têm passado nos últimos tempos?

Outra coisa aconteceu nessa primeira reunião. As pessoas ficavam tímidas no início e se recusavam a falar, mas depois queriam falar todas ao mesmo tempo. As mães que só falavam do marido e dos filhos quando se encontravam ganharam a oportunidade de falar de si mesmas por duas horas e pareceram muito empolgadas com isso. Elas choravam, riam, tocavam na pessoa ao lado, abraçavam, trocavam lenços de papel, concordavam uma com a outra, criticavam e expunham suas vidas de maneira bruta e honesta. A reunião foi tão intensa que Hijoo não conseguiu dormir direito à noite. De madrugada, ela decidiu que compraria um notebook e se prepararia melhor para a próxima reunião.

O "Clube do livro para mães" já estava na sua quarta reunião. Elas resolveram ler mais um livro de Park Wan-suh. Todas se tornaram fãs calorosas da escritora e queriam ler todos os livros dela. O livro da vez foi escolhido pela própria Hijoo. Ela havia lido a sinopse para as integrantes do clube e todas ficaram entusiasmadas. O título era *A mulher de pé*.* Hijoo já tinha lido esse livro. Quando surgia alguma ideia no meio da leitura, anotava no notebook. Enquanto escrevia o texto, virou o rosto de repente para Jeongseo.

— O Mincheol falou alguma coisa sobre ser negligenciado pela mãe ultimamente? Não tenho prestado muita atenção nele nos úl-

---

* Park Wan-suh. 서 있는 여자 *Seo Inneun Yeoja*. Seygesa, 2012.

timos tempos. Agora que ando ocupada tenho pensado menos nele. É claro que não o estou ignorando completamente. Mas o clube do livro tem me ajudado a lidar com um filho que não me escuta. O clube me distrai, e isso é muito bom. Você não tem ideia de como ele estava me enlouquecendo.

 Hijoo estava escrevendo havia horas enquanto Jeongseo tricotava, uma ao lado da outra. Nesse momento, Hijoo notou um homem entrando na sala do clube do livro. Ela lembrou que hoje tinha palestra, então com certeza esse homem devia ser um escritor. Ele saiu da sala, pediu uma bebida para Minjun, se aproximou de Yeongju e puxou conversa. Era muito magro e parecia meio cansado, o que o deixava com mais cara de escritor ainda. Ela achava que escritores eram ranzinzas, mas pela maneira como ele concordava com o que Yeongju dizia, não parecia ser desse tipo. Ele parecia ser do tipo quieto, misterioso. Um escritor meio cansado, muito magro, bom com as palavras. Ao observar o escritor e Yeongju juntos, Hijoo abriu um sorriso. Ela simplesmente sorriu.

Será que é possível ganhar a vida com uma livraria?

Cerca de um mês depois de começar a publicar a coluna, um jornal entrou em contato com Yeongju convidando-a para uma entrevista. Ela hesitou por um momento, mas aceitou a proposta. Poderia ser bom para a livraria.

Assim que a entrevista foi publicada, ela notou como alguns clientes passaram a tratá-la de maneira diferente. Houve quem começasse a cumprimentá-la com olhares e até a puxar conversa como se a conhecesse. O número de clientes aumentou, assim como as vendas. Yeongju ficou surpresa com o impacto da entrevista. Também houve clientes que procuraram a livraria depois de ler a coluna dela. Antes, eles usavam os textos do blog e das redes sociais para abordar Yeongju, mas, recentemente, muitas pessoas se aproximavam dela para conversar sobre seus textos no jornal e pedir que continuasse fazendo boas recomendações de leitura. Uma cliente que morava na vizinhança foi visitar a livraria depois de ler a coluna. Ela, que aparentava ter trinta e poucos anos, disse que até tinha se gabado para os amigos dizendo que a livraria da nova colunista ficava perto da sua casa. A mulher saiu do estabelecimento falando que apareceria mais vezes e, de fato, passou a frequentar o lugar. Ela parecia bastante interessada em tecnologia, então sempre comprava livros sobre inteligência artificial ou o futuro da humanidade.

Nos últimos tempos, Yeongju também recebera vários convites para escrever textos para outros jornais e blogs. As vozes desconhecidas do outro lado da linha sugeriam temas grandiosos como "O futuro das livrarias de bairro", "A redução de leitores", ou "A influência que a mídia física exerce sobre a leitura" etc. Ela recusava as propostas para escrever sobre temas nos quais nunca tinha pensado, mas aceitava escrever sobre aqueles que despertavam seu interesse. Tinha vontade de arrancar os cabelos enquanto escrevia, mas mesmo assim se esforçava. Acreditava que era uma boa oportunidade para mais pessoas conhecerem a livraria. Assim como os livros, as livrarias também precisam ser reconhecidas para conseguir sobreviver.

Graças às redes sociais, amantes de livros e livrarias conseguiam encontrar a Livraria Hyunam-dong, mas nos últimos dias o movimento estava bem maior do que o normal — o que era bom para os negócios, mas péssimo pra Yeongju, que estava ficando cada vez mais sobrecarregada. O aumento de clientes significava que ela teria que passar a maior parte do dia lidando com pessoas. E, somado a isso, ainda havia as novas atividades que ela estava desenvolvendo na livraria e as tarefas do dia a dia. Yeongju estava começando a perder a cabeça. Só após refletir e perceber que poderia perder tudo se continuasse daquele jeito, ela se deu conta de que aquela situação era insustentável.

No entanto, um dia ela recebeu uma proposta surpreendente de alguém inesperado. Sangsoo percebeu que Yeongju não estava conseguindo dar conta de todas as tarefas sozinha, então fez a seguinte pergunta:

— Qual é o horário mais movimentado da livraria?

Sangsoo era um leitor voraz e líder de um dos clubes de leitura. Segundo rumores, ele lia dois livros por dia com facilidade.

— O quê?

— Quero saber quando você fica mais atarantada.

Como sempre, ele falou num tom ríspido. O cabelo curto e desgrenhado combinava bem com seu tom de voz.

— Não sei...

— Tente pensar.

Yeongju parou para refletir.

— Humm... Acho que umas três horas antes do fim do expediente.

— Então vou te ajudar nessas três horas.

— O quê?

— Estou falando para me contratar para trabalhar meio período. É uma solução tão simples, por que não pensou nisso antes?

Sangsoo pediu um salário mínimo para trabalhar apenas no caixa. Ele argumentou que se alguém cuidasse do caixa as coisas já ficariam bem mais fáceis para ela. Também disse que leria livros quando não estivesse atendendo clientes e que ela poderia simplesmente contratar outra pessoa se não gostasse do trabalho dele. Yeongju pediu uma hora para pensar no assunto. Passado esse tempo, ela se aproximou de Sangsoo, que estava lendo num canto da livraria.

— Seis dias por semana, três horas por dia. Três meses de experiência. Que tal? — falou.

— Combinado.

Sangsoo cumpriu com suas palavras. Passava o dia sentado na cadeira lendo e, quando algum cliente ia fazer o pagamento, fechava a compra da pessoa como se já tivesse feito aquilo mil vezes. Quando não havia nenhum cliente, Sangsoo voltava rapidamente para o seu livro, mas aos poucos foi se distanciando do papel que havia criado para si mesmo. Ele gostava de se gabar de seu conhecimento sobre livros. Sempre que um cliente o abordava pedindo recomendação, ele fazia cara de emburrado, mas na verdade aproveitava a oportunidade para mostrar todo o seu conhecimento e, no fim, os clientes sempre acabavam levando um ou dois livros a mais. Depois disso, recebeu o apelido de "o cara meio emburrado que sabe muito".

Quando a Livraria Hyunam-dong ficou mais popular, pessoas que sonhavam em abrir a própria livraria entraram em contato com Yeongju. Ela percebeu que havia uma boa quantidade de pessoas interessadas no assunto, então resolveu promover um evento único. Era menos trabalhoso do que eventos regulares, além de ser uma boa maneira de divulgar a livraria.

Yeongju recebeu os participantes às oito da noite, acompanhada por outros dois donos de livraria que já conhecia. Dez futuros proprietários prestaram extrema atenção às histórias dos três. A maior dúvida dos participantes era se dava para ganhar a vida tocando uma livraria. Eles não tinham a ambição de enriquecer muito com esse negócio e pareciam satisfeitos com a ideia de fazer o que gostam e ganhar o suficiente para ter uma vida modesta. O proprietário A disse, meio envergonhado, que era a primeira vez que falava sobre o assunto.

— É claro que essa deve ser a maior curiosidade de vocês. No meu caso, posso dizer que sim, mas por pouco. Depois de pagar o aluguel do estabelecimento e as despesas de manutenção, sobra mais ou menos um milhão e quinhentos mil wons. Mas aí tem também o aluguel de onde eu moro e outras despesas pessoais... É meio difícil, sabem? Por isso, voltei para a casa dos meus pais seis meses atrás. Saí da casa deles aos vinte anos e voltei aos trinta e sete.... Por isso, pensem bem. Não é tão fácil quanto parece. Mas, se quiserem fazer isso mesmo assim, façam. É melhor tentar do que se arrepender mais tarde.

A proprietária B fingiu estar chorando e disse que a história de A lembrava muito a dela. Mas suas palavras foram um pouco mais otimistas do que a de A.

— Primeiro, gostaria de dizer que às vezes ganho mais do que o proprietário A, e às vezes ganho menos. Se no mês anterior ganho menos do que o esperado, então no próximo me organizo para promover mais eventos e atrair mais clientes. Quando acho que as coisas estão agitadas demais, faço uma pausa nos eventos para descansar e depois volto à ativa. Assim como os outros, também passo muito tempo pensando se poderei manter a livraria aberta por mais alguns anos. Então, se vocês realmente pretendem abrir uma livraria, saibam que também se preocuparão com isso e várias outras coisas. Mas, se chegarem à conclusão de que uma livraria não é uma boa ideia e que vocês querem ir em busca de outra coisa, estejam cientes de que não estarão livres de preocupações e dificuldades. O que quero dizer é: não importa o que você faça, será necessário enfrentar obstáculos pelo caminho. As preocupações fazem parte de qualquer negócio. No fim das contas, é isso. Você precisa se perguntar: com que você quer trabalhar apesar das preocupações? Escolhi me preocupar e administrar uma livraria.

Chegou a vez de Yeongju:

— Antes de mais nada, saibam que também me preocupo muito. Mas, acima de tudo, quero dizer o seguinte: a livraria provavelmente não vai lucrar entre os primeiros seis meses e um ano, então tenham uma reserva para conseguir manter seu negócio durante esse tempo. Sei que é difícil, é uma quantia grande, mas acho importante ter essa poupança até a livraria se estabelecer. É claro que não estou dizendo que uma livraria só precisa de um ano para se consolidar. Faz três anos que tenho a minha, mas ainda fico pensando em como mantê-la.

— Estou no quinto ano e é a mesma coisa — falou o proprietário A, concordando com a cabeça. — Mas o meu foco é sobreviver o máximo de tempo possível em vez de me estabelecer. Acho que há espaço para todas as livrarias independentes.

A proprietária B citou algumas livrarias que se tornaram conhecidas em suas regiões e tinham um bom lucro graças às diversas atividades que ofereciam durante o ano. Os participantes anotavam tudo. Depois de mais alguns comentários dos proprietários, veio a hora das perguntas. O evento só terminou depois das dez da noite.

*

Mincheol visita a livraria uma ou duas vezes por semana por vontade própria. Às vezes ele passa em casa antes e troca o uniforme escolar por roupas casuais para não se destacar tanto. Yeongju estava ocupada, então Minjun foi conversar com o garoto. Apesar de a livraria estar mais movimentada, a quantidade de mesas na cafeteria continuava a mesma, então Minjun não sentiu muita diferença no volume de trabalho. Ele até estava um pouco mais atarefado, mas nada que não pudesse dar conta. Mincheol ficou dando voltas pela cafeteria até ver que Minjun estava desocupado.

— A tia anda muito ocupada ultimamente?
— Uhum.
— Mas então por que você não a ajuda?
— Porque preciso preparar os cafés.
— O seu contrato é só para fazer os cafés?
— Uhum. Por quê? Acha que sou um funcionário ruim?
— Um pouco. Mas se esse é o contrato, não posso falar mais nada.

Minjun acabou rindo com a honestidade de Mincheol.

— O volume de trabalho dela aumentou muito. A Yeongju quer fazer a livraria crescer, mas está difícil dar conta — falou.
— Se está difícil, por que fazer isso?
— Ela diz que está testando.
— Testando o quê?
— Ver até que ponto é possível.
— Hum… bem, estar ocupada é uma coisa boa, de qualquer maneira.

Enquanto preparava o café, Minjun olhou Mincheol de relance.

— Por que falar coisas em que você mesmo não acredita? Você não acha mesmo que estar ocupado é uma coisa boa, né?
— Mas as pessoas vivem ocupadas. Todas elas.
— Não é o seu caso.
— Parece que sou uma exceção.

Minjun balançou a cabeça lentamente.

— Sim, viver sendo a exceção não é ruim.

— Será mesmo?
— Ok, chega de falar e experimente isto.
Minjun ergueu a jarra e encheu a xícara de café.
— Eu não gosto de coisas amargas.
— Não está amargo. Prove.

Nos últimos tempos, Minjun vinha treinando a técnica de *hand drip* sempre que tinha um tempo livre. Jeongseo e Mincheol eram suas cobaias. O jovem tomava café desde o primeiro ano do ensino médio e já havia se tornado imune aos efeitos da cafeína.

— Parece que ainda não sou uma pessoa evoluída, já que não consigo suportar nada amargo.

Depois de Mincheol ter dito isso há algum tempo, ele se tornou o melhor cliente de Minjun. O barista se esforçava para tirar o amargor do café e parecia que tinha dado certo daquela vez.

— Tem um quê adocicado.
— O sabor é bom?
— Não sei o que é um sabor bom. Mas é agradável. — Micheol fez uma pausa desnecessária e falou: — Parece que o café está derretendo na boca.
— O que quer dizer com isso?
— Acho que é suave.
— Então você acha que é tão suave que parece derreter na boca?

Minjun se serviu do café e deu um gole.

— Seja como for, está bom, hein? Está ficando cada vez melhor.
— Eu já era bom — respondeu Minjun, dando mais um gole.
— Não era, não.
— Eu já era bom, só não sabia fazer um café que te agradasse. Mas agora sei como dominar suas papilas gustativas.
— Que papo esquisito.

Mesmo meio emburrado, Mincheol deu mais um gole no café. Minjun ficou olhando para o garoto, que estava bem mais comunicativo do que quando se conheceram, e propôs marcar a próxima degustação.

— Depois de amanhã, no mesmo horário. Você consegue?
— Sim, consigo.

Mesmo se mostrando desinteressado, Mincheol nunca tinha recusado os pedidos de ajuda de Minjun.

— Vou preparar um ainda melhor na próxima.
— É o que veremos — falou Mincheol, baixando a xícara de café vazia. — Vou lá dar um oi para a tia e depois vou embora.

Arrumando xícaras e jarras, Minjun olhou para Yeongju.

— Se você conseguir...

Mincheol esperou Yeongju terminar de falar ao telefone. Ela o cumprimentou com um gesto de mão e olhou para ele como se estivesse pedindo desculpas, mas Mincheol continuou parado ali, disposto a esperar. Assim que a ligação terminou, Yeongju se aproximou de Mincheol e perguntou como andavam as coisas.

— Minha mãe parece que está escrevendo uma tese de doutorado.

Quando Mincheol disse isso, Yeongju desatou a rir e o acompanhou até a saída. O jovem se despediu com um aceno de cabeça e caminhou todo encolhido, talvez por causa do frio. Olhando para as costas dele, ela se perguntou se deveria promover um evento para adolescentes, mas logo desistiu. Já tinha trabalho demais.

Segunda-feira do barista

– Segunda-feira SEM barista.
– Hoje não receberemos pedidos de café na Livraria Hyunam--dong.
– Outras bebidas estarão disponíveis.
#baristatrabalhacincodiasporsemana #qualidadedevidaparaobarista #apoiamosqualidadedevida

Nas segundas-feiras, dia de folga de Minjun, a livraria não vendia café. Para evitar confusões, Yeongju postava o mesmo texto no blog e nas redes sociais da livraria nas manhãs de segunda. Tirando aqueles que estavam visitando a livraria pela primeira vez, ninguém mais pedia café nas segundas. Nas raras ocasiões em que alguém pedia, Yeongju explicava como era importante os funcionários terem qualidade de vida e os clientes acabavam apoiando a causa. Era uma cultura estabelecida na Livraria Hyunam-dong. Mas o próprio Minjun estava quebrando o combinado, o que aborrecia Yeongju.

No começo, ela achou que era algo eventual. Numa segunda à tarde, Minjun apareceu na livraria e perguntou se poderia ficar por algumas horas. Ele disse que queria que alguém experimentasse seu café. Yeongju não teve coragem de recusar e ficou experimentando café a cada meia hora. E, graças à overdose de cafeína, ficou a noite inteira sem dormir.

Perder uma noite de sono não era o maior problema. O problema de verdade era que Minjun estava indo para a livraria toda segunda-feira. As pessoas se revezavam para experimentar os cafés, como se tivessem combinado. Jeongseo chegava na mesma hora que Minjun e provava seus cafés; quando não era Jeongseo era Hijoo, e quando Hijoo não estava lá, era Mincheol, e se Mincheol não pudesse, Sangsoo os experimentava. Minjun observava as reações deles com a mesma seriedade de um médico analisando o resultado de um raio x. Ele transitava entre alegria e decepção ao ver qualquer mudança no semblante de suas cobaias. Os olhos de Minjun brilhavam de curiosidade! Como questionar alguém com esse brilho no olhar?!

Yeongju se aborrecia ainda mais ao ver os clientes confusos. Aqueles acostumados com as "segundas sem barista" sabiam muito bem que Minjun era o barista, e, ao verem que ele não parava quieto, chegavam até a olhar o celular para confirmar qual era o dia da semana. Alguns perguntavam se podiam pedir um café, enquanto outros pediam direto, sem perguntar antes. Irritada por publicar o texto nas redes à toa, Yeongju tentou pensar numa solução.

— Chefe, estou te incomodando, não estou? Vou fazer só mais algumas vezes. Acho que aí vou pegar o jeito — disse Minjun na semana anterior, quando percebeu o desespero dela. Nesse momento, Yeongju tomou uma decisão.
— Que tal fazer assim, Minjun?

- *(Hoje) é a segunda-feira do barista.*
- *Temos café* hand drip *na Livraria Hyunam-dong.*
- *50% de desconto das três da tarde às sete da noite.*
- *Outras bebidas também estarão disponíveis.*
#obaristadalivrariaHyunam-dongestaemevolução #Cafehanddripfeitocomcarinho #venhamtomarcafe #naoeumeventosemanal

Depois desse evento houve outra mudança na Livraria Hyunam-dong — o aumento do número de clientes que frequentavam o local só para tomar café.

Deixa que eu reviso

Yeongju passava o dia inteiro tensa enquanto tentava dar conta da demanda de trabalho, que havia aumentado significativamente nos últimos tempos. Era perceptível o cansaço em seu rosto sorridente. Graças a Sangsoo, ela estava menos atarefada, mas ainda assim era muito trabalho. Enquanto Yeongju escrevia a apresentação do livro do evento do mês, Jeongseo falou:

— Está na cara que você está esgotada.

Ao ouvi-la, Yeongju riu.

— Sério? Achei que estava disfarçando muito bem.

Ao perceber que Yeongju tinha levado aquilo na brincadeira, Jeongseo falou num tom mais sério:

— Se está sobrecarregada, talvez seja melhor pegar um pouco mais leve.

Yeongju olhou de relance para a amiga.

— Não estou tão sobrecarregada assim — respondeu, mas deixando claro que agradecia pela preocupação. — Só estou um pouco mais tensa. Digamos que até pouco tempo atrás eu estava no nível seis de tensão. Achei que conseguiria permanecer assim por mais uns seis meses, ou até dois anos. Mas acho que recentemente o nível subiu para oito, e é lógico que não vou conseguir suportar continuar assim. Por quanto tempo alguém conseguiria viver tenso desse jeito? Acho que não muito. O corpo e a mente entram em colapso. Muita gente tenta viver desse jeito, mas... — Yeongju respirou fundo rapidamente, como se estivesse buscando forças, e continuou a falar. — Ainda não cheguei ao ponto de surtar a qualquer momento. Não consigo prever quantos clientes vão aparecer. Quando você acha que mais pessoas vão aparecer, do nada elas desaparecem e nunca mais voltam. Adeus para sempre. Esse período turbulento vai passar. Só ando ocupada porque a quantidade de trabalho aumentou um pouco, mas logo a livraria volta a cair no esquecimento. Aí eu volto a viver no nível seis.

— Mas que absurdo — disse Jeongseo, incrédula. — Agora já não sei mais o que é melhor. Se é o nível seis ou o oito. Mas tudo bem, fico feliz de ouvir isso.

— Como assim? — perguntou Yeongju.

— Não é preciso se preocupar com quem sabe o que está fazendo. Fico aliviada por não precisar me preocupar com você.

Yeongju apertou de leve o ombro de Jeongseo para demonstrar que estava tudo bem.

— Só tem um porém. Não consigo mais ler. Não tenho tempo para isso. Uau, agora que falei em voz alta vejo que é um problema. Como assim, não tenho tempo para ler? — falou.

Às nove da noite, Yeongju fechou a livraria e se sentou ao lado de Seungwoo, que estava revisando um texto escrito por ela. Yeongju já tinha se acostumado com sua seriedade e não se sentia mais intimidada pela presença dele.

Yeongju quase tivera um ataque de pânico antes de enviar o primeiro texto para o jornal. O texto já estava escrito havia dias, mas não sabia se era bom o suficiente para ser publicado. Era uma sensação estranha. Como leitora, sabia julgar se um texto era bom ou ruim com facilidade. Mas quando se tratava de sua própria escrita, ela ficava perdida. Era como se jamais tivesse lido um texto na vida. Ela nunca sabia se estava realmente bom ou não.

Yeongju lera o texto repetidamente por dias e, quando teve a certeza de que não merecia ser publicado em lugar nenhum, recebeu uma mensagem do Seungwoo perguntando se o texto estava indo bem. Era uma pergunta simples, mas ela aproveitou para desabafar tudo o que estava sentindo. Em seguida, Seungwoo retornou com outra mensagem simples dizendo que poderia revisar o texto para ela, e Yeongju aceitou a oferta prontamente.

Seungwoo apareceu na livraria no dia seguinte. Yeongju, visivelmente tensa, entregou o texto para ele. Escrever já era difícil, mas mostrar para outra pessoa era ainda pior. O coração dela já disparava todas as vezes em que publicava no blog, e dessa vez seria num jornal. Além de tudo, quem estava diante dela? Um especialista em escrita que travou uma batalha ferrenha contra o diretor de uma editora. O que será que Seungwoo iria achar do seu texto? Seungwoo estava sentado ao lado de Yeongju lendo sem esboçar emoção. Finalmente, Seungwoo leu o último parágrafo e largou o papel. Em seguida, tirou uma caneta da bolsa e se virou para Yeongju.

— Vou marcar onde precisa de correção. Vou escrever o motivo também — falou.

Seu rosto continuava inexpressivo. Era impossível adivinhar o que ele realmente tinha achado do texto.

— O texto... está ok? — perguntou Yeongju, a voz quase sumindo.

— Sim, está. Dá para entender o que você quis dizer.

Se o texto estivesse mesmo ok, ele teria dito isso?

— Mas não está bom... Está?

Ela estava muito apreensiva.

— Está bom, sim. Dá para sentir o seu coração. Eu consigo enxergar com clareza o dia a dia da dona de uma livraria. Até fiquei ansioso na parte em que você diz como é esperar pelos clientes.

Yeongju observou o rosto de Seungwoo atentamente, tentando descobrir se ele estava pegando leve por educação ou se estava sendo sincero. Mas, como sempre, a expressão dele era impassível. Ou talvez serena. Pelo menos, o texto de Yeongju não parecia tão ruim assim, então ela resolveu interpretar aquilo como uma coisa boa.

Mas será que ela tinha se enganado? Seungwoo pegou a caneta e começou a riscar o texto sem dó. Pelo menos, aos olhos de Yeongju, ele com certeza estava riscando sem cerimônia. Ao lado de cada frase riscada, ele escrevia o que estava errado de forma concisa. Dez minutos depois, Seungwoo ainda estava no primeiro parágrafo. Para Yeongju, esses dez minutos pareceram uma hora. Vários pensamentos surgiram ao mesmo tempo na cabeça dela. Talvez devesse aceitar de uma vez que o texto estava realmente muito ruim. Também ficou magoada pensando se era mesmo necessário riscar tanta coisa. Porém, quando ele foi para o próximo parágrafo, ela focou em apenas um pensamento: *Por que tanto esforço?*

Seungwoo se concentrou no texto por quase uma hora sem falar nada. A mágoa que Yeongju estava sentindo deu lugar à compreensão. Quando ele disse que iria revisar o texto, quis dizer que faria o melhor que pudesse para melhorá-lo. A expressão sempre cansada de Seungwoo provavelmente era resultado de sua intensidade. Yeongju se sentou ao lado dele para trabalhar um pouco também. Quando ela viu que ele estava revisando o último parágrafo, foi até a geladeira e pegou duas cervejas. Abriu uma delas e a entregou para Seungwoo. Ele estava tão compenetrado que levou um susto quando viu a garrafa.

— Desculpe por fazer você esperar. Está quase pronto — disse Seungwoo depois de pegar a cerveja.

Após terminar a revisão, Seungwoo pediu para que Yeongju não ficasse chateada com todas as correções no texto. Ele disse que todo texto é editado dessa forma, a não ser que você seja um escritor muito experiente. Falou também que fez questão de riscar até as partes que poderia ter deixado passar. Em seguida, a tranquilizou dizendo que "O texto como um todo é bem lógico e não acho que precise revisar o conteúdo". Mas continuou, apontando que algumas partes no meio não estavam tão fluidas, porém nada que uma boa edição não pudesse consertar, o que deixou Yeongju confusa. Mas, depois de ouvir a explicação dele, entendeu que só precisava corrigir uma frase. Os dois passaram mais uma hora editando o texto juntos.

— "Os clientes foram os esperados" é uma frase estranha — falou Seungwoo.

— Por quê? — Yeongju perguntou. — Ah... voz passiva... — Yeongju não terminou a frase, como se tivesse se lembrado de algo.

— Sim, é isso. Por isso mesmo. — Seungwoo explicou resumidamente sobre a sentença passiva. — O verbo na voz passiva quer dizer "sofrer algo". Assim como o passivo de "comer" é "ser comido". Então, "ser esperado" é como ser forçado a esperar, por isso fica estranho. Podemos substituir pelo seguinte: "Estive esperando pelos clientes."

— Ah, entendi. Mas...

— Sim?

Seungwoo esperou Yeongju falar.

— É que acho que assim não expressa a intensidade com a qual espero clientes.

— Por quê?

— Meu coração espera pelos clientes de uma forma que eu não sei explicar. Não sinto esse sentimento intenso com "Esperei pelos clientes."

— Humm...

Seungwoo revisou o texto mais uma vez depois de ouvi-la, ergueu o rosto e olhou para ela.

— Leia o texto desde o começo de novo, ele expressa muito bem o que você sente. Você ficou com receio de não estar transmitindo esse sentimento direito e quis reforçá-lo com essa frase? Não é necessário, suas emoções estão todas aqui. Além do mais, a simplicidade dessa frase é mais adequada.

Yeongju leu o texto de novo e avaliou com calma se aquele sentimento estava presente em suas palavras. Enquanto lia, Seungwoo ficou esperando em silêncio, mexendo na caneta com os dedos.

— Entendi o que você quis dizer — falou Yeongju, balançando a cabeça em concordância.

— Sim.

— Seungwoo, muito obrigada. Se eu soubesse que levaria tanto tempo nem teria pedido.

— Imagina. Eu me diverti.

— Quando você está livre? Podemos sair e comer alguma coisa. Eu pago. Preciso compensar você de alguma forma.

— Não precisa — respondeu Seungwoo, deixando a caneta na mesa. — Em vez disso, me deixe revisar seus textos mais vezes.

Yeongju arregalou os olhos de leve, questionando se isso não beneficiaria mais a ela do que a ele.

— Se fizermos isso juntos mais algumas vezes, depois você conseguirá fazer sozinha. Aí não ficará tão insegura quanto agora.

— Então, como você deve estar ocupado, vou tentar sozinha da próxima vez. Se mesmo assim eu me sentir insegura...

Yeongju tentou recusar, achou que já estava tomando tempo demais dele. Mas ele a interrompeu com delicadeza.

— Eu não estou ocupado. Não precisa se sentir culpada. Daqui para a frente, quando escrever um texto, não fique angustiada sozinha. É só me mandar o quanto antes.

Yeongju não conseguiu responder na hora.

— Tudo bem?

— Sim, claro. Muito obrigada.

Yeongju enviou no mesmo dia o texto que revisou junto com Seungwoo para o editor do jornal. Já que não iria conseguir melhorá-lo, decidiu se livrar logo dele. Seungwoo disse que não podia beber porque estava dirigindo, então eles conversaram até Yeongju terminar a cerveja. Falaram sobre como era esperar por algo importante e listaram coisas pelas quais cada um deles já tinha esperado ansiosamente na vida. Yeongju respondeu "clientes", colocando naquela única palavra tudo o que sentira nos últimos anos, enquanto Seungwoo só respondeu "não consigo me lembrar de nada", e foi chamado de traidor por Yeongju. Conversaram até a hora de desligar as luzes e fechar a livraria.

Dias depois, os dois saíram juntos novamente da livraria. Eles se despediram e foram para lados opostos, mas Seungwoo deu só alguns passos e parou de repente. Yeongju percebeu o movimento e olhou para trás. Seungwoo a encarou e disse que estava curioso a respeito de uma coisa. Ela arregalou os olhos.

— Você se lembra da nossa conversa sobre o que esperamos na vida? Você falou que esperava ansiosamente pelos clientes. Mas eu queria saber se está esperando por mais alguma coisa além dos clientes neste momento — perguntou ele.

Yeongju não conseguiu pensar em nada e respondeu que não.

— Naquele dia, eu disse que não conseguia pensar em nada. Mas, na verdade, acho que sei o que estou esperando. Mas achei que era muito cedo para dizer o que sinto e que ainda precisava de tempo para descobrir exatamente o que quero — disse Seungwoo.

Ela o encarou, com uma expressão totalmente confusa. Seungwoo continuou a falar com calma:

— O que estou esperando mais que tudo neste momento...

Estavam frente a frente, a quatro passos de distância.

— ... é o coração de alguém.

Seungwoo sorria timidamente enquanto Yeongju tentava entender o que ele estava dizendo.

— Você me chamou de traidor, mas eu queria deixar de ser um, mesmo que tardiamente. Então estou te contando agora. Até mais, se cuida.

Yeongju ficou um tempo olhando para as costas de Seungwoo, até que se virou e seguiu o caminho oposto em direção a sua casa. *Coração de alguém. Por que Seungwoo falou isso?* Então, Yeongju se lembrou de quando Seungwoo lhe dera o chá de marmelo. E de quando ele dissera que torcia pela felicidade dela. Ela não sabia por que essas lembranças estavam voltando. Yeongju parou por um momento, se virou e olhou mais uma vez para Seungwoo indo embora. Ela colocou o gorro que estava segurando e continuou seu caminho, pensativa.

Com honestidade e carinho

Yeongju estava conversando com Mincheol quando Seungwoo chegou à livraria vindo do trabalho. Ela se levantou e deixou os dois sozinhos na mesa. Yeongju apresentou Seungwoo para Mincheol como "o escritor" e apresentou o garoto para Seungwoo como "sobrinho da vizinhança". Sem se importar de dividir a mesa, Seungwoo começou a revisar o texto de Yeongju ali mesmo, mas depois ficou um pouco incomodado com o jovem parado o observando.

Sentindo que precisava falar alguma coisa, Seungwoo levantou a cabeça a contragosto e perguntou:

— Você sempre fica assim, sentado sem fazer nada?
— Sim.
— Por que não vê um vídeo no YouTube ou algo do tipo?
— Eu posso ver quando chegar em casa.

Seungwoo balançou a cabeça de leve, indicando que não ia mais prestar atenção no rapaz, e voltou a ler, mas agora foi Mincheol quem iniciou a conversa:

— Você gosta de escrever?

Na verdade, Mincheol estava esperando uma brecha para falar com Seungwoo. Estava sofrendo para escrever ultimamente. Algumas semanas atrás, Hijoo impusera outra condição: já que não queria fazer aulas de reforço, tinha que escrever um texto a cada duas semanas. Ele tentou se rebelar, falando que não iria mais à livraria. Mas Hijoo nem se preocupou, pois já tinha percebido que

Mincheol passara a gostar de ir à Hyunam-dong. Como as aulas de reforço era tão chatas quanto a escola, ele não tinha outra opção a não ser escrever. Mas Hijoo não aceitaria qualquer texto, ela disse que ele teria que "escrever direito".

— Não — respondeu Seungwoo, sem levantar a cabeça.

— É curioso mesmo assim. Acho muito difícil escrever, mas esse é o seu trabalho.

— Escrever não é o meu trabalho — corrigiu Seungwoo, ainda sem levantar a cabeça e sublinhando frases.

— Então você trabalha com o quê?

— Trabalho numa empresa.

Mincheol continuou a puxar papo, sem se importar com a postura desinteressada de Seungwoo. No meio da conversa, de repente perguntou se o escritor tinha tempo livre. Seungwoo ficou curioso e levantou a cabeça. O rapaz disse que queria pedir uma coisa, mas que não iria perturbá-lo se estivesse ocupado. Mincheol estava se sentindo mais ousado e falante do que de costume. Talvez fosse o fato de Seungwoo ser escritor. Era como se apenas um escritor fosse capaz de resolver o maior problema de Mincheol, aquilo que ele nunca seria capaz de resolver sozinho.

Quando o jovem terminou de falar, Seungwoo pensou um pouco e colocou a caneta que estava usando em cima da mesa. Ao vê-lo se apoiar no encosto da cadeira, Mincheol sorriu contente e perguntou logo em seguida:

— E o que o senhor faz nessa empresa?

— Um trabalho normal.

Mincheol fez um "Hum" e hesitou por um momento antes de fazer outra pergunta com uma expressão mais séria:

— Entre esse trabalho normal e escrever, qual dos dois você mais gosta? E em qual é melhor?

Dessa vez foi Seungwoo quem soltou um "hum". O que este garoto realmente queria saber? E por que ele o estava encarando assim? Parecia que essa conversa iria longe.

— Posso saber o porquê dessa pergunta? — falou Seungwoo, encarando os olhos espertos de Mincheol.

O rapaz disse que andava muito preocupado ultimamente. Queria saber se deveria fazer o que gosta ou aquilo que faz melhor. Era o tema do texto que ele tinha que escrever, e algo que queria muito descobrir.

O único professor de que Mincheol gostava, o de língua coreana, uma vez dissera: "Uma pessoa tem que fazer o que gosta para ser feliz. Por isso, encontrem o que empolga e alegra vocês. Façam o que gostam, não escolham algo só por ser reconhecido pela sociedade. Se escolherem o que gostam, conseguirão viver sem se abalar com o que os outros dizem. Tenham coragem, entenderam?"

Mincheol disse que muitos colegas ficaram emocionados com as palavras ousadas do professor. Ousadas por reconhecer que os alunos também têm pensamentos próprios. Um dos alunos falou: "Pensem bem. Que professor falaria uma coisa dessas? Onde já se viu um professor falar o exato oposto do que os nossos pais querem? Por isso que as palavras dele são ousadas. E, como diz o ditado, palavras ousadas devem ser guardadas no coração!"

Apesar de os amigos parecerem emocionados com a fala do professor, Mincheol se sentiu inseguro. Será mesmo? Trabalhar com o que gosta? O garoto não conseguia pensar em algo que o empolgasse. Era tudo mais ou menos igual. Às vezes era interessante, outras entediante. Não havia nada pelo que daria a vida, mas também não tinha nada que preferisse morrer a fazer. Ele também não era bom em nenhuma atividade. Era simplesmente mediano em tudo. Como sobreviver sem ter nenhum interesse e sem ser bom em nada? Mincheol estava perdido.

Seungwoo entendeu o que Mincheol estava passando. Afinal, esse dilema não é apenas um drama adolescente. Muitos sofrem com essa dúvida, mesmo depois dos trinta, quarenta anos de idade. Cinco anos antes, o próprio Seungwoo também estava em busca dessa resposta. Apesar dos lábios ressecados e olhos inchados, ele não largou o emprego por medo. Seungwoo estava fazendo o que gostava, então por que desistir? Mas, apesar de gostar do seu trabalho, ele não era feliz. Mesmo assim, achava que se arrependeria pelo resto da vida se desistisse.

— Estou tão frustrado. A única coisa que os outros professores fazem é dizer que precisamos melhorar. Colocam a gente numa fila de acordo com as nossas notas e nos humilham falando "olha onde você está". Mas, quando melhoramos, entramos numa outra fila. É ridículo. Por isso achei que era só ignorar o que eles falam, mas não consigo ignorar o que o professor de coreano disse. Fico me perguntando se devo.

Mincheol franziu a testa com força. Conforme falava, ele abaixava mais a cabeça.

— Não sou bom em nada e não gosto de nada. Pelo menos era o que eu achava até um tempo atrás. Agora venho aqui, converso com as tias, degusto o café do Minjun, fico observando a Jeongseo tricotar, e não acho entediante.

— O que você está sentindo não é frustração, é ansiedade.

— O quê?? — respondeu Mincheol, levantando a cabeça.

— Você parece desesperado para encontrar logo algo de que goste ou que faça bem.

— É mesmo? Hum... É, talvez — falou Mincheol, num tom baixo, desviando o olhar de Seungwoo. — Acho que preciso encontrar logo, seja lá o que for.

— Mas por que tanta pressa? Não precisa. Se não acha entediante vir aqui, venha mais vezes. Seja quem você é agora, vai ficar tudo bem.

Mincheol baixou o olhar de volta para a mesa, ainda frustrado.

— Acha que encontrar um trabalho de que goste o fará feliz?

Mincheol balançou a cabeça para os lados de leve.

— Não sei. Mas se o professor disse que sim, então talvez sim.

— É possível. Deve ter gente por aí que é feliz fazendo o que gosta. Mas tem gente que é feliz trabalhando com algo em que é bom.

Minjun cerrou os olhos de leve.

— Está dizendo que depende de cada um?

— Trabalhar com o que se gosta não é garantia de felicidade. A não ser que o ambiente seja bom, então quem sabe? Talvez o ambiente seja o que mais importa. Se o lugar onde você trabalhar for tóxico, você pode acabar querendo desistir do que gosta. Encontrar um trabalho de que goste não o fará automaticamente feliz. Não é tão simples assim, é muito ingênuo pensar dessa forma.

Seungwoo queria ser programador desde a época da escola. E ele conseguiu. Entrou numa empresa que produzia celulares e começou como desenvolvedor de software. No início, ficou muito feliz em poder trabalhar o dia inteiro com o que gostava. Nem reclamava quando tinha que fazer hora extra. Mas, depois de três anos, ele estava exausto. O fato de gostar de trabalhar e fazer as coisas bem-feitas se transformou numa prisão. A carga de trabalho não era distribuída igualmente. Quem fazia melhor tinha que trabalhar mais. Ele precisava fazer hora extra dia sim, dia não e viajava a trabalho mês sim, mês não. Seungwoo aguentou o quanto pôde até que desistiu. No dia em que percebeu que gostar do trabalho era diferente de gostar do ambiente em que se trabalhava, pediu transferência para outro departamento. De um dia para o outro, desistiu do que gostava. Ele se recusava a trabalhar mais do que devia. E nunca se arrependeu da decisão que tomou naquele dia.

— Então, não seria o mesmo para aquilo em que você é bom? Se você está num ambiente que não lhe permite se divertir com o que você faz bem...

— Sim, seria o mesmo caso — concordou Seungwoo, que estava com uma expressão bastante aborrecida. — Mas também não dá para ficar parado no mesmo lugar, só reclamando.

— Então o que devo fazer?

— Já que não temos como adivinhar o futuro, o que nos resta é tentar primeiro. Só assim descobrimos se gostamos ou não de algo.

Seungwoo trabalhou com o que gostava por cinco anos, e trabalhou com o que não gostava por mais cinco. Qual dos dois foi melhor para ele? Bem, se tivesse que escolher, seria o último. Não porque era mais fácil e menos pesado. Ele passou a se sentir vazio naquele trabalho, e, para preencher esse vazio, mergulhou nos estudos sobre a língua coreana, e assim acabou chegando aonde estava. A vida é complexa demais para ser definida apenas pelo seu emprego. Alguém pode ser infeliz trabalhando com o que gosta, e talvez você trabalhe com o que não gosta, mas encontre a felicidade em outro lugar. A vida é misteriosa e complexa. Apesar de o trabalho desempenhar um papel muito importante na nossa trajetória, não dependemos só disso para sermos felizes ou não.

Ainda frustrado, Mincheol deixou escapar as primeiras palavras que lhe vieram à cabeça:

— Então quer dizer que eu tenho que parar de pensar e começar a fazer qualquer coisa?

— Isso não seria ruim — respondeu Seungwoo. — Só tente alguma coisa, talvez assim você descubra do que gosta e se quer fazer isso pelo resto da vida. Não dá para saber antes de tentar. Então, em vez de ficar quebrando a cabeça pensando no que deve fazer no futuro, tente se esforçar para fazer algo agora. O importante é se dedicar ao que você estiver fazendo, mesmo que pareça algo pequeno. Todo o seu esforço valerá a pena.

Olhando para Mincheol, que o encarava com um olhar sem expressão, Seungwoo soltou um "hum". Talvez estivesse exigindo de um adolescente algo que não é fácil nem mesmo para adultos com mais de trinta anos. Seungwoo resolveu propor algo que Mincheol pudesse fazer naquele exato momento:

— Então, resumindo, você... quer dizer, seu nome é Mincheol, certo? O que você precisa fazer agora é escrever um texto. Não pense em mais nada, só se concentre em escrever.

Mincheol suspirou.

— Talvez você tenha vontade de continuar escrevendo depois de começar.

— Acho que isso não vai acontecer.

— Isso a gente não sabe. Não decida o futuro com antecedência.

O jovem o encarou com uma expressão emburrada.

— Depois de ouvir o que você disse, acho que fiquei ainda mais confuso. Não consigo organizar meus pensamentos. Não sei se devo fazer o que faço bem ou o que gosto de fazer. O tema da redação é esse, mas não sei como concluir.

— Se não souber, é só escrever que não sabe.

— Não preciso chegar a uma conclusão?

— Se tentar chegar a uma conclusão à força, você acabará não ouvindo o que seu coração está dizendo. Por isso, só escreva o que está sentindo. Você não sabe o que fazer? Então escreva sobre isso. Ou pode ficar só reclamando que não tem uma resposta. Você não está só tentando escrever uma redação, está pensando sobre o que quer fazer da sua vida, então o melhor a fazer é não se precipitar.

— Sim. Acho que entendi o que você quer dizer... — falou Mincheol, coçando a cabeça.

— As coisas não serão tranquilas o tempo todo. Às vezes é necessário se agarrar à frustração enquanto pensamos e decidimos o que fazer.

— Se agarrar à frustração...

— Isso mesmo.

— Mas, Seungwoo, como é que eu faço para escrever bem? A minha mãe me mandou escrever bem.

Seungwoo falou, pegando a caneta em cima da mesa:

— Escreva com honestidade. Escreva com carinho. Um texto escrito assim é um texto bem escrito.

Quando preparo café, só penso em café

Todos os dias, depois da aula de yoga de manhã, Minjun voltava para casa, tomava banho e seguia para a Goat Beans. Nos últimos tempos, ele vinha aprendendo a fazer torrefação, já que compreender melhor o processo pelo qual os grãos passavam poderia ajudá-lo a melhorar o seu café. Ele também preparava o café matinal de Jimi e dos mestres de torra, de acordo com as preferências de cada um. A Goat Beans era um lugar muito mais adequado para praticar o preparo do café. Podia obter os grãos que quisesse a qualquer momento, e quando não tinha o que ele queria, Jimi prontamente cuidava disso.

Minjun gostava de ir lá todos os dias porque o pessoal da Goat Beans levava café muito a sério. Eles podiam estar rindo e contando piadas, mas quando Minjun servia o café, o clima mudava imediatamente. Os funcionários sentiam o cheiro, degustavam o sabor, se deliciavam com o café passando pela garganta, apreciavam cada detalhe e davam seus feedbacks. Graças ao café de Minjun, eles conseguiam avaliar os sabores dos grãos que torravam e quais técnicas precisavam melhorar. Também não esqueciam de apontar as diferenças sempre que o sabor do café mudava. Jimi deu tapinhas no ombro dele e disse que se ele era capaz de criar diferenças sutis no sabor do café de propósito depois de muito treino, ele já era um excelente barista.

Minjun decidiu que não se preocuparia mais. Aprendeu que, para não ficar preocupado, bastava se concentrar em algo. Por isso, se concentrou no café. Esvaziava a mente e mantinha o foco apenas no café. Ele queria descobrir até onde o café o levaria. Era algo tão simples que chegava a ser meio constrangedor de falar, mas estava dando forças a Minjun.

Ele não estabelecia metas ao preparar café. Literalmente só fazia o melhor que conseguia. Mesmo assim, percebeu o quanto suas habilidades haviam melhorado. Isso já não era o suficiente? Bastava fazer as coisas no seu tempo. Para que ser o melhor barista do mundo? Qual era o sentido de buscar esse título se para isso ele teria que trabalhar sem parar? Ao pensar nisso, Minjun se perguntou se ele teria se tornado a raposa da fábula "A raposa e as uvas", mas concluiu que não era o caso. Ele só queria que seu objetivo fosse algo mais plausível. Ou talvez não quisesse ter objetivo algum. Em vez disso, ele só daria o seu melhor. O melhor sabor de café. Minjun decidiu pensar apenas nisso.

Minjun havia desistido de imaginar um futuro distante. Para ele, a distância entre o presente e o futuro era o tempo que levava para colocar água no coador. Era o futuro que podia controlar. Enquanto o café era coado, ele pensava no sabor que obteria. Esse era o máximo de futuro que ele se permitia pensar.

É claro que às vezes dar o melhor de si em algo que logo acabaria era frustrante. Nessas horas, ele endireitava a postura, ficava em pé e se esticava um pouco, como se estivesse tentando prolongar o futuro. Por uma hora, duas horas, ou até um dia. Minjun definiu que passado, presente e futuro seriam aquilo que estivesse dentro de um espaço de tempo que ele pudesse controlar. Era desnecessário imaginar algo além disso. Onde ele estaria em um ano? Esse conhecimento está além do alcance da mente humana.

Certa vez, ele compartilhou esses pensamentos com Jeongseo. Ela compreendeu Minjun e até o aconselhou:

— Você está dizendo que quando está preparando café, só pensa em café. Não é isso?

— É... quase...

— Esse é o conceito do estilo de vida espiritual. Existir plenamente no momento. É isso que você está fazendo.
— Estilo de vida espiritual?
— Muitos dizem para "viver o presente". Mas falar é fácil. O que isso significa, afinal? Viver o presente significa se dedicar de corpo e alma ao que se está fazendo naquele exato momento. Se você está respirando, concentre-se apenas em inspirar e expirar; se está caminhando, concentre-se apenas em dar um passo de cada vez; se está correndo, concentre-se apenas no movimento das pernas e dos braços. Concentrar-se em uma coisa de cada vez. Esquecer o passado e o futuro.
— Ah...
— É a forma madura de ver a vida.
— Será?
— Claro.

Ao olhar Minjun de relance, que parecia pensativo, Jeongseo falou de repente, num tom teatral:
— *Seize the day!*

Minjun achou graça e soltou um riso antes de devolver.
— *Carpe diem.*

— O nosso querido professor Keating disse certa vez: "Encontre o seu próprio jeito de caminhar. Seus passos, seu ritmo, sua direção. Do jeito que você quiser!"

Minjun se sentiu consolado por Jeongseo naquele dia. Antes de conversar com ela, chegou a imaginar que talvez tivesse decidido imaginar apenas um futuro próximo por não conseguir imaginar um futuro distante. Era o que havia sobrado para ele. Mas, naquele dia, Jeongseo afirmou que essa forma de encarar a vida tinha raízes religiosas. Talvez Minjun realmente estivesse amadurecendo. Será que isso queria dizer que tudo o que ele havia feito não tinha sido em vão? Em caso afirmativo, isso seria um alívio.

Naquele dia, Jeongseo também disse que o café dele estava mais gostoso. Ela tinha reassistido ao filme *Sociedade dos Poetas*

Mortos recentemente e o elogiava calorosamente quando, de repente, mudou de assunto e disse o quanto estava feliz por Minjun. Depois de dar um gole no café recém-preparado, falou:

— Imagina como a casa ficaria limpa se a gente focasse apenas na faxina quando faz limpeza. Não sobraria uma partícula de pó nos cantos da casa. Com café também é assim. Se focar só no café quando o estiver preparando, o sabor será melhor. Não consigo parar de pensar no que você falou sobre uma xícara de café ser o seu futuro mais próximo. Gosto desse pensamento. E o seu café é realmente muito bom, Minjun.

As palavras de Jeongseo o fortaleceram e lhe deram confiança. Minjun andava menos preocupado, mas não porque estava focado no preparo de café, e sim porque pessoas como Jeongseo, Yeongju, Jimi e os outros apreciavam o seu café. O café de Minjun era uma colaboração de esforços entre ele e essas pessoas. Um sabor único criado por ele, pelos funcionários da Goat Beans e o pessoal da livraria. Um café preparado com boas intenções não poderia ser ruim.

Foi decidido que o café *hand drip* entraria no cardápio a partir daquele dia. Seriam três sabores de diferentes regiões. Minjun sugeriu mudar o sabor do café todo mês, mas, como Yeongju sempre dizia, as coisas precisam se consolidar primeiro. Minjun queria que a Livraria Hyunam-dong fosse reconhecida por servir um café delicioso. Que os clientes fossem até lá só para provar e confirmassem que era realmente tão bom quanto diziam. Ele esperava que o sabor do café elevasse o astral da livraria e que o aroma quente reverberasse no coração dos frequentadores.

Foi a primeira vez que ele desejou algo enquanto preparava café. Minjun sentiu que havia mudado um pouco.

Quem é o homem que veio à procura de Yeongju?

Quatro pessoas estavam sentadas juntas a uma mesa. Seungwoo e Mincheol estavam sentados um de frente para o outro quando Jeongseo se juntou a eles e, por fim, Minjun se sentou no lado oposto dela com um café na mão. Enquanto Seungwoo revisava um texto, Jeongseo fazia crochê e tecia comentários sobre o café de Minjun. Mincheol, como sempre, observava Jeongseo crochetar enquanto conversava com os três.

Jeongseo perguntou para Seungwoo o que Yeongju oferecia em troca da revisão; Mincheol estava curioso para saber se Minjun podia ficar sentado ali enquanto Yeongju trabalhava a todo vapor no outro lado da livraria; Seungwoo pediu para ver o texto que Mincheol havia escrito; e Minjun perguntou para Jeongseo qual sabor ressaltava mais no café que havia tomado há pouco e se tinha gostado. Enquanto os quatro conversavam, Sangsoo estava tranquilo no caixa, lendo entre os atendimentos, e Yeongju verificava a quantidade de livros vendidos e decidia onde colocar as encomendas daquele dia.

Foi naquele exato momento. Satisfeito com a avaliação positiva de Jeongseo, Minjun apoiou as mãos lentamente na mesa para se levantar quando a porta da livraria se abriu e um homem entrou. Assim que entrou, o olhar do homem procurou cuidadosamente até encontrar Yeongju. Ele a reconheceu, mas permaneceu parado em frente à porta, apenas observando-a. O olhar e a boca suavemente relaxada do homem indicavam que ele a conhecia bem. Minjun imaginou que poderia ser um amigo, então olhou para Yeongju. Naquele instante, ela percebeu a presença do homem e largou os livros que estava segurando. Minjun voltou a se sentar e reparou na expressão dela, que estava bem mais rígida que a do homem.

Percebendo a inquietação de Minjun, Jeongseo e Mincheol também se viraram e olharam para Yeongju. Por fim, Seungwoo, ainda com a caneta na mão, também olhou para o homem e a dona da livraria. Ela estava conversando com o homem e parecia não conseguir decidir se sorria ou chorava. Então virou-se lentamente e caminhou em direção aos quatro. O cansaço que vinha escondendo com muito esforço tinha ficado evidente, ela estava até pálida. Yeongju sorria, mas quando falou com Minjun o sorriso murchou. Apesar disso, ela falou com uma voz calma.

— Minjun, vou dar uma saidinha e já volto.
— Sim, está bem.

Yeongju já estava quase saindo quando Seungwoo a chamou. Ela se se virou.

— Yeongju, você está bem?

Ao ver a expressão preocupada do escritor, ela percebeu que havia falhado ao tentar esconder as próprias emoções. Yeongju falou com um sorriso falso.

— Sim, Seungwoo. Estou bem.

Depois que Yeongju saiu, os quatro voltaram ao que estavam fazendo. Como ninguém sabia quem era aquele homem, nem por que ela tinha ficado tão pálida, não conversaram sobre isso. Minjun retornou ao seu posto e preparou os pedidos de café; Seungwoo voltou a focar no texto, com uma expressão séria; Jeongseo seguiu costurando uma alça na ecobag de crochê que tinha feito; e Mincheol apoiou o queixo na mão direita e ficou observando Jeongseo trabalhar, como se fosse capaz de permanecer daquele jeito por horas.

No entanto, quando ouviam alguém entrar na livraria os quatro viravam o rosto para checar se era Yeongju. Ela já estava fora havia duas horas. Aflita, Jeongseo se aproximou de Minjun, que preparava um café, e disse que ia tentar ligar para ela. Ele, porém, balançou a cabeça e falou para esperarem um pouco mais. Então, vinte minutos antes de a livraria fechar, Yeongju entrou com uma expressão parecida com a que tinha quando saiu. Todos repararam que os olhos dela estavam um pouco inchados. Ela falou com os quatro, se esforçando para manter um sorriso no rosto.

— Estavam todos me esperando? Obrigada, mesmo. Minjun, tudo bem por aqui, certo? Jeongseo, você já terminou a ecobag? Quer mesmo me dar? Mincheol, por que você ainda está aqui? Devia voltar para casa e ficar de bobeira. Seungwoo, sinto muito, acho que não vou ter tempo hoje. Eu pago um almoço da próxima vez, prometo. Eu juro. Me desculpe, de verdade. Obrigada, pessoal. Vamos arrumar tudo e ir embora logo!

Os quatro a olharam apreensivos. Arrumaram os livros espalhados, trancaram as janelas e alinharam as cadeiras com as mesas. Enquanto isso, Yeongju arrumava uma mesa vagarosamente. Fechou o notebook, guardou as canetas, encarou o bloco de notas, então relembrou o que havia acontecido, sentiu um ímpeto de raiva, fechou e abriu os olhos de leve, e tentou fingir que estava tudo bem. Minjun foi até Yeongju e se sentou ao lado dela.

Minjun disse que tudo correra bem durante a ausência dela, só um cliente que foi meio chato, mas Sangsoo tinha cuidado de tudo. Yeongju assentiu e disse, naquele tom de brincadeira característico dela:

— Que bom que deu tudo certo. Sempre achei que poderia acontecer um desastre se eu não estivesse aqui. Acho que não preciso mais me preocupar.

Minjun balançou a cabeça.

— Precisamos de você aqui, mas tudo bem sair para relaxar às vezes.

Yeongju sorriu de leve para Minjun.

Enquanto Yeongju estava sentada, meio fora do ar, Jeongseo, Mincheol e Sangsoo saíram da livraria em silêncio. Seungwoo, sentado numa das mesas na área da cafeteria, ficou lendo e relendo o texto já revisado enquanto lançava olhares ocasionais para Yeongju. Quando Minjun terminou de arrumar a livraria e voltou a se sentar ao lado de Yeongju, ela começou a falar, como se estivesse esperando por ele.

— Estava pensando sobre o dia em que abri a livraria. Foi um dia cheio. A livraria não tinha nem um quarto do que temos agora. Eu estava tão focada em abri-la que nem pensei num nome. Depois que abri é que decidi às pressas que seria Livraria Hyunam-dong. No começo, me arrependi um pouco porque achei muito brega. Mas agora eu gosto. Faz parecer que a livraria está no bairro há muito tempo. — Ela fez uma pausa e continuou: — Quando abri a livraria, eu só pensava em descansar e ler. Só queria fazer o que gosto, por um ano ou dois. Achei que estaria tudo bem mesmo se não ganhasse dinheiro.

— Percebi quando você me disse qual seria o meu salário. Mas hoje em dia você vive ocupada. Não parece estar descansando — disse Minjun, enquanto imaginava a livraria mais vazia.

— Não sei quando foi. Não consigo lembrar com precisão, mas lembro que foi depois que você começou a trabalhar aqui, Minjun. Nesse dia, tive vontade de seguir com a livraria. Quando comecei a pensar no que eu deveria fazer para continuar com o negócio, minha ansiedade cresceu e passei a ter problemas para dormir.

— E você descobriu como seguir com a livraria?

— Ainda não. Estou com um pouco de medo. Estar ocupada me faz lembrar do passado. Eu odiava minha vida, então larguei tudo. Tudo mesmo. Deixei tudo para trás. Eu não aguentava mais, então ouvi meu coração e simplesmente fui embora.

Ao sentir que a voz de Yeongju tremeu de leve no fim da frase, Minjun inclinou a cabeça e olhou para o rosto dela. Naquele momento, Seungwoo se aproximou dos dois, carregando a mochila no ombro direito, e entregou uma folha de papel para Yeongju, sem falar nada. Ele sabia que se perguntasse, ela diria que estava bem, então resolveu não perguntar nada. Ela se levantou e pegou o papel.

— Obrigada. Mas hoje, eu... — falou ela, se desculpando.

— Tudo bem. Não se preocupe.

O papel que Seungwoo entregou estava lotado de anotações.

— Obrigada. De verdade.

Os olhos de Yeongju estavam vermelhos e pareciam tristes. Seungwoo reconheceu aquela emoção no olhar dela. Era a mesma tristeza que ele já notara nos textos de Yeongju antes de conhecê-la. Na época, não conseguiu associar aquela escrita melancólica com a personalidade alegre dela. Seungwoo sentiu que aquele homem era a causa da tristeza de Yeongju. Quem era aquele cara? Ele queria descobrir o que havia acontecido e o que aquilo significava para Yeongju, mas achou melhor não perguntar. Então cumprimentou os dois sem falar nada e virou de costas. Naquele momento, Yeongju o chamou.

Havia determinação em sua voz. O escritor se virou para ela.

— Aquele homem. Não quer saber quem é ele? — perguntou ela, com uma expressão que não combinava com o tom determinado.

— Quero saber, sim — respondeu Seungwoo, suprimindo os próprios sentimentos.

— É um amigo do meu ex-marido.

Seungwoo se esforçou para não franzir os olhos de surpresa e continuou a observá-la.

— Ele veio me contar como ele está, e perguntar como eu estou.

— Ah... entendi.

Ele deixou o olhar cair, tentando entender o que ela quis dizer.

Ela observou as costas de Seungwoo, que havia se virado depois de se despedir mais uma vez. Assim que ele abriu a porta e saiu, Yeongju se jogou na cadeira, como se toda a sua energia tivesse sido drenada do corpo. Minjun continuou sentado ao lado dela, sem falar nada.

Deixando o passado para trás

Naquela noite, depois de se esforçar ao máximo para tomar banho e se trocar, Yeongju se deitou na cama. Estava física e emocionalmente exausta, mas não conseguia dormir. A imagem turva do rosto de Changin continuava surgindo em sua mente.

Ela se levantou da cama, pegou o livro que estava na mesa de cabeceira ao lado dela e foi para a sala. Sentou-se perto da janela e abriu na página em que havia parado no dia anterior. Tentou ler, mas não conseguia se concentrar de jeito nenhum. Decidiu voltar para a primeira página. Passou os olhos em algumas frases, até que desistiu, fechou o livro e abraçou as pernas. Apoiou o queixo nos joelhos e ficou observando a paisagem pela janela. Um homem e uma mulher que pareciam amigos estavam conversando. Olhar para eles a fez se lembrar da conversa que teve com Taewoo naquela tarde. O rosto de Changin surgiu de novo em sua mente. Yeongju tentou afastar a imagem dele, mas percebeu que não precisava mais fazer isso. Ela havia recebido permissão de Changin.

Taewoo é amigo de Changin. E dela também. Ele e Changin eram colegas de faculdade e depois tinham ido trabalhar na mesma empresa. Yeongju conheceu Taewoo no trabalho e foi ele quem a apresentou a Changin. Eles estavam tomando café na sala de descanso, quando Changin passou por lá. Se Changin não tivesse prestado atenção nela naquele dia, provavelmente não teria se aproximado de Yeongju quando começaram a trabalhar juntos num novo projeto. Changin confessou que era a primeira vez que tomava a iniciativa e convidava uma mulher para jantar. Ela achou uma gracinha ele confessar isso e ficar todo envergonhado, então aceitou sair com ele. Depois de um ano de namoro, os dois se casaram.

Eles tinham muito em comum. Eram inexperientes, tinham tido poucos relacionamentos, que haviam acabado — todos eles — por motivos parecidos. Riam juntos quando conversavam sobre ex-namorados que os largaram porque ficaram cansados de serem trocados pelo trabalho. Adoravam o fato de um não ter que pedir desculpas ao outro por trabalhar demais. Não ficavam zangados quando um cancelava o encontro e voltava para a empresa. Nem podiam, já que o outro provavelmente faria a mesma coisa. Depois de um namoro tranquilo, o casamento veio naturalmente. Não havia ninguém no mundo que os compreendesse melhor.

Yeongju e Changin não competiam para ver quem estava subindo mais rápido na carreira. Ambos estavam em ascensão na mesma velocidade. Eles se esbarravam mais no refeitório da empresa do que na cozinha de casa. Não conversavam sobre assuntos pessoais, mas sabiam quais projetos cada um estava liderando. Faltava conversa, mas não faltava confiança. No trabalho, formavam um time brilhante. Na vida pessoal, se gostavam e se respeitavam como parceiros. Não havia motivos para se separarem. Até Yeongju começar mudar.

Ela detestava pensar de modo tão dramático no que aconteceu com ela nessa época. Gente sofrendo de *burnout* é o que não falta. Yeongju não era a única a acordar e, de repente, ficar apavorada por ter que ir para o escritório. Certo dia, durante uma reunião, ela sentiu o coração apertar. Ela queria falar, mas as palavras não saíam e suas pernas tremiam. Esses sintomas se repetiram, até que um dia ela se sentiu sufocada e teve que sair correndo do prédio.

Ela pensou que só estava muito estressada por causa do projeto em que estava trabalhando e continuou assim por meses. Num certo dia, quando estava pronta para ir para o trabalho, as lágrimas começaram a cair. Changin achou estranho, disse que ela deveria ir ao hospital e foi trabalhar. Pela primeira vez em muito tempo, Yeongju faltou ao trabalho e foi ao hospital. O médico perguntou quando ela havia tirado férias pela última vez. Yeongju respondeu que não lembrava porque não queria contar que tinha trabalhado durante as férias.

O médico disse que lhe receitaria um medicamento para ansiedade e acompanharia seu caso. O médico a olhou com gentileza e falou que Yeongju já devia estar ansiosa havia muito tempo, mas como ela mesma não percebia isso, seu corpo estava mandando sinais. Ele sugeriu que Yeongju descansasse por alguns dias. Ao ouvir isso, ela estremeceu e chorou na frente dele. Não só pelas palavras dele, mas por causa do seu olhar gentil. Há quanto tempo ela não era tratada com delicadeza?

Para Changin, a mudança repentina de Yeongju deve ter sido esquisita. Vê-la perder a confiança e se comportar como uma criança perdida na rua da noite para o dia deve ter sido um choque. Ela pediu para que ele ficasse ao seu lado, que a ouvisse, queria contar para ele o que estava acontecendo. Mas Changin estava muito ocupado. Ele se desculpou e disse que tentaria arranjar tempo depois. Yeongju compreendeu o marido, mas, ao mesmo tempo, ficou ressentida. Ele se importava com ela, mas não era carinhoso. Ela também era assim. O casamento dos dois não era baseado em afeto.

Como ele estava ocupado, Yeongju não teve escolha a não ser se virar sozinha. Ela foi diminuindo a carga de trabalho gradativamente e tirou férias. O médico tinha razão, ela já estava se sentindo ansiosa havia muito tempo. Mas desde quando? Talvez tivesse começado quando ela ainda estava na escola. Yeongju gostava de ler e sair com os amigos, mas tudo mudou no começo do ensino médio. Um dos motivos foi a falência repentina do negócio dos pais, quando ela absorveu a insegurança deles por três anos até as coisas voltarem aos eixos. Na época, seus pais estavam sempre tensos e não sabiam o que fazer. A insegurança deles afetou Yeongju, e ela também passou a sofrer com isso. Yeongju ficou desesperada com a ideia de fracassar, então se tornou obcecada pelos estudos.

Ela relembrou as vezes em que ia para a casa dos amigos brincar, mas de repente ficava ansiosa para voltar para a biblioteca. Na época da faculdade foi a mesma coisa. Era muito raro Yeongju se divertir com os amigos. Eles gostavam de sua energia positiva, mas, como ela nunca tinha tempo, aos poucos foram se afastando até perderem contato.

Yeongju sempre se esforçou para ser a melhor. Às vezes ela fazia isso de maneira inconsciente. Era como se ela fosse um robô que não sabia descansar.

Depois que Changin ia para o trabalho, Yeongju ficava sozinha em casa, pensando em como viveria dali em diante. Primeiro, decidiu que largaria o emprego. Quando ela comunicou sua decisão a Changin, ele pareceu surpreso, mas aceitou. No entanto, isso não foi o bastante para ela. Yeongju queria que ele se demitisse também. Se Changin continuasse na empresa, ela continuaria vivendo com o seu passado. Toda vez que olhasse para ele, sentiria um aperto no coração, se sentiria sufocada e teria vontade de chorar. Ele precisava fazer isso por ela. Mas é claro que ele recusou. Eles passaram meses em conflito, até que um dia Yeongju decidiu pedir o divórcio.

Todos que conheciam o casal ficaram contra Yeongju. Nenhum homem aceitaria um pedido desses! Disseram até que era melhor ela parar de trabalhar e viajar por um tempo. Yeongju entendia por que todos ficaram do lado de Changin. Ela também achava que estava errada.

Sua mãe foi veementemente contra o divórcio. Ela passou a frequentar a casa deles para consolar o genro. Preparava o café da manhã dele e ofendia Yeongju de formas que ela nunca havia escutado. Ela a criticava sem piedade por querer se separar de um homem trabalhador e dizia que, se ela continuasse se comportando assim, não iria mais vê-la até que mudasse de ideia. Essas foram suas últimas palavras. Depois disso, Yeongju parou de falar com a mãe.

Os trâmites do divórcio transcorreram sem grandes problemas. Yeongju cuidou de tudo, já que Changin estava sempre ocupado, mas ele assinou os papéis assim que ela pediu. Mesmo no último dia de tribunal, Changin ainda não entendia o que estava acontecendo. No fim do processo, ele parecia apenas um mero observador. Só depois de o processo terminar, Changin a olhou com os olhos vazios e disse:

— Você está me deixando porque quer ser feliz, não é? Que bom. Seja feliz. Você precisa mesmo buscar sua felicidade. Enquanto isso, vou continuar sendo infeliz. Eu não tinha ideia de que alguém poderia ser tão infeliz comigo. Não sabia que eu era a fonte da sua infelicidade. Pode me esquecer. Esqueça todos os momentos que vivemos juntos. Nem pense mais em mim. Não pense nos dias que passamos juntos. Por outro lado, eu sei que não vou te esquecer. Vou viver te culpando pelo resto da vida. Vou me lembrar de você como a mulher que me fez sofrer. Nunca mais apareça na minha frente. Não quero te ver nunca mais.

Quando terminou de falar, Changin estava aos prantos, como se enfim tivesse compreendido o que estava acontecendo.

Pela primeira vez desde o dia em que Yeongju e Changin se despediram, ela pôde chorar em paz, lembrando-se daquele dia. Ela se sentia tão culpada que não conseguia nem chorar direito. Guardou tudo para si até não aguentar mais. Naquela época, ela achava que devia se forçar a esquecer, porque foi o que Changin pedira. Ela se sentia culpada por não ter conseguido dizer que sentia muito. E, hoje, por intermédio de Taewoo, Changin lhe dera permissão para se lembrar e chorar à vontade.

— Eu li uma de suas colunas — começou Taewoo. Eles foram para uma pequena cafeteria perto da Livraria Hyunam-dong. — Falei para Changin ler também e ele concordou. Desde que vocês se separaram, ele passou a ficar muito irritado sempre que eu mencionava o seu nome. Mas ele lia suas colunas de vez em quando e ficava de olho nas suas redes sociais e no blog da livraria. Ele anda mais calmo e parece estar conseguindo deixar o passado para trás. Alguns dias atrás, Changin me pediu para procurar você e te dar um recado. Ele disse que também errou muito. Que depois do divórcio pensou bastante e percebeu que nunca perguntou por que você estava sofrendo. Ele simplesmente achou que iria passar logo. E confessou que ficou irritado por você não ir trabalhar e abandonar todos os projetos. O pessoal no escritório começou a culpá-lo por isso. Changin pensou que já estava fazendo o suficiente por não descontar em você o estresse que ele sofria no trabalho. Mas percebeu que não era bem assim.

— Se eu estivesse no lugar dele, teria feito a mesma coisa — começou Yeongju, mexendo na xícara. — Tudo aconteceu muito de repente. Se Changin tivesse agido como eu, também ficaria estressada. A culpa é minha. Changin não fez nada de errado. Diz isso para ele.

— Talvez sim. Talvez não. Não tem como você saber — comentou Taewoo, esboçando um sorriso. — Changin disse que seus textos são bons. — Taewoo ergueu a xícara à sua frente. Depois de dar um gole no café e deixar a xícara na mesa, ele olhou nos olhos de Yeongju. — Mas ele também disse que os textos pareciam tristes. Você deve ficar feliz fazendo o que gosta, mas seus textos não parecem felizes. Ele não quer que sua confiança e sua ambição desapareçam por causa dele. Por isso, Changin achou que você precisava saber que ele está bem. Ele ainda te culpa às vezes, mas está lidando bem com a situação. Não sei se eu deveria dizer isso, mas... — Taewoo hesitou, deu mais um gole no café e continuou. — Ele disse que vocês eram bons parceiros, mas bons parceiros só permanecem juntos quando têm os mesmos objetivos. Se o objetivo de um dos dois muda, não há outra escolha a não ser se separar. Ele também falou que, se realmente te amasse, teria feito o que você pediu. Mas ele não pôde e sente muito por isso. E como você foi embora com tanta facilidade, Changin presumiu que você também não o amava tanto assim. A separação só foi possível porque vocês se viam como parceiros. Era isso que ele queria que eu te dissesse.

Yeongju não reagiu a nenhuma palavra de Taewoo.

— Ele disse que você não precisa parar de falar com todo mundo e que eu e você ainda podemos ser amigos. Quando ouvi isso, fiquei muito bravo. Eu posso decidir sozinho com quem quero ou não falar.

Yeongju deu um leve sorriso.

— Yeongju...

— Sim?

— Me desculpe pelo que fiz.

Yeongju encarou Taewoo com os olhos marejados.

— Fui muito cruel com você. Achei que você estava abandonando o Changin e fiquei muito bravo. Eu achava que em um casamento os dois precisavam enfrentar todas as adversidades juntos. Mas depois percebi que eu estava pensando só no Changin. Não pensei no quanto você estava sofrendo. Sei que agora é tarde, mas me desculpe.

Yeongju balançou a cabeça, secando as lágrimas com a palma das mãos.

— Changin foi para os Estados Unidos a trabalho e só volta daqui a três anos, mas ele gostaria de te ver quando voltar. Ele continua crescendo na empresa e diz que trabalhar é bom para ele. Ele anda fazendo exames regulares desde que você foi embora, e está bem de saúde. Tanto física quanto mental. Ah, mas caso um de vocês esteja namorando ou casado, tudo bem não se encontrarem. Aí seria falta de respeito. E, o mais importante, ele não pensa em reatar. Changin nunca vai superar a forma como você o tratou.

Yeongju sorriu ao ouvir as palavras de Taewoo. Changin não levava jeito com mulheres.

Yeongju falou sobre a livraria e como estava tocando o negócio. Ela confessou para Taewoo que esse era seu sonho de infância.

— Naquela época, a única coisa em que pensava era abrir uma livraria.

Yeongju estava desesperada para voltar à época do ensino médio, quando gostava mais de livros do que de qualquer outra coisa. Ela só queria recomeçar.

Assim que se separou de Changin, Yeongju foi pesquisar um lugar para abrir a livraria. Ela escolheu Hyunam-dong só porque "Hyu" (휴), que vem do ideograma chinês 休, significa "descanso". Depois de saber disso, o bairro ganhou seu coração. Era um lugar que ela nunca tinha visitado, mas sentia que já conhecia. No começo, ela queria ir devagar, mas quando tinha um objetivo, não parava até alcançá-lo. Visitou imobiliárias para verificar os imóveis à venda e não demorou muito até achar o local que viria a ser a Livraria Hyunam-dong. Era uma casa residencial de um andar que tinha sido uma cafeteria, mas o negócio faliu e agora o local estava abandonado. Yeongju gostou do imóvel assim que o viu. Precisava de vários reparos, mas ela não se incomodou porque isso significava que o lugar teria o toque dela. Yeongju decidiu reconstruir o imóvel da mesma forma que estava reconstruindo sua vida.

No dia seguinte, Yeongju assinou o contrato e alugou um apartamento com uma bela vista ali perto. Graças à venda do apartamento em que ela morava com o marido e ao dinheiro que havia juntado depois de tanto trabalhar desde que se formara na faculdade, ela tinha recursos de sobra para arcar com tudo isso. A reforma levou dois meses. Escolheu a empresa, acertou a decoração e verificou os materiais sozinha. No dia da inauguração da livraria, se sentou na cadeira e olhou pela janela. Naquele momento, Yeongju sentiu o peso de tudo que havia acontecido com ela e chorou. Chorou todos os dias ao receber os livros, os clientes e ao preparar o café. Quando conseguiu se recuperar, o número de clientes que procuravam a livraria começou a aumentar aos poucos e Yeongju retomou seu antigo hábito de leitura. Depois de ser empurrada sem parar pelas ondas da vida, ela chegou exatamente aonde queria estar.

Yeongju foi recuperando as forças enquanto cuidava da livraria, mas o sentimento de culpa por Changin ainda estava lá. Ela se sentia culpada por ter decidido terminar o relacionamento, por não ter se desculpado adequadamente, por não ter esperado por ele, por não procurá-lo depois do divórcio. Ele que não queria vê-la nunca mais, mas Yeongju ficou em dúvida se não deveria procurá-lo e pedir desculpas. No entanto, hoje Changin mandou uma mensagem clara: "Eu te pedi desculpas, então tudo bem você me pedir desculpas também." E, assim, eles finalmente colocariam um ponto-final na relação deles.

De agora em diante, Yeongju poderia pensar nele o quanto quisesse. Poderia relembrar o passado e explorar todas as memórias e sentimentos que vinha reprimindo. As imagens e lembranças do passado machucavam seu coração, mas agora ela tinha forças para aguentar. Talvez ela tenha passado tempo demais reprimindo as coisas, mas, a partir de agora, ela deixará tudo para trás. É o que precisa fazer, mesmo que as lágrimas apareçam. Um dia, chegará o momento em que ela conseguirá relembrar o passado sem deixar que as lágrimas caiam. E, quando isso acontecer, Yeongju levantará a mão com leveza para agarrar o presente. E o apreciará como se fosse a coisa mais preciosa do mundo.

Como se não fosse nada

Apesar do que houve no dia anterior, o clima na livraria continuava o mesmo. O estabelecimento, como sempre, ficava movimentado por algumas horas, e, quando as coisas acalmavam, era hora de comer frutas. Mas algumas coisas fora do comum aconteceram. Yeongju estava sozinha preparando tudo para abrir a livraria, quando Hijoo abriu a porta e entrou. Ela nunca aparecia antes do horário de abertura.

Surpresa, Yeongju perguntou se havia acontecido alguma coisa. Hijoo a encarou e não disse nada. Ela já tinha visto Yeongju passar por momentos difíceis várias vezes, então só queria checar se estava tudo bem. Só depois que Yeongju mostrou um sorriso caloroso, Hijoo ficou tranquila e deu várias sugestões para o clube do livro. Antes de sair, disse que Yeongju poderia ligar se precisasse de algo.

À tarde, Jeongseo apareceu com dois pedaços do cheesecake favorito de Yeongju. Quando perguntou por que ela havia levado a sobremesa, Jeongseo respondeu com seu tom de voz característico que era para comer quando tivesse vontade. Yeongju agradeceu e Jeongseo saiu sorridente.

Provavelmente, a pessoa que mais ajudou Yeongju — sem que ela ao menos se desse conta disso — foi Sangsoo. Da sua maneira, ele a ajudou a ficar menos sobrecarregada. Quando algum cliente se aproximava de Yeongju para tirar uma dúvida, Sangsoo o encarava até seus olhares se encontrarem. Quando isso acontecia, o cliente abordava Sangsoo, que aproveitava o momento para despejar todo o seu conhecimento sobre literatura e convencê-lo a comprar pelo menos um ou dois livros.

Graças à ajuda de Sangsoo, Yeongju pôde focar nas perguntas para o próximo *book talk*, que, pela primeira vez, contará também com a exibição de um filme. O plano era exibi-lo das sete e meia até as nove da noite, e depois partir para a discussão sobre o filme e o livro. Ela convidou um crítico de cinema para conduzir o encontro, então Yeongju poderia participar como espectadora.

Ela conversou com o crítico por telefone e a conversa a deixou animada para testar novos formatos. A voz do outro lado da linha era bem alegre e eloquente. Mas, acima de tudo, ele parecia amar falar das coisas de que gostava.

Só para garantir, elaborou algumas perguntas com base no romance. Depois que assistisse ao filme poderia pensar em mais algumas comparando as duas mídias. Sentada à mesa da cafeteria, Yeongju ficou repetindo as perguntas e fazendo correções. Quando se deu conta, Minjun estava ao seu lado em silêncio, olhando para a folha de perguntas.

— Essas são as perguntas para o *book talk*?

— Hã? Ah, é isso mesmo — respondeu Yeongju, erguendo o rosto ao ouvir a pergunta repentina de Minjun.

— E o título do romance é *Depois da tempestade*?

— Sim, é esse mesmo — respondeu Yeongju, percebendo o motivo do susto de Minjun.

— O autor vai vir? — perguntou Minjun com os olhos arregalados, ainda incrédulo.

— Não. A nossa livraria não é tão famosa assim.

— Então quem vem? — questionou ele enquanto seguia Yeongju até a escrivaninha dela.

— Um crítico de cinema aceitou conduzir o evento.

— Ah, sim. É óbvio que o Koreeda não viria.

Minjun se sentou ao lado de Yeongju e observou o rosto dela de relance.

— Já assistiu aos filmes do Koreeda Hirokazu? — perguntou Yeongju, enquanto abria o editor de textos, sem perceber que Minjun a encarava.

Seus olhos estavam inchados, mas ela parecia bem melhor, menos pálida. Aliviado, Minjun respondeu:

— É claro. Vi quase todos os filmes dele. Gosto muito.

— Lendo só o livro, não pude julgar se era bom ou não — falou Yeongju, clicando em uma frase que precisava de correção.

— Você não viu nenhum filme desse diretor?

Yeongju balançou a cabeça em negativa.

— Então você já deve ter assistido a este filme também, Minjun.

— No ano passado.

— O que achou?

— É um filme que me faz refletir muito. Fiquei pensando se me tornei o adulto que queria e o que significa correr atrás dos seus sonhos.

— E qual foi a sua conclusão? — perguntou Yeongju, transcrevendo o conteúdo da tela para a folha com as perguntas.

— Se me lembro bem, a mãe do protagonista diz: "A felicidade só é obtida quando se abre mão de algo." Ele não conseguia escrever, certo?

Yeongju assentiu de leve.

— Ele não conseguia escrever, e isso o deixava muito frustrado, mas mesmo assim continuou indo atrás do sonho de escrever um romance. Por isso a mãe dele disse essa frase. O sonho dele o tornou infeliz. Em vez de me identificar com o protagonista, eu concordei com a mãe. É verdade. Às vezes, sonhos podem nos tornar infelizes.

Yeongju parou de teclar.

— A mãe disse outra coisa também: "Você não conseguirá aproveitar a vida se continuar buscando um sonho impossível."

Ela tem razão. Mas se correr atrás de um sonho te deixa feliz, então vale a pena, não?

Yeongju olhou para Minjun por um momento e voltou a mexer os dedos.

— Acho que depende de cada pessoa. De seus valores individuais. Com certeza, há quem consiga arriscar tudo na vida por um sonho. Mas muitos devem ser o oposto.

— E de que lado você está, Minjun?

Ele refletiu sobre a vida nos últimos anos e respondeu:

— Correr atrás de um sonho pode ser divertido, mas acho que é mais provável encontrar a felicidade desistindo de um sonho. Eu só quero viver em paz.

— Será que é por isso que a gente se identifica?

Ainda com as mãos sobre o notebook, Yeongju sorriu de leve, olhando para ele.

— Mas você realizou seu sonho.

— Pois é. Até que estou curtindo.

— Então nós não nos identificamos tanto assim.

Quando Minjun traçou uma linha entre eles em tom de brincadeira, os separando, Yeongju esboçou um sorriso e deu de ombros.

— Um sonho que não é divertido não me parece bom também. Sonho ou diversão? Se tiver que escolher um só, eu também escolheria diversão! Mas o meu coração ainda acelera quando penso em sonhos. Viver sem sonhar deve ser tão monótono quanto viver sem lágrimas. Tem um trecho assim em *Demian*, de Hermann Hesse: "Não existe sonho que se perpetue. Todos os sonhos são substituídos por outros. Por isso, não devemos nos apegar demais a um único sonho."

— Queria que fosse aceitável viver assim.

Quando Minjun falou, levantando-se devagar, Yeongju ergueu o rosto.

— Viver assim como?

— Primeiro, deixando as coisas fluírem. Depois, correndo atrás de um sonho e, no fim, vivendo da forma que mais combina comigo. Aproveitando bem.

— Gostei da ideia. A propósito, Minjun...

Ao ver um cliente usando o celular se aproximar da cafeteria, Minjun olhou para Yeongju.

— O crítico de cinema que vem nesse *book talk* é da mesma faculdade que você.

Os olhos de Minjun se arregalaram.

— É mesmo? Qual é o nome dele?

— É Yun Seongcheol.

Por um momento, Minjun não conseguiu acreditar no que estava acontecendo, mas logo se deu conta.

— Como descobriu a faculdade onde ele estudou?

— Foi ele quem me procurou e propôs o *book talk* a respeito do livro do diretor Koreeda Hirokazu. Na proposta havia vários detalhes sobre a vida dele.

— Cada coisa que eles incluem nas propostas, hein?

Minjun riu com descrença.

— Pois é. Informação demais.

Yeongju também riu quando viu a proposta. Achou estranho que ele tenha colocado essas informações. Respondeu prontamente, agradecendo pela ideia e propondo uma data. Por algum motivo, Yeongju sentiu que esse crítico era alguém confiável. Ele parecia muito interessado e ter bastante conhecimento sobre a obra de Koreeda Hirokazu. Além disso, bastaram algumas frases para perceber que sua intenção era sincera. Alguém que se esforçou tanto para fazer uma proposta merecia sua confiança.

— Você conhece esse crítico?

Quando Yeongju perguntou, Minjun respondeu, apertando o passo em direção ao cliente que estava quase chegando na frente da cafeteria.

— Sim, conheço bem demais.

Eu só queria que fosse recíproco

Yeongju levou a placa da entrada para dentro e fechou a porta. Ficou olhando para Seungwoo, que estava na frente de uma estante cheia de romances, e se aproximou dele. Seungwoo mostrou o título do livro que acabara de pegar para Yeongju — *Zorba, o Grego*, de Nikos Kazantzakis, o romance que ela tinha mencionado no dia em que se conheceram — depois o devolveu para a prateleira.

— Você falou sobre Kazantzakis no *book talk*, lembra? Nesse dia, eu voltei para casa e reli este livro. Eu não tinha achado nada de mais quando o li pela primeira vez e só o terminei porque os outros falaram que era bom — falou Seungwoo. Ele ficou olhando para os livros ao redor, então virou o rosto para Yeongju. — Não sei se foi por causa da pessoa que me fez ler de novo, mas dessa vez gostei muito mais. Entendi por que as pessoas gostam tanto do Zorba. Pensando bem, nunca fui como o Zorba. São pessoas como eu que o admiram, no fim das contas.

Os olhos deles se encontraram.

— E você deve ser uma dessas pessoas também.

Enquanto falava, Seungwoo passou por Yeongju e se sentou no sofá de dois lugares. Yeongju se sentou ao lado dele. Sob a iluminação agradável, Seungwoo sentiu suas preocupações indo embora de vez.

— Fiquei curioso lendo o livro. Você acha que o Zorba te influenciou de alguma forma? Ou você só admira o personagem?

Ela entendeu por que Seungwoo estava fazendo aquela pergunta. Ele percebeu que, apesar de parecer uma pessoa livre e feliz, Yeongju, na verdade, estava presa às amarras que ela mesma criou. Talvez ele queira que Yeongju também se liberte e viva livre como Zorba. Uma vida diferente da que ela tem vivido. Uma vida sem amarras. Uma vida que não seja dominada pelos seus pensamentos. Uma vida em que ela não esteja presa ao passado.

— Para mim, Zorba é apenas uma das muitas formas de liberdade que existem por aí — respondeu Yeongju, num tom meio seco. — Eu amo a liberdade que ele representa, mas nunca quis viver como o Zorba. Isso nunca passou pela minha cabeça. Acho que sou como o narrador, alguém que admira o Zorba. Essa sou eu.

Seungwoo balançou a cabeça devagar.

— Mas quando admiramos alguém, não ficamos com vontade de fazer o mesmo que eles? Nos inspiramos neles, mesmo que um pouco.

— Sim, até tentei ser como ele. Fiquei inspirada por uma cena do romance que você deve ter gostado também.

Seungwoo ergueu a cabeça e olhou para Yeongju.

— A cena da dança?

— Sim, essa cena mesmo. Quando li essa parte, também quis levar uma vida assim. Vamos dançar, mesmo nos decepcionando, mesmo que falhemos. Não vamos nos preocupar. Vamos rir. Vamos rir e continuar rindo.

— E deu certo?

— Mais ou menos. Não sou como o Zorba. Eu rio, mas choro. Danço, mas caio. Então me levanto, danço e rio de novo. Estou tentando viver assim.

— É uma vida boa.

— É mesmo?

— Acho que sim.

Yeongju olhou para Seungwoo e sorriu de leve.

— Por quê? Eu pareço frustrada? Presa no passado?
Seungwoo balançou a cabeça.
— Claro que não. Todos nós vivemos presos no passado. Eu só esperava que você mudasse a maneira de pensar, de modo que me beneficiasse.

Yeongju ficou em silêncio por um momento.
— Como assim?
— Como o Zorba.
— O Zorba?
— Amar com facilidade.
— Amar com facilidade? — replicou Yeongju, rindo, mas Seungwoo continuou sério.
— Apenas em relação a mim. Estou sendo egocêntrico.

Os dois ficaram calados por um momento. Seungwoo quebrou o silêncio.
— Eu tenho uma dúvida. Será que posso perguntar?

Yeongju assentiu, dando a entender que já sabia o que ele ia perguntar.
— Esse amigo do seu ex-marido não veio te perturbar no outro dia, certo?

Yeongju já estava esperando que ele fosse perguntar algo sobre o ex-marido, mas nem imaginava que a pergunta seria essa, então começou a rir.
— Não. Ele é uma boa pessoa. É meu amigo também.
— Então tudo bem. Você estava péssima nesse dia.
— Sim, devia estar mesmo — respondeu Yeongju, tentando manter a voz alegre.

Seungwoo se apoiou no encosto do sofá e então disse:
— Tenho mais uma dúvida.
— E eu vou ter que responder de novo?

Yeongju ainda parecia alegre, mas Seungwoo não sabia se ela estava ou não disfarçando as próprias emoções.
— Por que me contou quem ele era?

Seus olhos se encontraram. Yeongju o encarou com o mesmo olhar do dia em que falou da existência do ex-marido. Triste e complexo. Observando aqueles olhos, ele teve certeza de que ela estava disfarçando as emoções. Yeongju respondeu com calma:

— Porque eu não queria mentir.

— Mentir sobre o quê?

— A omissão pode acabar se tornando uma mentira, sabe? Não falar nada talvez não faça diferença. Mas às vezes pode se tornar um problema.

— Tipo quando? — perguntou Seungwoo.

— Quando o outro nutre um sentimento especial por você.

Seungwoo afundou as costas no sofá e repetiu a frase dita por ela.

— Um sentimento especial.

Os dois ficaram em silêncio novamente até Seungwoo decidir falar.

— Eu li seus textos antes de conhecê-la.

Yeongju virou o rosto e olhou para ele, querendo dizer "é mesmo?".

— Depois de ler, fiquei curioso para saber como você era. Quando nos conhecemos, fiquei surpreso, pois você não era como eu imaginava. Lembra que você me perguntou se eu me parecia com os meus textos? — Seungwoo falava com os olhos fixos nela.

— Eu queria ter feito a mesma pergunta. Não acho que você se pareça com os seus textos, mas eu queria saber como se sente a respeito disso.

— Por que não perguntou?

— Eu não queria te deixar constrangida porque eu acabaria falando que você e seus textos não se parecem. Talvez eu já estivesse sentindo algo por você desde aquela época.

Yeongju o encarou sem falar nada, então virou o rosto para a frente. Seungwoo, no entanto, não tirou os olhos dela.

— Mas... — começou Seungwoo. — Acho que mudei de ideia. Acho não, tenho certeza. Você é muito parecida com a sua escrita. Um tanto melancólica.

Yeongju repetiu a palavra "melancólica" e riu de leve.

— Melancólica por causa da tristeza. Mas, mesmo assim, há um sorriso no seu rosto. Não consigo adivinhar o que você está pensando, e isso me deixa ainda mais curioso.

O frio já tinha ido embora, até o casaco mais fino de inverno era quente demais. Todos estavam usando jaquetas leves ou levando os casacos na mão. A época de usar camisetas havia voltado. Do outro lado da janela, atrás do sofá, pessoas usando roupas frescas voltavam para casa depois de um longo dia. Elas andavam pela rua e olhavam de soslaio a livraria.

Yeongju continuou em silêncio, então Seungwoo disse:

— Yeongju...

— Sim?

— Vou continuar gostando de você.

Yeongju ergueu rápido a cabeça e olhou para Seungwoo.

— Eu sei por que falou do seu ex-marido. Quer que eu me afaste.

— Como assim? Não é nada disso — disse Yeongju, constrangida.

— Yeongju... — disse ele, agora num tom mais firme. Seungwoo continuava olhando fixamente para ela. — Vocês foram casados por quantos anos?

Yeongju olhou para ele surpresa.

— Já namorei por seis anos. Foi o namoro mais longo que tive. Só não nos casamos...

— Não é isso — explicou Yeongju, deixando transparecer seus sentimentos complicados. — Eu te falei do meu ex-marido porque... Achei que assim você desistiria mais rápido.

— Eu não desisti. E daí se já foi casada? — Seungwoo falou num tom ameno.

— Não é por isso que acho que não podemos ficar juntos. Você tem razão, não tem problema nenhum em ser divorciada. É que...

Seungwoo ainda a observava com serenidade.

— O problema não é eu ter me divorciado, e sim o motivo que levou ao divórcio.

Seungwoo permaneceu em silêncio. Com o rosto avermelhado, Yeongju continuou a falar, as palavras saindo depressa.

— Fui eu quem acabou com o casamento. Eu o magoei bastante. Terminei a relação de forma egoísta, só pensei no que eu queria. Eu o amava. À minha maneira, mas amava. Mas, a partir de um momento, passei a me colocar em primeiro lugar. Em vez de desistir da minha vida para ficar com ele, preferi desistir dele para viver a minha vida. Estou me priorizando e quero manter a vida que tenho agora. Sou capaz de descartar alguém para me beneficiar e manter meu estilo de vida. Não sou o tipo de pessoa que você quer ao seu lado.

Quando terminou de falar, o rosto de Yeongju estava ainda mais avermelhado, mas Seungwoo continuou olhando para ela.

Yeongju achava que a culpa do divórcio era dela. Ela se considerava uma pessoa muito egoísta e individualista, e tinha medo de acabar machucando outra pessoa. Por isso ela não queria se apaixonar outra vez. Mas Seungwoo não se lembrava de conhecer alguém que nunca tivesse machucado outra pessoa, ou alguém tão altruísta que só prioriza o bem-estar dos outros e nunca a si mesmo. Ele mesmo também não era diferente. No passado, Seungwoo acabou magoando suas parceiras e foi chamado de egoísta. E o contrário também aconteceu. Seungwoo foi ferido e acusou alguém de egoísmo. A vida é assim, e Yeongju já devia saber disso.

No entanto, ela parecia não ter superado o passado. Parecia incapaz de esquecer que tinha abandonado alguém, e que essa pessoa tinha ficado magoada por causa dela. Talvez Yeongju tenha se dado conta de como ela é e isso tenha machucado a si mesma. Seungwoo conseguia entendê-la. Se fosse com ele, talvez tivesse agido da mesma maneira que Yeongju.

— Está bem, acho que entendo o que quer dizer — disse Seungwoo, se segurando para não dizer o que queria.

— Obrigada por entender — respondeu Yeongju, controlando as emoções.
— Mas... Você fica chateada por eu gostar de você?
O olhar suave de Seungwoo tocou Yeongju. Ela balançou a cabeça, negando com veemência.
— É claro que não. Mesmo assim...
— Vamos encerrar a conversa por aqui hoje.
Seungwoo se levantou sem olhar para Yeongju e foi em direção à porta. Ela foi atrás dele. Seungwoo parou por um momento, virou e olhou para Yeongju. Olhar para ela fez seu coração doer. Seungwoo queria abraçá-la e fazer carinho em suas costas. Ele queria dizer que todo mundo acaba machucando alguém em algum momento, que as pessoas se encontram e se desencontram, e que o que aconteceu com ela foi só mais uma adversidade da vida, mas Yeongju provavelmente já sabia disso também. Seungwoo guardou suas emoções para si.
— Eu gostaria de continuar com as palestras. Tudo bem por você?
— É claro que sim, eu só... — começou Yeongju, balançando a cabeça.
Yeongju olhou para ele, como se estivesse perguntando se ele ficaria bem com isso.
— Me desculpe — disse ele.
Sem entender o motivo daquele pedido de desculpas, Yeongju olhou para ele, que disse:
— Acho que coloquei você numa situação difícil.
Yeongju não sabia o que responder. Eles ficaram se encarando em silêncio até que Seungwoo voltou a falar:
— Yeongju, não estou te pedindo em casamento agora. Eu só queria que fosse recíproco.
Seungwoo acenou com a cabeça, abriu a porta e saiu. As luzes do lado de fora da livraria iluminaram o caminho dele. Yeongju ficou parada ao lado da porta por muito tempo.

Uma vida rodeada de pessoas boas

Minjun nunca tinha visto Jimi rir tão alto. Sentado na frente de Jimi e Yeongju, Seongcheol continuou falando cada vez mais empolgado. Minjun não se lembrava de ele ser tão falante assim. De duas uma: ele sempre fora assim e Minjun nunca percebera ou Seongcheol mudara com o tempo.

Uma hora antes, Jimi tinha falado que não iria trabalhar naquele dia. Como não tinha para onde ir e não queria ficar em casa, acabou indo para a livraria. Ela parecia bem, por isso, quando fez o anúncio, Minjun ficou chocado, como se tivesse levado um soco no estômago.

— Vou me divorciar.

Jimi deu um gole no café e elogiou o sabor forte. Minjun não sabia como reagir, então só ficou de pé parado com a expressão rígida, como se estivesse bravo. Jimi o olhou de relance e deu mais um gole no café.

— Essa sua expressão de agora está perfeita. Não sabe como reagir, não é? Eu também não. Não sei o que devo sentir. Por isso, decidi não sentir nada nada.

No fim, Minjun não conseguiu falar nada. Em vez de dizer alguma coisa, ele só encheu a xícara de café de Jimi, que murmurou um "obrigada". Ela parecia a mesma de sempre. Pelo jeito como ria ao lado de Yeongju, ninguém diria que havia acontecido alguma coisa com ela.

*

O filme já havia começado. Trinta participantes do *book talk* se sentaram juntos para assistir a *Depois da Tempestade*, do diretor Koreeda Hirokazu. Após arrumar a cafeteria, Minjun também se sentou nos fundos para assistir. No filme, o protagonista, Ryota, se sentia um incompetente. No final, quando os créditos começaram a rolar na tela, era como se a plateia estivesse diante da seguinte pergunta: Nós nos tornamos quem gostaríamos de ser?

Minjun já tinha assistido ao filme, mas dessa vez o protagonista pareceu desajeitado demais. Ele parecia ser o estereótipo do homem bagunceiro que mora sozinho, mas como o personagem era desajeitado na vida em geral, então não era tão estereotipado assim. Ele não conseguia fazer nem aquilo que mais desejava: escrever romances.

Depois da sessão, Seongcheol e Yeongju foram para a frente da plateia se preparar para a discussão. Enquanto isso, Minjun continuava pensando sobre o filme e na razão para Ryota ter tantas dificuldades na vida. Ele estava vivendo tudo pela primeira vez. Primeira vez que sonhou ser um escritor. Primeira vez que foi abandonado pela esposa. Primeira vez que se tornou pai. Por isso era tão atrapalhado. E por isso parecia tão triste.

Ao observar Seongcheol responder às perguntas de Yeongju, Minjun se deu conta de que também estava vivendo tudo pela primeira vez. Às vezes, filmes o ajudavam a enxergar o que deveria ser óbvio. Minjun se sentiu em êxtase. Como estava vivendo pela primeira vez, as preocupações são muitas e a ansiedade é enorme. Viver pela primeira vez é algo precioso. E quando se está vivendo pela primeira vez, não dá para saber nem o que acontecerá daqui a cinco minutos.

Seongcheol falava com a mesma eloquência de um apresentador de jornal. Ele estava explicando como a filosofia de vida do diretor influenciava seus filmes. Minjun se emocionou ao ver os olhos do amigo brilharem. Ver alguém fazendo o que gosta lhe dava um calor no coração. Como se tratava do seu amigo, seu coração estava transbordando de alegria.

No mesmo dia em que Yeongju avisou que o crítico de cinema do *book talk* era Seongcheol, Minjun tratou de reencontrá-lo. No caminho para casa, Minjun achou o número do amigo na sua lista de contatos do celular com tanta naturalidade que parecia ter ligado para ele no dia anterior. Quando Seongcheol atendeu e falou "Ei! Onde você está?", eles riram juntos. Seongcheol foi correndo ao encontro de Minjun na mesma hora.

Eles conversaram até de madrugada no quarto de Minjun enquanto bebiam o soju que Seongcheol levara e se livravam da estranheza causada pelo tempo afastados. Seongcheol disse que não ter conseguido um emprego foi a melhor coisa que poderia ter acontecido. Quando Minjun perguntou como ele havia se tornado crítico de cinema sem ser contratado em lugar algum, Seongcheol respondeu com pompa:

— Faço crítica de filmes, então é óbvio que eu sou crítico de cinema.

Ele começou a argumentar daquela forma que Minjun gostava de chamar de "lógica distorcida".

— Olha só, não há diferença alguma entre a minha crítica e a de alguém consagrado.

— E?

— É tudo um jogo combinado entre eles.

— Será?

— Não há garantia nenhuma de que um crítico de cinema de uma revista aclamada escreva melhor do que eu. As pessoas só acreditam que esses críticos escrevem bem porque foram publicados em alguma revista. E se alguém diz "este crítico de cinema escreve bem", ele acaba se tornando um bom crítico. Você sabia que é muito comum o público levar a sério essas coisas?

— Lá vem você com essa de novo. Ainda não superou aquele papo de que um filme só vira um sucesso de dez milhões porque começou como um de três milhões?

— Pois fique sabendo que não existem valores absolutos neste mundo. Existem, sim, textos bem escritos e mal escritos. Mas o que diferencia dois textos bons é o crachá que cada um carrega. Olha só o que eu escrevi. É um bom texto.

— E quem disse isso?

— Eu disse isso! Já li muitos textos de vários críticos! Os textos bem escritos são todos iguais. Você vai ver. No dia que eu ficar famoso as pessoas vão começar a falar que as minhas críticas são melhores do que são de fato.

— Ei, por que estamos falando disso, afinal?

— Estou dizendo que sou um crítico de cinema porque faço crítica de filmes. Ninguém precisa me dar um título. Basta eu acreditar nisso. A vida é assim.

Seongcheol fez uma pausa e depois começou a rir. Ele cutucou Minjun.

— Sabia que eu estava morrendo de saudade de conversar com você? Como você está? Vai continuar trabalhando como barista?

— Acho que sim — respondeu Minjun, esvaziando o copo de soju.

— Era uma coisa que você queria fazer?

— Não.

— E você está bem com isso?

— A única coisa que eu queria era encontrar um emprego, entrar numa empresa boa que pagasse bem e ter uma vida estável. Mas não deu certo. Não quero me agarrar a essa esperança.

— Você acha que já é tarde demais para isso?

Minjun pensou por um momento.

— Talvez. Não sei. Mas não quero pensar sobre isso agora. Estou me divertindo com o que faço, e isso basta. Não é assim que a vida deveria ser? — Minjun cutucou o braço de Seongcheol e continuou. — Preparar café também é uma arte. É um trabalho criativo. Mesmo usando grãos iguais, o sabor muda de um dia para o outro. Muda de acordo com a temperatura, a umidade, o meu humor e o clima da livraria. Fico feliz encontrando o equilíbrio entre isso tudo.

— Temos aqui um sábio.

— Não enche.

— Foi difícil? — perguntou Seongcheol, olhando para o velho amigo.

— É lógico que não foi fácil, mas acho que fingi como se nada estivesse acontecendo. Não consegui alcançar o meu objetivo, mas mesmo assim não acho que eu tenha fracassado na vida.

— Você não fracassou.

Minjun sorriu olhando para Seongcheol.

— Eu só não queria tirar conclusões precipitadas, por isso decidi que não pensaria muito sobre a minha vida. Em vez disso, passei meu tempo comendo bem, vendo filmes, fazendo ioga e preparando café. Passei a me interessar por outras coisas e, quando parei para analisar, vi que realmente não fracassei na vida.

— Pois é.

— Pensando agora, algumas pessoas me ajudaram muito.

— Quem?

Minjun se encostou na parede e olhou para Seongcheol.

— As pessoas ao meu redor. Quando eu tentei fingir que estava tudo bem, elas agiram da mesma forma. Mesmo sem eu falar nada, elas perceberam e não tentaram me consolar. Senti que estava sendo aceito como eu sou. Acho que é por isso que agora sei que não preciso ficar me justificando. Conforme o tempo foi passando, comecei a pensar sobre isso...

Seongcheol riu dele, com cara de deboche.

— Você virou um velho sábio agora, é? Tudo bem, sobre o que você está pensando?

— Uma vida de sucesso é uma vida rodeada de pessoas boas. Posso não ter sido bem-sucedido de acordo com a sociedade, mas, graças a essas pessoas, todo dia é um dia de sucesso.

— Uau... — Seongcheol ficou emocionado. — Gostei dessa frase. Não vem reclamar depois se eu usar isso nos meus textos, tá?

— Você nem vai lembrar porque você tem uma péssima memória.

— Nossa... por essas e outras que eu não devia ter me encontrado com você. Você me conhece bem demais.

Depois de dar uma risada, Seongcheol ofereceu um brinde a Minjun.

— Então, você acha que somos boas pessoas?

— O problema é você. Eu sou uma boa pessoa — respondeu Minjun, brindando.

— Então tudo bem. Eu já nasci uma boa pessoa.

Ao olhar para o amigo, Minjun percebeu que o Seongcheol bêbado, que falava sem parar, já não estava mais ali. Agora, todas as frases que ele dizia eram simples e precisas. Seongcheol parecia relaxado e alegre. Pela primeira vez, Minjun o achou bonito. Mas não por causa de sua aparência, mas sim porque estava radiante.

Minjun tirou os olhos de Seongcheol e olhou para Yeongju e Jimi. Elas riam quando Seongcheol dizia algo engraçado e concordavam quando ele falava algo sério. O sorriso no rosto delas parecia instigar Seongcheol. Foi com esses sorrisos que elas o presentearam com a dádiva do tempo. Tempo para aceitar a vida aos poucos e para acreditar que é capaz de seguir em frente, mesmo tropeçando e cometendo erros pelo caminho.

Agora, Minjun queria dar um sorriso assim para elas, que estavam fingindo que estava tudo bem. E para as pessoas ao redor também. Minjun estava muito bem-humorado nos últimos dias. Sentiu como se um pensamento que estava brotando aos poucos enfim tivesse florescido, e que o Minjun do passado e o Minjun do presente finalmente tivessem se encontrado. O Minjun do passado tinha aceitado quem ele era agora, e o Minjun do presente aceitou quem ele havia sido. A vida fazia sentido agora.

Na manhã seguinte ao reencontro, Seongcheol acordou cedo e chacoalhou Minjun para acordá-lo. Quando ele abriu os olhos, Seongcheol falou:

— Eu queria perguntar uma coisa antes de ir embora.

Minjun levantou e se sentou.

— O quê?

— O que aconteceu com a casa do botão?

— A casa do botão?

— Sim, você falou certa vez que fez os botões para nada. O que tem a dizer sobre isso agora?

Minjun balançou a cabeça tentando se livrar do sono e olhou para Seongcheol. Ficou pensativo por um momento antes de responder.

— É simples. Eu troquei de roupa. Dessa vez fiz os buracos antes de fazer os botões. Agora a camisa está devidamente abotoada.

— Ora essa. Só isso?

— Algumas pessoas preparam os buracos e ficam só esperando alguém chegar para ajudá-los a fazer os botões. Eu sei o que está pensando. Está se perguntando de que adianta algumas pessoas se ajudarem se o sistema continua igual, né? Você está certo. Mas é como falei ontem, eu preciso de tempo.

— Tempo?

— Tempo para descansar. Para pensar. Para fazer o que eu gosto. Para refletir.

Seongcheol assentiu, concordando. Então se levantou e caminhou em direção à porta. Dessa vez, quem fez a pergunta foi Minjun.

— E você? Como você fez?

— Fiz o quê?

— As suas notas na faculdade até que eram boas. Mas como conseguiu assistir a tantos filmes? Como conseguiu fazer o que gostava mesmo estando tão ocupado?

— Mas que pergunta idiota — falou Seongcheol, batendo a ponta do dedo na pia da cozinha. — É porque eu gostava. Que outro motivo poderia ter?

— Só isso? — rebateu Minjun, ainda debaixo das cobertas.

Seongcheol riu e balançou a mão.

Depois de colocar os sapatos, Seongcheol falou:

— Vou à livraria depois do trabalho. Vai ser meu refúgio de agora em diante.

Ainda com os olhos fechados, Minjun acenou para se despedir.

Testando sentimentos

Minjun chegou mais cedo do que de costume na Goat Beans e viu Jimi sentada sozinha, mexendo nos grãos de café. Ao vê-lo abrir a porta e entrar, ela entregou os grãos moídos que estavam na mesa ao lado e disse para ele experimentar aqueles. Minjun, obediente como um cãozinho manso, preparou o café. Jimi provou a bebida sem falar nada e pousou a xícara na mesa. Minjun ficou calado, bebericando o café e observando Jimi. Ela estava misturando os grãos de forma aleatória, mas parecia ter um propósito.

— Se eu ficar misturando os grãos sem critério, será que consigo criar uma combinação nova, com um sabor nunca experimentado antes?

Jimi murmurou para si mesma sem levantar a cabeça. Então percebeu que Minjun estava mais quieto do que de costume.

— Se tem algo para falar, fala. — disse ela.

— Nada, não.

— Desembucha.

— Foi por causa do que falei?

Jimi olhou para Minjun com uma expressão curiosa.

— Do que você está falando?

— Foi por causa do que falei naquele dia?

— Arrá! — disse Jimi, balançando a cabeça. — Então é por isso que você estava com essa cara de defunto naquele dia, e hoje também.

Minjun se sentiu ainda mais culpado e ficou ainda mais tenso.

— Graças a você consegui perceber o que estava acontecendo com o meu casamento. Por isso sou grata a você. Por sua causa, consegui encerrar uma relação que vinha se arrastando por muito tempo.

Mesmo depois de ouvi-la, a expressão dele não melhorou.

— O meu erro foi tentar carregar mais do que eu consigo. Descobri que acabar com coisas que não estão dando certo é uma forma de viver bem. Muitas pessoas não colocam um ponto-final nas coisas por medo do que os outros podem achar, medo de se arrepender. Comigo foi a mesma coisa. Mas agora me sinto mais leve.

Jimi se virou em direção a Minjun, se apoiou no encosto da cadeira e esboçou o mesmo sorriso de sempre. Inspirou e suspirou profundamente, e então começou a contar o que tinha acontecido.

— Depois da nossa conversa, entendi que precisava de tempo para reavaliar minha relação com o meu marido. Por isso, parei de reclamar, xingar e dar broncas nele. Mesmo quando ele voltava às três de madrugada, eu o recebia com um sorriso no dia seguinte. Quando senti o cheiro de um perfume suspeito nas roupas dele, sorri como se não estivesse estranhando nada. Mesmo quando ele transformava a nossa casa em um chiqueiro, eu sorria. Decidi que o observaria e analisaria nossa relação de forma objetiva. Mas depois que passei a agir assim, ele começou a mudar. Parou de voltar de madrugada e jurou de pés juntos que nunca havia me traído. Quando eu voltava para casa depois do trabalho, encontrava tudo arrumado e limpo. Me perguntei o que estava acontecendo. Comi até o jantar que ele deixava preparado todos os dias. Comecei a imaginar se poderíamos continuar vivendo assim. Se eu não tivesse feito essa pergunta para ele, nós provavelmente ainda estaríamos juntos.

Jimi fez uma pausa, virou o rosto e olhou pela janela atrás da máquina de torrefação. A estação favorita dela estava à vista. Era primavera.

— Enquanto jantávamos, perguntei por que ele vinha me tratando tão bem. Ele respondeu que era porque eu o estava tratando bem. Então perguntei se eu o tratava mal antes e ele disse que sim. Aquele homem fazia tudo aquilo de propósito. Ele hesitou por um bom tempo, depois admitiu que sim e disse que nos últimos tempos vinha fingindo. Perguntei por que tinha feito isso e ele respondeu que foi porque eu tinha ferido o orgulho dele. Porque eu vivia dizendo que ele era folgado e incompetente. Isso o deixou com raiva, então ele fingiu ser pior do que já era. Quando ouvi isso, decidi que me divorciaria. Em um instante, tudo acabou.

Jimi virou o café frio de uma só vez. Os olhos dela estavam vermelhos.

— Lembra que eu disse que preferia ser solteira? Quando era criança, toda vez que tinha uma reunião de família minhas tias passavam o dia inteiro xingando os maridos. Elas se desdobravam para cuidar dos maridos, que mais pareciam filhos. Depois de se casarem, aqueles homens charmosos se tornaram crianças da noite para o dia. Elas precisavam mantê-los contentes, dar carinho e atenção. O ego deles era tão grande que qualquer coisa os deixava para baixo ou zangados. Elas diziam que era exaustivo, mas os outros adultos diziam que todo homem é assim, o jeito é se acostumar. Eu não queria essa vida. Por que eu me casaria com uma criança? Por que eu tenho que ser a única a agradar o outro? Por isso eu tinha decidido não me casar. Mas aí conheci aquele homem e me apaixonei. Lembra do que eu te falei? Que nós nos casamos porque eu insisti? Naquela noite, entendi que também havia me casado com um filho achando que ele seria um marido. Eu estava vivendo com uma criança. De repente, tudo ficou muito claro. Eu sofri muito, muito, muito mesmo ao lado daquele homem. Minha vida era horrível por causa dele. A dor era tanta que meu coração parecia queimar. E então eu descubro que tudo o que ele fez foi de propósito. Como posso viver com alguém assim? Por isso falei no dia seguinte para nos divorciarmos.

Jimi encarou Minjun com um olhar mais tranquilo e continuou:

— Falei muito mal dele na sua frente, mas nem me passou pela cabeça que eu estava agindo exatamente igual às minhas tias. Me desculpe, Minjun. Espero que você não tenha ficado com aversão a casamento por minha causa.

Ele balançou a cabeça.

— Você não o xingava o tempo todo, às vezes dizia que ele não era tão ruim assim.

Ao ouvir Minjun falar com calma, Jimi respondeu com uma expressão bem mais iluminada:

— Minhas tias faziam a mesma coisa. Falavam horrores, mas sempre terminavam dizendo que eles eram insubstituíveis.

Eles desataram a rir.

— Obrigada por me ouvir e nunca parecer impaciente.

— Eu sempre estarei aqui. Quando precisar de alguém para te ouvir é só me chamar.

Minjun fez um gesto de ligação com a mão, deixando o clima mais leve, e Jimi respondeu fazendo um gesto de "Ok".

Quando Yeongju chegou na frente de seu prédio, havia duas mulheres sentadas ali. Só de ver as sacolas, ela percebeu que Jimi havia se encarregado dos petiscos e Jeongseo das cervejas. As três entraram no apartamento e rapidamente prepararam a mesa, pegaram os pratos e serviram a comida. Então, como se tivessem recebido um sinal, se deitaram no chão ao mesmo tempo e fecharam os olhos. Quando Yeongju falou "Ah, que felicidade", as outras duas concordaram. Revigoradas, as três se levantaram e começaram a saborear os petiscos.

Jimi olhou para Jeongseo, que estava dando uma colherada no pudim de cidra coreana, e disse:

— Não tenho te visto muito ultimamente. Está ocupada?

— Tenho feito entrevistas — respondeu Jeongseo.

Yeongju arregalou os olhos e abriu a embalagem do pudim de queijo.

— Entrevistas? Vai voltar a trabalhar?

— Eu preciso — Jeongseo piscou os olhos como se aquilo fosse óbvio e falou em um tom dramático: — Dinheiro! Dinheiro é sempre o problema! — E apoiou a cabeça na parede atrás dela.

— Dinheiro é sempre o problema mesmo — Jimi concordou.

— Já descansou o bastante? — Yeongju perguntou para Jeongseo, que estava comendo pudim com as costas apoiadas na parede, parecendo perdida em pensamentos. Mas quando ela desencostou da parede e ajeitou a postura, seu olhar estava brilhante e focado novamente.

— Descansei, sim. E aprendi a controlar minhas emoções. Acho que agora consigo superar qualquer coisa.

— Uau, isso é ótimo. Conta mais.

Jimi apressou Jeongseo, balançando a colher cheia de pudim.

— Mesmo que eu fique brava, acho que consigo dar conta. Se isso acontecer, posso fazer tricô ou meditar. Ainda vai ser difícil, mas vou superar. Com certeza vou conhecer um monte de gente insuportável, vou continuar sendo terceirizada e subestimada. Mas essas pessoas não são nem um pouco importantes para mim. Vou manter minha paz de espírito. Vou continuar com os meus hobbies e tentar conhecer pessoas boas como vocês, e assim vou sobrevivendo neste lixo de mundo.

Yeongju e Jimi a aplaudiram e a apoiaram. Depois, começaram a conversar sobre o que cada uma costuma fazer para relaxar. Yeongju disse que passeia e lê os livros, Jimi prefere conversar ou dormir o dia inteiro, e Jeongseo revelou que sabe cantar e vai ao karaokê com frequência. Quando Yeongju disse que devia fazer mais de dez anos que não ia a um karaokê, Jeongseo insistiu para que elas fossem juntas naquele fim de semana. Elas prometeram se reunir de novo no fim de semana e brindaram com as latas de cerveja.

— E como ficaram as coisas com o escritor? — Jeongseo perguntou, colocando a lata no chão.

Yeongju piscou algumas vezes, fingindo não saber do que Jeongseo estava falando. Na verdade, ela estava surpresa, não tinha como Jeongseo saber "daquilo", então concluiu que tinha escutado errado e fingiu não saber do que a amiga estava falando. Mas Jeongseo não se importou de perguntar novamente.

— Aquele escritor não gosta de você?

Como Yeongju manteve o silêncio, Jimi partiu para o ataque.

— Quem? Qual escritor? Vários já passaram pela livraria. Qual deles? Alguém gosta da Yeongju?

— É o que parece, não? No dia em que a Yeongju voltou pálida para a livraria, ele estava ainda mais pálido do que ela.

— Ela está falando daquele dia em que um amigo do seu ex-marido foi te procurar? — Jimi perguntou, observando o rosto de Yeongju.

Yeongju olhou para o chão da sala de estar e ficou mexendo na lata de cerveja, sem falar nada. Vendo que a amiga parecia desconfortável, Jeongseo e Jimi trocaram um olhar e decidiram que não tocariam mais no assunto.

Para mudar o clima, Jeongseo contou sobre a entrevista de emprego à qual tinha ido na semana anterior. Ela disse que, quando questionada sobre o que fizera durante o ano em que não trabalhou, respondeu com orgulho que havia feito tricô e meditação. Quando ela imitou a cara de espanto com que os entrevistadores reagiram, as outras duas começaram a rir ao mesmo tempo. Depois de comer, as três se deitaram no chão. Enquanto conversavam, Jimi esticou o braço e cutucou Yeongju.

— Obrigada por hoje. Sei que você planejou esse encontro para eu me sentir melhor. Se um dia vocês estiverem passando por um momento difícil, podem me chamar.

— Se quiser, pode vir para cá todos os dias. Pode dormir aqui hoje, também — falou Yeongju, segurando a mão de Jimi.

— Eu também tenho bastante tempo livre — disse Jeongseo, encarando o teto.

— E quanto àquele escritor...

Yeongju fez uma pausa e olhou para Jimi.

— Não acredito que vou falar isso, mas espero que ele conheça alguém melhor do que eu. Por isso não aconteceu nada entre a gente.

— Como é que é?

Jimi se sentou e puxou Yeongju.

— Também não acredito no que estou ouvindo. Nem em novela as pessoas ainda fazem uma coisa dessas. Como assim, você espera que ele conheça alguém melhor? Por que você acha isso? Ele já não sabia da sua situação quando disse que gostava de você?

— Eu não sou uma boa parceira — respondeu Yeongju. Ela tentou se deitar de novo, mas Jimi a impediu.

— E por que você não seria uma boa parceira? Você é inteligente, engraçada, faz as outras pessoas se sentirem bem, e tem essa postura de sabe-tudo. Isso é muito mais atraente do que aquelas pessoas que só sabem falar "eu não sei".

Yeongju segurou a mão de Jimi mas a soltou antes de falar.

— Não tenho certeza do que sinto por ele.

Yeongju lembrou-se do livro que Seungwoo lhe dera num sábado, algumas semanas atrás, antes de sair da livraria — *Nossas noites*, de Kent Haruf. Quando ele lhe entregou o livro disse que estava pensando em como seria ter um relacionamento como aquele. Yeongju relutou um pouco, mas quando chegou em casa, abriu o livro e leu tudo em uma noite. O romance fala sobre como envelhecer pode ser solitário e mostra um casal se apaixonando aos poucos. Por que Seungwoo tinha dado um livro sobre um casal de idosos para ela? No começo, Yeongju achou estranho, mas ao reler os trechos sublinhados, ela entendeu.

Seungwoo gostava de passar tempo com ela. Ele queria que ela não tivesse tanto medo de amar, que fosse até ele quando estivesse se sentindo sozinha, porque ele sempre abriria a porta para ela.

Seungwoo estava dizendo que iria esperar por ela.

— Não sabe o que sente, é? — falou Jimi, num tom baixo, batucando o chão.

Enquanto Jimi não achava uma resposta, Jeongseo prosseguiu com a conversa.

— Acho que é hora de fazer um teste. Se você não sabe o que está sentindo, então precisa testar.

— Mas como? — perguntou Jimi.

— Pensa só. Naquele dia, você preferia que ele ficasse pálido por sua causa ou agisse com indiferença? Quando você sente vontade de chorar, gostaria que ele te consolasse ou que não estivesse nem aí? Quando algo bom acontece, imagina ele comemorando com você ou não? Tente pensar nessas coisas. Se você não quer que ele a trate com indiferença, então quer dizer que você também gosta dele.

Talvez por ter achado fofo o que Jeongseo disse, Yeongju sorriu de leve. Então Jimi a cutucou, como se aquela não fosse a hora certa para sorrir.

— Acho bom que você seja uma pessoa lógica, mas às vezes, ser lógico demais não ajuda, porque você sempre coloca a lógica acima do coração. Você acha que sabe o que sente, mas na verdade não sabe.

Yeongju continuou sorrindo. *Será que eu sei o que sinto?*, se perguntou ela. Yeongju relembrou o olhar de Seungwoo ao se declarar para ela. Ele disse que só queria que fosse recíproco. Ela ficou feliz por ouvir aquilo? Seu coração acelerou? Talvez Jimi estivesse certa. Yeongju já sabia a resposta. Mas será que isso era importante? Será que o que ela sentia era importante? Yeongju não sabia o que dizer para Seungwoo. O que ela deveria fazer? O que ela poderia fazer? Yeongju não tinha ideia.

O espaço que me torna uma pessoa melhor

Minjun, você se lembra do que eu falei no dia em que nos conhecemos? Falei que não sabia se conseguiria manter a livraria por mais de dois anos. Eu disse isso logo no primeiro dia para que você pudesse planejar o seu próprio futuro também. Mas, olha só, já estamos há quase dois anos.

No primeiro ano nem me dei conta de como o tempo passou rápido. A Livraria Hyunam-dong sem você era uma bagunça. Por sorte, naquele tempo, meus erros não eram tão evidentes. Ou talvez a livraria só não tivesse clientes o suficiente para perceber. Se quiser saber como as coisas eram antes, pergunte para a mãe do Mincheol. Não tem nada que ela não sabia sobre a livraria.

Na verdade, nos primeiros meses eu nem me esforcei para atrair o público. Eu mesma me sentia uma cliente que passava o dia inteiro na livraria. Abria e fechava a livraria, e no meio-tempo, ficava sentada pensando ou lendo. Passava os dias sentindo que estava recuperando o que havia perdido. Eu era uma concha vazia, mas, aos poucos, esse sentimento foi se dissipando.

Uns seis meses depois, comecei a enxergar a livraria como um negócio. Parte de mim queria tratá-la como um sonho realizado — o que de fato era —, mas me dei conta de que precisava olhar para esse espaço com outros olhos. Mesmo sem saber por quanto tempo conseguiria manter a livraria, eu queria continuar, e para isso eu precisava considerar que aquele era um lugar de "troca".

Uma livraria é um lugar para troca de livros e tudo relacionado a literatura. É responsabilidade do livreiro garantir que essa troca aconteça. Eu tentava me lembrar disso todo dia, como se estivesse escrevendo num diário, então comecei a fazer propaganda da livraria. Também me esforcei para que a Livraria Hyunam-dong não perdesse sua identidade. Continuo me esforçando e pretendo seguir trabalhando duro no futuro também.

Desde que você começou a trabalhar aqui, Minjun, a livraria passou a experimentar outro tipo de troca. A troca entre a sua força de trabalho e o meu dinheiro. É estranho falar assim, né? Parece que estou colocando um muro entre nós. Mas não é nada disso! Graças a essa troca, nós criamos uma relação, passamos tempo juntos e influenciamos a vida um do outro. Com essas experiências, passei a sentir mais responsabilidade. Precisei me esforçar mais para ganhar mais dinheiro e poder pagar o seu salário. Trabalhar com você me deixou mais esperançosa. Quero que meus esforços sejam reconhecidos através do seu trabalho. Vou me empenhar mais para ganhar mais dinheiro e no futuro aumentar o seu salário. Percebeu que eu continuo dizendo "futuro"?

Sou muito grata por ter um funcionário. Sem você, Minjun, a Livraria Hyunam-dong não seria o que é hoje. Não teríamos os clientes que entram para dar uma lida e acabam sendo atraídos pelo aroma dos seus cafés. Nem os clientes fiéis que vêm só para tomar café. O sabor do café não foi a única coisa que mudou na livraria desde que você apareceu. Já te contei que a sua dedicação me inspira? É verdade. Observar um colega de trabalho tão focado me motiva. Depois de alguns dias, passei a confiar plenamente em você. Você sabe muito bem que, nesse mundo cruel, é uma alegria poder confiar em alguém além de si mesmo, não é?

Sou muito grata por você trabalhar para mim. Mas, ao mesmo tempo, fico pensando em como seria bom se você trabalhasse por você. Assim você conseguiria encontrar significado no seu trabalho. Foi isso que aprendi ao longo da vida, mesmo quando trabalhamos para os outros, precisamos trabalhar por nós mesmos. Trabalhar por mim significa fazer o melhor que eu posso. E, mais importante, não perder minha identidade. Se você está infeliz ou insatisfeito com a sua vida profissional, e todos os dias são insuportáveis, talvez seja hora de procurar outro trabalho. Nós só vivemos uma vez. Que tipo de vida você espera trabalhando na Livraria Hyunam-dong, Minjun? Você não está se esquecendo de si mesmo, certo? Isso é o que me preocupa.

Você sabe por que me preocupo com isso. Eu já fui a pessoa que trabalhava incessantemente e se esquecia de si mesma. Eu me arrependo bastante de não ter me cuidado no passado. Eu encarava o trabalho como uma escada que eu queria subir para chegar ao topo. Agora, vejo o trabalho como uma refeição que preciso fazer todos os dias. A comida que alimenta meu corpo, meu coração, minha mente e minha alma. Existe a comida que comemos apressadamente e a que saboreamos com cuidado e atenção. Eu quero me tornar alguém que saboreia a refeição com cuidado e atenção. Quero fazer isso por mim.

Acho que me tornei uma pessoa melhor por causa da livraria. Tentei colocar em prática coisas que aprendi nos livros. Eu sou uma pessoa egoísta e ainda tenho muito a aprender, mas aqui aprendi a compartilhar e doar. Teria sido legal já ter nascido com um coração generoso, mas não é esse o caso. No futuro, vou me esforçar para ser uma pessoa ainda melhor. Não quero que as boas histórias permaneçam apenas nos livros. Quero que coisas boas aconteçam ao meu redor e quero poder compartilhá-las com outras pessoas. Por isso, preciso te pedir uma coisa, Minjun.

Contrariando o que disse naquele primeiro dia, pretendo continuar com a livraria. Até agora, eu tenho sido muito passiva em relação a várias coisas. Estava com medo de voltar a ser quem eu era se começasse a trabalhar demais. Não queria passar a enxergar a livraria apenas como meu local de trabalho. Para falar a verdade, tenho vontade de entrar aqui e ser apenas uma cliente, como fiz nos primeiros seis meses. Relutei muitas vezes, por causa da confusão de pensamentos e emoções que estava sentindo. Também volta e meia fiquei em dúvida se deveria continuar com a livraria ou não. Mas, agora, quero parar de hesitar. Eu amo este lugar, amo as pessoas que conheci aqui, e estar aqui. Por isso, quero continuar com a Livraria Hyunam-dong.

Eu vou encontrar um equilíbrio entre meus pensamentos e continuar tocando a livraria. Acho que consigo. A livraria faz parte da sociedade capitalista, mas é também o meu maior sonho, e quero poder mantê-la de pé por muito tempo. Quero viver pensando na livraria e nos livros. E gostaria que você continuasse ao meu lado enquanto penso nestas coisas, Minjun. Que tal? Vamos continuar trabalhando juntos por mais tempo?

A gente se vê em Berlim

Minjun aceitou a proposta sem pensar duas vezes. Os dois se sentaram à mesa e Minjun assinou o contrato enquanto Yeongju observava.

— Agora não vai ser fácil sair daqui — disse Yeongju, com os braços cruzados sobre a mesa.

Depois de assinar, Minjun entregou o contrato para ela.

— Você não sabia? Está na moda se demitir.

Os dois riram.

Depois da visita de Taewoo, Yeongju tinha começado a pensar nos próximos passos. Antes era quase um hábito imaginar o fim da Hyunam-dong, mas agora ela havia decidido lutar pelo futuro da livraria.

Yeongju elaborou dois planos diferentes: o plano número um era manter aqueles em quem ela confiava por perto; o plano número dois era viajar. Yeongju pretendia tirar um mês para visitar livrarias independentes ao redor do mundo e encontrar inspiração para renovar a sua. Ela queria conhecer livrarias tradicionais e descobrir como elas conseguiram sobreviver por tanto tempo.

Ela sabia que seus planos poderiam não dar certo, por mais que se esforçasse. Mesmo que passasse um ano viajando, era possível que a livraria não durasse mais um ano. Mas Yeongju preferia manter a esperança e trabalhar duro para a livraria permanecer aberta, nem que fosse por só mais um mês. No entanto, antes de fazer uma mudança na livraria, Yeongju precisava fazer uma mudança nela mesma. Esperança. Ela queria seguir o caminho da esperança.

Um mês antes da viagem, ela contou seu plano para Minjun e Sangsoo. Eles decidiram diminuir as atividades da livraria durante esse período — os dois iriam trabalhar oito horas por dia, cinco dias por semana, e fariam uma pausa nas palestras e nos eventos. Jeongseo e Wooshik também ofereceram ajuda. Jeongseo cuidaria das atividades on-line, e Wooshik passaria na livraria depois do trabalho e ajudaria no que pudesse.

Depois de avisar sobre a viagem no Instagram e no blog da livraria, subir a agenda de junho e ligar para algumas pessoas e dar a notícia, Yeongju escolheu alguns livros. Ela estava pensando em continuar fazendo resenhas de livros durante a viagem. Resolveu levar romances ou ensaios que tivessem a ver com os destinos. Esse era um dos melhores métodos de leitura: ler e visitar os locais que aparecem nos livros. Ir para Nova York, Praga, Berlim e passar horas lendo histórias que se passam nesses lugares. Será que existe uma maneira mais romântica de se ler um livro?

Nos intervalos que tinha na livraria, Yeongju planejava a viagem. Passaria um mês atrás de livrarias em cidades desconhecidas, descobrindo o charme único de cada uma delas e imaginando como fazer o mesmo na Hyunam-dong. Ela se imaginava visitando as livrarias e fazendo uma pausa em cafés antes de partir para o próximo destino. É claro que o objetivo principal daquela viagem era conhecer as livrarias, mas ela estava empolgada por outro motivo. Ia viajar sozinha pela primeira vez. E, pela primeira vez, sentia que estava tirando férias de verdade.

Dentro do ônibus rumo ao aeroporto, a noite de verão de Seul passava pela janela como um borrão. Lembrou-se do rosto da mãe, mas logo fechou os olhos e afastou a imagem da mente. No fundo, Yeongju sabia por que a mãe tinha ficado com tanta raiva dela. Sua mãe tinha medo do fracasso, e, para ela, o divórcio era o maior fracasso que uma mulher poderia ter. A mãe de Yeongju não suportava o fracasso da filha, por isso a abandonara. Ela era o tipo de pessoa que fraquejava diante do fracasso, a atitude que tivera com a filha fora apenas o gesto de uma pessoa fraca. Yeongju não queria explicar para a mãe como ela estava errada, o quanto o mundo havia mudado, e, acima de tudo, que não tinha fracassado de forma alguma. Ela não queria tomar a iniciativa de se aproximar da mãe. Pelo menos não ainda.

Enquanto Yeongju apreciava a vista do lado de fora da janela com a cabeça apoiada na cadeira, o celular dela vibrou. Era Mincheol.

— Tem uma coisa que eu queria muito te falar — disse ele, com a voz tímida.

Ainda olhando pela janela, ela perguntou o que era.

— Decidi que não vou para a faculdade — anunciou Mincheol.

Yeongju pensou por um momento e falou.

— Entendi, então foi isso que você decidiu. Que bom. Você ainda tem muito tempo pela frente. Ainda vai poder ir atrás do que você quiser no futuro.

Apesar de todo mundo dizer esse tipo de coisa, Yeongju falou com sinceridade. Mincheol respondeu que sim, e continuou:

— Eu também li *O apanhador no campo de centeio*.

Yeongju ficou feliz ao ouvir isso e riu quando o garoto disse que havia achado o livro chato.

— Poxa, você leu o livro só para me dizer que achou chato?

— Não é isso — respondeu Mincheol, com a voz um pouco tensa. — O livro é chato, mas por algum motivo achei o protagonista parecido comigo, mesmo sabendo que não temos nada em comum. A personalidade, a atitude e tudo o mais. Mesmo assim o achei parecido comigo. Talvez porque nós dois estamos cansados de tudo? Não nos interessamos por nada? Então fiquei um pouco aliviado por saber que não sou o único que se sente assim. No final ele diz que quer ser o guardião das crianças. Lembra dessa parte?

— Lembro, sim.

— Acabei me decidindo enquanto lia essa parte. Eu não sei dizer o porquê, mas foi assim. Senti que ele me dizia que posso fazer isso e está tudo bem.

— Sim, eu entendo. — falou Yeongju, assentindo com a cabeça, como se Mincheol estivesse na sua frente.

— É sério? Entende mesmo? Porque eu não entendo — perguntou o garoto.

— Sim. Eu entendo mesmo. Já tomei várias decisões enquanto lia algum livro. Por isso entendo bem essa sensação de estar fazendo algo que não faz sentido.

— Então... eu vou ficar bem, né?

— Como assim?

— Por estar fazendo algo que... não faz sentido.

— Claro. Mesmo que não faça sentido, seu coração sabe que é a melhor decisão. É o que eu penso.

— Meu coração?

— Isso.

— O meu coração fez uma escolha? Sobre o meu futuro?

— Uhum.

— Ufa, me sinto um pouco melhor sabendo que foi uma escolha do meu coração.

— É isso mesmo. Não se preocupe.

Yeongju escutou a respiração dele algumas vezes. Quando ele falou, sua voz parecia mais contente.

— Então, tia. Boa viagem. A gente se vê na livraria quando você voltar.

— Sim, fique bem por aí.

— Sim. E obrigado.

— Pelo quê?

— Frequentar a livraria me ajudou muito. Eu gostava de conversar com você.

— Ah, que bom.

Eles se despediram e encerraram a ligação. Quando Yeongju ia guardar o celular, o aparelho vibrou de novo. Ela achou que podia ser Mincheol ligando novamente, mas quando olhou a tela, viu que era Seungwoo. Yeongju ficou encarando o nome dele com uma expressão confusa. No dia em que o avisou sobre a viagem, ele não perguntou nada. As palestras iriam terminar em maio de qualquer maneira, então a ausência dela não ia impactar a agenda de Seungwoo. Eles não se viam havia um mês. A única forma de contato que Yeongju tinha com o escritor era através das colunas dele. E Seungwoo provavelmente fazia o mesmo com as colunas dela.

Enquanto estava perdida em pensamentos, o celular de Yeongju parou de tocar. Quando o aparelho vibrou novamente ela atendeu na hora. Ouviu a voz dele, que não escutava há tempos.

— Yeongju, sou eu, Hyun Seungwoo.
— Sim. Olá.
— Está a caminho agora?
— Sim, estou indo.

Depois de um silêncio, Seungwoo disse:
— Yeongju.
— Sim?
— Por acaso você estará pela Europa na última semana de junho?
— Na última semana de junho?
— Sim.
— Estarei na Alemanha.
— Em que lugar da Alemanha?
— Em Berlim.
— Já esteve lá alguma vez?
— Não.
— Eu morei lá por dois meses por causa do trabalho.
— Ah... Sei.
— Tudo bem se eu for para Berlim nessa semana?

— Como?

Yeongju ficou sem reação.

— Estarei de folga nessa semana. Por isso pensei que poderia ser seu companheiro de viagem. O que acha?

— Ah... Seungwoo.

Assim que a voz relutante de Yeongju saiu, Seungwoo respondeu com calma.

— Não acha uma boa ideia?

— É que foi muito de repente — falou Yeongju, escondendo o nervosismo.

— Sim... Eu entendo. Mas queria perguntar mesmo assim.

Como Yeongju não disse nada, Seungwoo se despediu querendo encerrar a conversa.

— Tenha uma boa viagem. Vou desligar.

Por alguma razão, Yeongju sentiu que aquela seria a última vez que ouviria a voz de Seungwoo. Ela olhou a paisagem pela janela. Dava para ver as luzes do aeroporto.

— Yeongju?

— Sim.

— Está tudo bem?

— Sim, estou bem.

— Ok... Então vou desligar.

— Escuta, Seungwoo — chamou ela de modo apressado.

— Sim.

Ela não queria encerrar a ligação. Por algum motivo, Yeongju achou que se desligasse nunca mais veria Seungwoo. Mas o que deveria dizer? Ela decidiu ser sincera. Sinceridade é sempre a melhor resposta para a incerteza.

— Não sei se é uma boa ideia você ir para Berlim. Alguém me disse um tempo atrás que, quando não se sabe o que sente, o melhor a fazer é testar. Mas acho que isso não está dando muito certo. Não sei o que fazer agora.

— Então eu vou te ajudar.

— Como?

— Tente imaginar. Imagine nós dois juntos caminhando em Berlim, visitando livrarias, comendo em restaurantes e bebendo cerveja. Imagine por trinta segundos. Só trinta segundos.

Ela começou a imaginar. Visualizou cada cena, focando em cada momento. Bebendo chá, conversando enquanto comiam, fazendo torradas juntos. Caminhando pelas ruas, lado a lado. Visitando uma livraria pela primeira vez e conversando sobre livros e outras livrarias. Às vezes ela fazia perguntas, depois era a vez dele. Ambos lendo o mesmo livro e conversando a respeito. Yeongju atrapalhando de brincadeira enquanto Seungwoo escrevia. Ele contando piadas e a fazendo rir enquanto lia. Imaginar tudo isso... não era ruim. Não era desagradável estar com Seungwoo. Ela queria estar com ele.

— E então? Gostou do que imaginou?

— Sim — respondeu Yeongju com sinceridade.

— Então... Será que eu posso ir? — Seungwoo hesitou um pouco antes de perguntar.

— Sim, Seungwoo. A gente se vê em Berlim — respondeu Yeongju, com uma expressão serena no rosto.

— Tudo bem, estarei lá — respondeu ele.

O ônibus dela estava entrando no aeroporto.

O que faz com que uma livraria sobreviva?

Um ano se passou.

Os olhos de Yeongju estavam fixos no livro enquanto bebia o café preparado por Minjun. Mincheol havia escolhido *Franny e Zooey* só por ser fino e porque era de J. D. Salinger, o único autor que ele conhecia. Ao pensar no conteúdo da obra, ela gritou "bem feito!" por dentro. Afinal, o livro era curto, mas não era uma leitura fácil. Mincheol provavelmente acharia chato.

Apenas Yeongju e Minjun estavam na livraria naquele momento, mas em quinze minutos Sangsoo chegaria. Ele fora contratado oficialmente havia seis meses. A primeira coisa que perguntou quando Yeongju fez a proposta foi sobre o comprimento do cabelo. Quando ele disse que não aceitaria caso tivesse que cortar o cabelo, Yeongju respondeu que não tinha problema e que agora ele era oficialmente parte da equipe. Sangsoo aceitou a proposta com um ar de indiferença, mas no primeiro dia de trabalho, o rosto dele estava um pouco ruborizado. Após alguns dias, Sangsoo contou para Yeongju que nunca havia sido contratado como funcionário permanente.

Um mês depois da contratação de Sangsoo, a Livraria Hyunam-dong ganhou mais uma estante. Era uma estante pequena com uma seleção de livros que Sangsoo já tinha lido. Acima da prateleira, havia uma placa onde se lia: "Livros lidos por Sangsoo, nosso amante de literatura e dono de um cabelo estiloso". Ao lado, também estava escrito: "Leiam e conversem com Sangsoo". Agora ele só conseguia ler um livro por dia por causa do trabalho, mas, mesmo assim, continuava impressionando os clientes com seu conhecimento. Eles tinham passado a pedir recomendações para Sangsoo em vez de Yeongju, e ficavam curiosos para saber qual livro ele estava lendo. Por isso, Yeongju decidiu criar um cantinho só para Sangsoo.

Mincheol tinha começado a trabalhar havia três meses. Ele não tinha prestado vestibular e, depois de viajar pela Europa por três meses, voltou para casa na última primavera. A viagem pela Europa foi ideia de Hijoo. Ela achou que conhecer um pouco do mundo seria melhor do que ficar enfurnado no quarto. Hijoo contou para Yeongju, com um misto de empolgação e amargura, que iria usar o dinheiro que havia juntado para pagar a faculdade do filho para viajar. Assim que Mincheol voltasse, ela e o marido, que tinha até pedido férias, viajariam pelo mundo.

Depois de voltar de viagem, não demorou nem uma semana para Mincheol procurar Yeongju. Com uma expressão mais madura e a pele bronzeada, o rapaz pediu um emprego para ela. Yeongju o contratou na hora, e ele passou a trabalhar na livraria duas vezes por semana, três horas por dia. Só havia uma condição: ele tinha que participar do novo evento da livraria. Todo mês, Yeongju e seus três funcionários leriam um livro juntos.

Qualquer um que tivesse interesse poderia participar. Todo dia primeiro, eles anunciavam nas redes sociais e no blog da loja "O livro do mês dos funcionários da Livraria Hyunam-dong". Na última quinta do mês, eles se reuniam para discutir sobre o livro. No começo era uma reunião de apenas três ou quatro pessoas, além dos quatro funcionários da livraria, mas o número de participantes tinha aumentado bastante, tanto que no mês anterior quinze pessoas tinham participado do evento. Na reunião daquele mês, eles iriam conversar sobre *Franny e Zooey*, de Salinger.

Qual tinha sido a maior mudança na Livraria Hyunam-dong no último ano? Depois de voltar da viagem, Yeongju administrou a livraria do mesmo jeito por um tempo. Dois meses depois, ela começou a executar os projetos que vinha planejando e decidiu que a identidade da livraria estava na profundidade e diversidade de sua coleção. A ideia era focar em livros mais profundos, mesmo sendo leituras mais desafiadoras para os clientes, e parar de vender best-sellers.

Yeongju sempre ficou em dúvida sobre o que fazer com os best-sellers. Ela ficava frustrada quando via as listas de livros mais vendidos. O problema não eram os livros em si, mas o fato de que as listas continham sempre os mesmos títulos. Ela estava cada vez mais convencida de que os best-sellers eram os culpados pela falta de diversidade do mercado editorial.

Quando Yeongju visitava as seções de livros mais vendidos das grandes livrarias, sentia como se estivesse encarando um retrato distorcido do mercado editorial — a triste realidade de que o mercado se apoia na venda de alguns poucos livros. De quem seria a culpa? A culpa não era de ninguém. Aquilo era apenas o reflexo de uma sociedade que não lê. O papel dos livreiros é apresentar uma variedade maior de livros aos leitores. Mostrar que existem livros e autores incríveis esperando para serem descobertos.

Por isso, ela decidiu parar de vender best-sellers na livraria. Quando algum título se torna um best-sellers da noite para o dia por causa de alguma celebridade, ela para de encomendar esse livro. Não porque a obra em questão é ruim, mas para preservar a diversidade. Em vez disso, ela encomenda títulos similares, então, quando algum cliente aparece procurando um best-sellers, ela recomenda outra opção.

Yeongju não sabia se seu novo método de gerenciamento daria certo, mas uma coisa era certa: Seongcheol achou genial. Ele disse que o motivo para um livro ser best-sellers é ele já ser um best-sellers. Seongcheol afirmou que o cinema e o mercado editorial sofrem do mesmo problema. Ele deseja ver mais bons filmes e livros sendo divulgados. Na verdade, parar de vender best-sellers era um plano que Yeongju já havia elaborado antes mesmo de viajar.

Muitas mudanças, pequenas e grandes, tinham acontecido no último ano, mas, de certo modo, a Livraria Hyunam-dong não havia mudado muito. Ela continuava refletindo os ideais e pensamentos de Yeongju. Ao visitar livrarias independentes em outros países, ela havia percebido que todas possuíam identidades próprias que refletiam quem eram os proprietários. E para construir essa identidade era preciso coragem. Para que a coragem dos proprietários alcançasse os clientes, era necessário ter honestidade.

Se Yeongju tivesse coragem de colocar em prática suas ideias sem perder a honestidade, talvez a Hyunam-dong sobrevivesse, assim como as livrarias que ela tinha visitado. Mas o mais importante era não esquecer seu amor pelos livros. Se Yeongju e seus funcionários deixarem transparecer o amor pelos livros, talvez esse amor contagie os clientes. Se eles conseguirem construir relações de afeto por meio dos livros, talvez os clientes sintam o mesmo. Se Yeongju conseguir transmitir na livraria o sentimento que somente quem lê é capaz de experimentar, se as pessoas acreditarem que há histórias que somente quem lê é capaz de contar, talvez elas também se sintam atraídas pelos livros. Yeongju queria passar a vida inteira lendo e apresentando livros para as pessoas. Ela queria ser capaz de ajudar qualquer um a encontrar a história que está procurando.

Hoje, Yeongju fará o mesmo que fez ontem. Passará horas cercada por livros, falando e escrevendo sobre eles. Nas horas vagas, vai comer, conversar, divagar sobre a vida, ficar triste e feliz ao mesmo tempo. Quando chegar a hora de fechar a livraria, vai sair pela porta com o coração preenchido, achando que aquele dia foi bom. Durante os dez minutos de caminhada até o apartamento, vai conversar com Seungwoo pelo telefone. Quando chegar em casa, vai conversar com o escritor mais um pouco, tomar banho e descansar. Talvez receba a visita de Jeongseo e Jimi, que se mudou para o andar de cima, e beba uma cerveja. Ou talvez fique um pouco deprimida, pensando que a vista do novo apartamento para o qual se mudou por conta do aumento no número de funcionários não é tão boa quanto a antiga. Mas, assim que pegar o livro que estava lendo na noite anterior, seu humor vai melhorar. Vai ler um pouco e depois se deitar. Vai dormir pensando numa frase que leu em algum lugar. *Um dia bem aproveitado é uma vida bem vivida.*

Palavras da autora

Dois mil e dezoito. O verão estava chegando. Como sempre, eu estava sentada na escrivaninha olhando para a tela do notebook. Eu havia me tornado uma escritora havia seis meses. Naquela época, eu estava desesperada pensando no que fazer para me tornar uma boa ensaísta. Ainda assim, eu achava que precisava escrever, então sentava na minha escrivaninha todos os dias.

E se eu tentasse escrever um romance?

Eu não lembro exatamente em que mês, hora e minuto tive essa ideia. Mas, depois de alguns dias, eu estava de fato escrevendo um romance. Eu só tinha três coisas em mente: a primeira sílaba da livraria tinha que ser "Hyu", a dona da livraria se chamaria Yeongju e o barista, Minjun. Comecei a escrever e o resto fui decidindo conforme avançava. Quando um personagem novo aparecia, decidia as características e o nome na hora e, quando não sabia o que contar, fazia o personagem novo e os já conhecidos conversarem. De alguma forma, eles pareciam guiar a história e a próxima cena surgia naturalmente.

O tempo que passei escrevendo o romance foi incrivelmente divertido. Até então, minha experiência com a escrita era um processo exaustivo em que eu me sentia obrigada a me arrastar até a escrivaninha. Mas dessa vez foi diferente. Eu acordava ansiosa para continuar a escrever. À noite, por causa dos olhos ressecados, costas enrijecidas e a regra que eu mesma tinha estabelecido de não trabalhar até tarde, levantava da cadeira com uma sensação amarga no coração. Enquanto estava escrevendo o romance, me importava mais com o que estava acontecendo com os personagens do que comigo mesma. A minha vida estava sendo regida pela história que eu estava criando.

Eu não tinha planejado um enredo, mas sabia a atmosfera que queria criar. Queria escrever um romance parecido com o filme *Restaurante Gaivota* e o livro *Little Fortress*. Queria escrever sobre um lugar para onde vamos quando queremos escapar das obrigações do dia a dia, um local onde não há ninguém nos criticando ou cobrando algo, um refúgio onde podemos descansar, parar e respirar. Queria escrever sobre um dia em que sua energia não está sendo sugada, mas sim preenchida. Um dia em que você acorda com expectativa e termina satisfeito. Um dia esperançoso, em que passamos horas tendo conversas significativas com aqueles que amamos. E, acima de tudo, um dia em que nos sentimos bem. Eu queria retratar um dia assim e como as pessoas o vivem.

Em outras palavras, eu estava escrevendo a história que eu queria ler. Uma história sobre pessoas que conseguem encontrar o próprio caminho, que acreditam umas nas outras e se apoiam em momentos difíceis. Histórias sobre pessoas que se ajudam e que celebram pequenas conquistas em uma sociedade que insiste em menosprezá-las. Uma história que abraça e oferece um ombro amigo para aqueles que se cobram demais na vida e já não sentem mais alegria em viver.

Eu não sei se este romance é exatamente o que eu havia imaginado, mas muitos leitores me falaram que se sentiram acolhidos pelo livro. Da mesma forma, as resenhas generosas me fortaleceram. Senti que, mesmo distantes, havia uma conexão entre nós.

Talvez você não perceba de imediato, mas os personagens de *Bem-vindos à Livraria Hyunam-dong* estão constantemente dando pequenos passos, aprendendo coisas novas ou fazendo mudanças em suas vidas. Talvez o que eles estejam fazendo não seja considerado um grande sucesso, mas eles estão sempre crescendo, mudando e evoluindo. O julgamento alheio não importa. O fato de eles progredirem e gostarem de onde estão já basta. A régua que mede o seu valor precisa estar dentro de si. E isso já é o suficiente.

Pode não acontecer todos os dias, nem com frequência, mas há momentos em que simplesmente pensamos "isso é o bastante". E, nesses momentos, todo o nervosismo e as preocupações desaparecem, e nós finalmente percebemos que fizemos o nosso melhor para chegar aonde chegamos. Estamos satisfeitos e orgulhosos de nós mesmos. A Livraria Hyunam-dong é onde esses momentos se encontram, e espero que mais pessoas consigam criar um espaço assim para si mesmas.

Estarei aqui torcendo por você que está passando o dia nesse lugar.

Janeiro, 2022
Hwang Bo-reum

1ª edição	AGOSTO DE 2023
reimpressão	ABRIL DE 2024
impressão	IMPRENSA DA FÉ
papel de miolo	LUX CREAM 60 G/M²
papel de capa	CARTÃO SUPREMO ALTA ALVURA 250G/M²
tipografia	MINION PRO